KB270245

호텔 뒤락

HOTEL DU LAC
by Anita Brookner

Copyright © Anita Brookner, 1984
Korean translation copyright © MUNHAKDONGNE publishing Corp., 2011
All rights reserved.

Korean translation rights by arrangement with A.M.Heath
through EYA(Eric Yang Agency).

이 책의 한국어판 저작권은 EYA(Eric Yang Agency)를 통해
A.M.Heath와 독점 계약한 (주)문학동네에 있습니다.
저작권법에 의해 한국 내에서 보호를 받는 저작물이므로 무단 전재와 무단 복제를 금합니다.

이 도서의 국립중앙도서관 출판시도서목록(CIP)은
e-CIP 홈페이지(http://www.nl.go.kr/cip.php)에서 이용하실 수 있습니다.
(CIP제어번호: CIP2011000414)

세계문학전집
069

Anita Brookner : Hotel du Lac

호텔 뒤라크

애니타 브루크너 장편소설

김정 옮김

문학동네

로저먼드 리먼에게

차례

1

　창문에서 바라보이는 것은 온통 희미한 회색 지대뿐이었다. 이름 모를 식물의 뻣뻣한 잎사귀 말고는 다른 싹은 틔울 것 같지도 않은 회색 정원 너머에는, 광막한 회색의 호수가 여기서는 보이지 않는 저 먼 호안 쪽으로 마취된 환자처럼 뻗어 있을 터였다. 호수 너머로는, 상상일 뿐이지만, 여행 안내서에 적힌 대로 이미 조금씩 소리 없이 눈이 내리기 시작한 당도슈 산봉우리가 있을 터였다. 구월의 끝자락이라 휴가철은 지났다. 관광객들은 이미 떠나고 숙박료도 내리고, 이 호숫가 소도시에 사람을 끌어들일 만한 건 별로 없었다. 그렇지 않아도 말이 없는 이곳 사람들은 한 번에 며칠씩 짙게 내려 덮이는 구름 때문에 자주 더 말이 없어진다고 했다. 그러다가도 구름은 다시 예고 없이 사라져 온갖 색깔과 볼거리로 가득한 새로운 경치를 드러내기도 하나

보았다. 배들이 호수 위를 스치듯 지나고, 간이 선착장에는 배를 타려는 사람들이 모이고, 노천 시장이 열리고, 십삼 세기에 지은 성채의 쓸쓸한 잔해와 멀리 산의 경계마다 쌓인 흰 눈도 보인다고 했다. 그리고 남쪽의 상쾌한 고지대로는 사과나무가 무대배경처럼 자라고 나무에 달린 사과는 중요한 상징이라도 되는 양 반짝거린단다. 이곳은 빈틈없이 가꾸어진 풍요로운 땅으로, 사람이 행한 우발적인 사건들은 이겨냈으나 날씨만은 괴롭게도 통제가 되지 않았다.

원래의 본명보다 훨씬 당차 보이는 필명으로 로맨스 소설을 쓰는 이디스 호프는 그녀 앞에 펼쳐진 이 수수께끼 같은 불투명함마저도 마치 좋은 의도로 접근하면 꿰뚫을 수 있다는 듯 창가에 가만히 서 있었다. 사실 그녀에게는 원기를 돋우는 상쾌함과 착각이라고는 불가능한 기후, 그리고 실용적이라기에는 뭣하지만 그래도 철저하게 상식적인 환경—조용한 호텔, 훌륭한 음식, 긴 산책로에 흥분할 일은 없고 일찍 잠자리에 들 수 있는—이 약속되어 있었다. 그 속에서 그녀는 자신이 운 나쁘게 저지른 잘못은 잊고 신중하고 착실한 원래의 성품을 되찾을 것이었다. 그 잘못이 한 해가 저물어가는 이 시기에 집에 있어야 할 자신을 사람도 별로 없는 이곳으로, 잠시 동안의 유배생활로 내몰았다. 그러나 사실 이디스는 집이라는 곳이, 아니 그보다는 '자신의 집'이라고 해야 할 그곳이 갑자기 자신에게 적대적이 되자 일어난 일에 몹시 겁이 났다. 그래서 친구들이 짧은 휴가를 제안하자 마지못해 따르기로 하고, 친구이자 이웃인 퍼넬러피 밀른이 그녀를 공항까지 바래다주겠다는 것을 받아들였다. 퍼넬러피는 그녀가 적당한 기간 사라졌다가 철들고 현명해져서 제대로 사과할 마음이 들어 돌아올 때 용서하겠다며 입을 꽉 다물고 있었다. 마치 내가 착실한 소녀라도 되는 듯 내 잘못을 스스로 용납해서는 안 된다는 거겠지. 그런데 내가 왜 그래야 하지? 나는 세상 물정을 제법 잘 아는 신중한 여자이고 친구들도 분별 없을 나이는 지났다고 생각했다. 많은 사람들이 내가 버지니아 울프와 겉모습이 많이 닮았다고 했다. 나는 집이 있고 납세 의무를 잘 지키고 요리도 꽤 잘하며 마감일이 채 되기도 전에 원고를 보내주는 사람이다. 나에게 내민 서류에 서명도 잘해준다. 그리고 어떤 경우에도 내 책을 출간하는 출판사에 먼저 전화하지 않는다. 책이 곧잘 나가는 편이라는 걸 알고 있지만 어떤 권리 주장도 하지 않는다. 이렇듯 나는 조금은 흐릿하면서도 신뢰할 만한 성품을 상당 기간 유지해왔고, 남들에겐 지루해 보일지 몰라도 나는 그렇게 느낄 틈이 없었다. 겉으로 드러나는 내 됨됨이는 그다지 눈에 띄지 않는 것이었고 나를 안다고 생각하는 사람들은 계속 그렇게 그 모습이 유지되어야 한다고 생각했다. 이 외딴 회색 지대에서 얼마간 치유의 시간을 보내면 (이름을 알 수 없는 저 식물의 잎사귀가 조금도 움직이지 않는 것이 신경 쓰인다) 돌아가는 일이 허락될 터이고, 평화로운 생활을 다시 시작하고, 겉보기에는 그 끔찍한 짓을 저지르기 전의 상태로 되돌아갈 것이다. 솔직히 말해서 나는 일단 일을 저지르고 나면 그 일에 대해서는 다시 생각하지 않는 성격이다. 그러나 이번 일은 그렇지 않다. 지금 나는 그 일을 생각하고 있다.

창문 너머로 펼쳐진 무채색 공간에 등을 돌리고 이디스는 방을 찬찬히 살펴보았다. 모든 것이 너무 오래 삶아버린 송아지고기 색이었다. 삶은 송아지고기 색의 카펫과 커튼, 같은 색의 침대보가 덮인 좁고 높은 침대, 작고 간소한 책상과 그 밑에 너무 바투 놓인 꼭 맞는 의자, 좁고 옹색한 옷장, 그리고 머리 위로 아주 높이 매달린 자그마한 청동 샹들리에가 있었다. 결국에는 샹들리에 또한 여덟 개의 희미한 전구로 음울한 빛을 발할 것임을 그녀는 알았다. 긴 창문에는 빳빳이 풀 먹인 레이스 커튼이 그렇지 않아도 빈약한 한낮의 햇빛을 더 가리며 길고 좁은 발코니로 나갈 수 있도록 양쪽으로 나뉘어 걸려 있었고, 발코니에는 녹색의 철제 테이블과 의자가 놓여 있었다. 날씨가 좋으면 저기서 글을 쓸 수 있겠네, 이디스는 생각했다. 그리고 긴 서류철 두 개를 꺼내기 위해 가방을 놓아둔 쪽으로 갔다. 그중 하나에는 이 이상한 공백 기간 동안 조용히 작업하려고 계획한 「찾아온 달빛 아래」의 첫 장이 들어 있었다. 그러나 손은 다른 서류철로 향했고, 그것을 열자마자 이디스는 본능적으로 책상으로 가서 딱딱한 의자에 앉아 주위 상황은 아랑곳하지 않고 펜 뚜껑을 열었다.

사랑하는 데이비드,

내게 너무나 싸늘했어요. 퍼넬러피는 꼭 죄수를 피고석에서 경계가 제일 엄중한 감방으로 호송하는 양 앞만 바라보고 빠른 속도로 운전했어요. 나는 이야기를 하고 싶었어요―비행기를 타는 게 늘 있는 일은 아니잖아요. 그리고 의사한테 받은 약이 나를 수다스럽게 만드는 효과를 내기도 했고요―그러나 내가 끼어드는 게 달갑지 않은 듯했어요. 어쨌든 히스로 공항에 도착하자 잠깐 마음이 누그러졌는지 가방을 얹을 손수레를 찾아다주고 어디서 커피를 마실 수 있는지도 말해줬어요. 그러다 갑자기 퍼넬러피가 가버리니까 기분이 엉망이 됐어요. 슬프다기보다는 현기증이 나는 듯한 것이, 약간은 재미있다는 생각도 들었지만 말할 사람이 아무도 없었어요. 나는 커피를 마시고 주위를 천천히 걸으면서 사람들이 흔히 작가들이 그럴 거라고 생각하듯이(당신은 예외예요. 내 사랑, 당신은 절대 이런 생각은 안 하지요) 주위의 모든 세세한 것들을 흡수하려고 했어요. 그러다 갑자기 여자 화장실 거울에 비친 내 모습에 눈길이 갔어요. 그리고 너무나도 잘못된 게 없는 내 모습을 보며 생각했지요. 나는 여기 있으면 안 돼! 여긴 내 자리가 아니야! 떼를 지어 서성거리는 무리들, 아이들은 울어대고 사람들은 모두 어딘가 딴 곳으로 가려고 애쓰는데, 여기 이 온화한 모습에 긴 카디건을 입은 약간 여윈 여자, 생각이 다른 데 가 있는 듯한 표정에 모난 데 없이 꽤 잘생긴 눈에, 큰 손발과 유순한 목을 가진 나는 어디에도 가고 싶지 않은데도 모든 사람들이 내가 제정신이 들었다고 판정을 내릴 때까지 한 달 동안 떠나 있겠다는 말을 해버렸거든요. 잠시 공황상태가 됐어요. 왜냐하면 나는 지금 제정신이니까요. 그런데 그때는 이 사실을 깨닫지 못했던 거예요. 물에 빠져 허우적거린 게 아니라 그냥 손만 흔들었던 건데 말이죠.

쉬운 일은 아니었지만 어찌 되었건 그 느낌을 극복하고, 그중에서 가장 믿을 만하다 싶은 사람들의 무리에 끼었어요. 성가시게 물어보지 않고도 그 사람들이 스위스로 간다는 걸 알았죠. 금방 비행기에 올랐고 옆에 앉은 꽤 매력적인 남자가 제네바에서 있다는 회의 이야기를 해줬어요. 나는 그가 의사일 거라고 추측했고, 특히 일을 거의 시에라리온에서 하고 있다고 말했을 때는 열대병 전문의로 생각했지요. 그런데 나중에 알고 보니 텅스텐 관련 일을 하는 사람이더라고요. 소설가의 그 대단한 상상력이란 게 이 정도밖에 안 되는 거예요. 그럼에도 기분은 좀 나아졌죠. 그 사람은 아내와 딸들 이야기도 했고 시에라리온으로 돌아가기 전에 가족에게 가서 주말 이틀을 같이 지낼 거라는 말도 했어요. 너무나 금방 그곳에 닿았어요('이곳'이라고 하지 않고 '그곳'이라고 말하는 것 좀 보세요). 그리고 그 사람이 나를 택시에 태워주었고 삼십 분쯤 지나 결국 이곳에 도착해버렸지요(이제 어쩔 수 없이 '그곳' 대신에 '이곳'이 시작되는군요). 이제 곧 짐을 풀고 씻고 머리 손질을 하고, 아래층으로 내려가서 차를 한 잔 마셔야겠어요.

이곳은 황량해 보여요. 여기 들어올 때 본 사람은 나이 많은 여자 하나뿐이었는데, 아주 작고 불도그 같은 얼굴에 다리가 너무 휘어서 앞으로 나아가려고 애쓰는 모습이 마치 이쪽에서 저쪽으로 몸을 던지는 것 같았어요. 그 모습에 너무나 엄숙한 자신감이 배어 있어서 나는 본능적으로 길을 비켜주었지요. 그녀는 지팡이를 짚고 걸었고 작고 푸른 벨벳 리본으로 덮인 망사 베일을 머리에 쓰고 있었어요. 나는 그녀를 벨기에 제과공장주의 과부쯤 될 거라고 치부해버렸지요. 그런데 그녀가 몸을 흔들며 지나갈 때 내 가방을 들어다 주던 보이가 약간 고개를 숙이는 시늉을 하더니 '백작부인'이라고 속삭이듯 말했어요. 소설가의 그 소문난 역량, 기타 등등이 이 정도라니. 아무튼 나는 꽤나 서둘러 이 방으로 안내되어서(거의 이끌리다시피) 다른 건 아무것도 눈여겨볼 수 없었어요. 방은 조용하고 따뜻하고 꽤 넓어 보였고요. 날씨도, 온화한 것 같네요.

내내 당신 생각을 했어요. 당신이 지금 어디 있을지 생각해내려 했지만 힘들었어요. 비록 얼마 안 되지만 시차도 있고 약기운도 채 가시지 않았고, 그리고 이 슬픈 삼나무에 에워싸여 있으니 말이에 요. 말을 하자면 그렇다는 거예요. 하지만 내일은 금요일이니 어두 워지기 시작하면 차에 올라타 시골 별장을 향해 가는 당신의 모습 을 상상할 수 있을 거예요. 그러고 나서는, 물론, 주말이니 그건 생 각하지 않을래요. 당신은 모를 거예요……

여기서 이디스는 펜을 내려놓고 눈을 문지르고는 팔꿈치를 책상에 올리고 잠시 두 손으로 머리를 괴고 앉아 있었다. 그러고는 눈을 몇 번 깜박거린 뒤 다시 펜을 들어 계속 편지를 썼다.

당신에게 몸조심하라고 말하는 게 우습네요. 당신은 남들은 다 조심하는 그런 사소한 것들도 챙기지 않으니까요. 어떤 경우에라도 당신을 단속할 순 없겠지요. 우리 아버지가 어머니를 부를 때 늘 그 랬듯이 내 목숨 같은 사람. 당신이 너무 그리워요.

이디스는 잠시 더 책상 앞에 앉아 있었다. 그리고 긴 숨을 몰아쉰 뒤 펜 뚜껑을 닫았다. 차, 그녀는 생각했다. 나는 차를 마셔야 해. 그 리고 걸어야지. 호숫가를 따라 아주 긴 산책을 하고 목욕을 하고 파 란색 드레스로 갈아입자. 그때쯤이면, 내게는 늘 힘든 일인 사람 많은 식당에 들어갈 준비가 되겠지. 또 시간이 좀 걸리는 식사라는 일이 있 고, 그 후에는 모여 앉아 누군가와 이야기를 나누고, 그 불도그 같은 부인이라면 좋겠지만 누구라도 문제 될 건 없어. 그리고 일찍 잠자리에 드는 게 나쁘지 않겠지. 사실 벌써 꽤 피곤하거든. 이디스는 눈물이 고일 정도로 하품을 하고는 자리에서 일어섰다.

짐을 푸는 데는 몇 분밖에 걸리지 않았다. 이디스는 미신처럼 만일 그럴 일이 생기기만 한다면 몇 분 안에 이곳을 떠날 수 있다고 스스로에게 일러주기라도 하듯이 대부분의 옷가지를 가방 속에 그대로 남겨두었다. 아무 일도 생기지 않을 것이고, 거기다 옷도 형편없이 구겨지리라는 걸 잘 알면서도 말이다. 그런 건 이제 상관없었다. 이디스는 머리솔과 잠옷을 욕실에 가져다 놓았다. 그녀는 흐트러진 데가 없는지 매무새를 살핀 뒤 핸드백과 열쇠를 찾아 들고 정적만이 진동하는 복도로 걸어나갔다. 희미한 불빛이 층계참 위의 큰 창문으로 스며들었다. 사방의 벽은 지난날의 풍요로운 만찬의 기억을 간직한 듯했다. 복도 저쪽 끝에서 문을 통해 희미한 라디오 소리가 들려왔지만 주위에는 아무도 없었다.

호텔 뒤락(위베르 가족이 운영하는)은 둔중한 느낌의 위엄 있는 건물에 전통을 갖춘 명성 있는 호텔로, 신중하고 여유 있으면서도 내로라하지 않는, 관광사업의 초창기에 존경받던 주로 은퇴한 사람들로 이루어진 단골 고객들을 환영하는 그런 곳이었다. 이 호텔은 유행에 맞춰 말쑥하게 단장하려는 노력은 하지 않았다. 오히려 그런 노력을 경멸하는 편이었다. 가구들은 간소하지만 고급이었고 침대용품과 수건 등은 완벽했으며 서비스 또한 흠잡을 데가 없었다. 한다 하는 전문가들 사이에서도 알려진 이 호텔의 명성은 호텔업에 진지한 관심을 보이는 유능한 견습생들을 불러들였다. 그러나 여기까지만이 호텔이 나름의 자원이라고 인정하는 것들이었다. 투숙객의 입장에서 보자면 이 호텔은 특별한 매력이 없다는 바로 그 점에 왜곡된 자부심을 갖고 있어서, 그냥 적당히 무난한 방을 찾는 이들이 보기에 테라스는 빈약하고 은은한 배경음악도 없어 로비는 너무 조용한 데다, 공중전화도 가이드 딸린 관광 안내나 시내 유흥지들을 알려주는 안내판도 없어서 어딘가 빗나갔다는 당혹스러운 느낌을 받을 것이었다. 사우나 시설도 없고 미장원도 없고, 장신구를 진열해둔 유리 진열장 또한 없었다. 바는 작고 어두웠으며 어쩐지 엄숙해서 오래 앉아 있을 수가 없었다. 느긋하게 앉아 술을 마시는 것은 그것이 사업상의 목적이든 개인적 탐닉이든 올바른 일이 못 된다는 의미였으며, 만일 꼭 그런 일이 필요하다면 자신의 방에서 개인적으로 마시거나 아니면 이런 일이 다반사로 여겨지는 더 대중적인 업소로 가라는 식이었다. 아침 열 시가 지나면 객실 종업원은 마주치기도 힘들었다. 그 시간까지 실내의 모든 소음은 사라져야 했다. 그 시간 이후에는 진공청소기 소리도 들리지 않았고 사용한 침대 시트와 베갯잇 등을 실은 수레도 볼 수가 없었다. 투숙객들이 저녁 식사를 위해 옷을 갈아입고 아래층으로 내려가고 나면 조심스러운 바스락 소리만이 침대를 다시 정리하고 방을 치우려는 객실 종업원의 재등장을 알려줄 뿐이었다. 이 호텔이 마다하지 않는 유일한 홍보 수단은 오랜 단골로 드나드는 투숙객들의 입소문을 통한 추천뿐이었다.

이 호텔은 흠잡을 데 없는 신중한 방식을 고수하여 손님들의 사생활을 보장하는 안락한 은신처를 제공했다. 그러나 이 덕목은 대다수 사람들에게는 별 매력이 없는지 호텔 뒤락은 늘 반쯤 비어 있었고, 겨울이 되어 완전히 문을 닫기 전인 성수기의 끝물인 지금 이맘때쯤에는 몇 안 되는 손님들만이 남아 있었다. 여름 성수기 몇 달 동안 이곳에서 격조 높은 휴가를 보내고 여태 머물러 있는 손님들은 이 호텔을 오랜 기간 계속 찾아오는 귀한 단골 고객들과 마찬가지로 정중하고 존경 어린 대접을 받았다. 또 그중 몇은 바로 그런 단골 고객이었다. 물론 그 사람들을 즐겁게 해주기 위해 호텔이 특별히 신경 쓰는 것은 없었다. 그들의 요구 사항에 적절히 대비하고 그들의 성품을 정확히 파악한 상태에서 기존의 서비스를 제공할 뿐이었다. 손님은 호텔의 수준에 부끄럽지 않아야 하고, 호텔은 손님의 수준에 부끄럽지 않아야 했다. 만일 어떤 문제가 생기면 그 문제들은 분별 있게 처리될 것이었다. 이로써 이 호텔은 안 좋은 일로 주목받지는 않을 곳으로 알려졌고, 삶에 혹사당하거나 혹은 그냥 피곤에 지친 사람들에게 원기회복을 보장하는 곳이 되었다. 호텔의 이름과 위치는 직업상 이런 장소를 소개할 필요가 있는 사람들이 이용하는 색인에 올라 있었다. 의사, 변호사, 중개인, 회계사 들이 이곳을 잘 알고 있었다. 여행사들은 알지 못하거나 아니면 오래전에 잊어버렸다. 가족 구성원 중에 골칫거리가 있어서 주기적으로 그 사람이 부재할 필요가 있는 이들은 이 호텔을 몹시 소중한 곳으로 생각했다. 그리고 그런 입소문은 퍼지게 마련이었다.

물론 이곳은 훌륭한 호텔이었다. 호숫가에 자리 잡고 있어 환경도 좋았다. 날씨가 눈부시게 좋지는 않았지만 다른 비슷한 휴양지들과 비교해도 그런대로 손색은 없었다. 소도시라 볼거리가 많지는 않지만 자동차도 빌릴 수 있고 소풍도 갈 수 있고, 대단치는 않더라도 즐겁게 산책도 할 수 있었다. 풍광이나 경치, 산세는 마치 옛 수채화에 그려진 윤곽처럼 어딘가 이상스럽고 뚜렷하지 않았다. 온 나라의 젊은이들이 태양과 해변을 찾아 도로와 공항을 메울 때 호텔 뒤락은 조용하게, 때로는 대중들로부터 격리되어 너무도 조용하게 자부심을 지킬 따름이었다. 호텔을 다녀간 오랜 친구들의 기억 속 장소라는 사실로 이 정도 명성을 지닌 호텔이 요구하는 구두 추천을 받기만 한다면, 그리고 그 추천이 금세기 초반으로 거슬러 올라가는 위베르 가족의 명부에 이미 올라 있는 사람에게서 온 것이라면, 호텔은 새로운 고객의 합당한 요구는 결코 거부하지 않음으로써 자부심을 지키는 것이었다.

이디스는 폭이 넓고 낮은 층계를 내려가다가 어디선가 울려 나오는 예절 바른 웃음소리를 들었다. 아마 차를 마시는 살롱 같은 곳인가보다 생각하며 소리에 끌리듯 가까이 다가서는데 갑자기 이곳의 평화로운 생활에 나쁜 일이 생길 조짐인 양 맹렬하고 높은 소리로 짜증을 내는 듯한 개 짖는 소리가 들렸다. 층계 발치에 눈이 온통 털에 덮인 아주 작은 개가 안절부절못하며 몸을 떨고 있었다. 아무도 와서 봐주지 않자 이미 이런 경험을 해봐서 안다는 듯 다시 갓난쟁이처럼 한껏 소리 높여 짖기 시작했다. 상상할 수 없는 고문이라도 견디는 듯 길게 소리 내 울자 엄청나게 호리호리하고 좁은 두상을 논병아리처럼 까딱거리는 여자가 "키키! 키키! 이 버르장머리 없는 녀석!" 하는 소리와 함께 바에서 급히 뛰어나오더니 층계 발치에 무너지듯 주저앉아 개를 품에 껴안고 키스를 퍼부어댔다. 그러고는 다시 뼈가 없는 사람처럼 흐느적거리는 몸짓으로 개를 얼굴에 대고 쿠션처럼 꽉 껴안은 채 바 안으로 돌아갔다. 지배인이 층계 위에 고인 물웅덩이를 보고 눈을 찡

그리더니 손가락 마디를 꺾어 소리를 냈다. 흰색 상의를 입은 종업원이 이런 일이 꽤 빈번하다는 듯 무감각하게 걸레질을 하자 호텔 뒤락(위베르 가족 소유의)의 지배인은 이 사건이 이디스 호프의 호텔에 대한 첫인상에 오점을 남기게 될까 곤혹스러워하는 표정을 지었다. 그러면서 버릇없는 동물과 호텔은 무관하며 그런 동물을 데리고 오는 분별없는 손님들이 더 큰 문제이고, 그런 투숙객에게 방을 내주기는 하지만 그 행동을 공모하거나 인정하는 것은 아니라고 말했다.

참 흥미롭군, 이디스는 생각했다. 그 여자는 영국 사람이었다. 그렇게도 희한한 체형이라니. 아마도 무용수일 거야. 이디스는 그에 대해서는 나중에 다시 생각해보기로 다짐했다.

살롱은 그녀의 객실로 미루어 짐작한 것보다 훨씬 쾌적했다. 짙은 푸른색 카펫에 여러 개의 둥근 유리 탁자와 편안한 옛날식 안락의자가 구비되어 있었고, 작은 업라이트 피아노 앞에는 나비넥타이를 맨 나이 든 남자가 감미로운 전후(戰後) 뮤지컬 곡들을 연주하고 있었다. 따뜻한 차가 몸 안으로 들어오고 아주 맛있는 체리 케이크를 한쪽 먹고 나니 이디스는 주위를 둘러볼 용기가 생겼다. 손님이 드문드문 앉아 있었다. 대부분 저녁을 먹을 때쯤에나 돌아올 것 같았다. 퍼그처럼 생긴 어느 부인이 다리를 쩍 벌리고 무릎에 부스러기가 떨어지는 줄도 모르고 엄숙하게 무언가를 먹고 있었다. 저쪽 구석에는 그림자 같은 두 남자가 귀엣말을 나누고 있었다. 반백의 두 사람, 부부인지 오누이인지 모를 두 사람이 비행기표를 확인했고, 그중 남자 쪽은 차를 다 마시지도 않은 채 자동차가 도착했는지 보려고 규칙적으로 왔다갔다하고 있었다. 살롱은 밝고 쾌적했지만 죽은 듯이 고요했다. 자신에게 주어진 운명이 어떤 것인지 깨달은 이디스는 한숨을 쉬었다. 그러나 스스로 이런 분위기를 원해서 찾아온 건 아니더라도 집필 중인 소설 「찾아온 달빛 아래」를 끝낼 수 있는 절호의 기회라는 사실을 상기하고자 했다.

단 한 단어에도 집중하지 못하던 이디스가 책에서 눈을 들었을 때 나이를 가늠할 수 없는 한 부인의 매혹적인 모습이 예기치 않게 눈에 들어왔다. 빛나는 은빛 금발에 손톱은 진홍색으로 칠했고 근사한 (그리고 값비싼) 실크 날염 드레스를 입고 있었다. 종업원들은 아름다운 얼굴에 즐거운 미소를 띠고 손으로 음악 소리에 박자를 맞추는 이런 기분 좋은 자태에 여지없이 이끌려 부인의 주변을 맴돌면서 케이크와 차를 더 가져다주고 있었다. 부인은 주위의 모든 이에게 다정한 미소를 보냈고 나이 든 피아니스트에게는 더 다정한 미소를 보냈다. 피아니스트는 악보를 접고 일어나서 부인에게로 다가가 무엇인가를 속삭여 그녀를 웃게 만든 뒤 손에 키스를 하고 자리를 떠났다. 뻣뻣하고 좁은 피아니스트의 등이 자신의 진가를 알아주는 사람을 만나 빛나고 있었다. 부인은 의자에 기대앉아 찻잔과 받침을 턱까지 올려 우아한 자태로 차를 마셨고 호의를 자아내는 이 세련된 자기표현은 즐거운 볼거리를 연출했다. 그녀에게는 낯선 장소에 떨어진 사람들이 맞닥뜨리게 되는 어려움이 전혀 없어 보였으며, 호텔의 사 분의 삼이 비어 있어도 오히려 그런 분위기를 편안해한다는 사실을 여실히 드러내고 있었다.

마치 최면에라도 걸린 듯 이디스는 한순간도 놓치기 아까워하면서 그녀를 지켜보았다. 정교한 레이스 손수건을 입술에 갖다 대는 손에는 여러 개의 반지가 번쩍거렸다. 그녀 앞에 있던 차 쟁반이 치워지자 이디스는 자신처럼 동반자가 없거나 예기치 않게 머물게 된 투숙객들을 너무나 의기소침하게 만드는 저녁 전의 빈 시간을 그 부인은 무엇을 하며 보내는지 예의 주시했다. 그러나 당연히 부인은 혼자가 아니었다. "저 왔어요." 커다란 자두 모양의 엉덩이가 드러나도록 아주 꽉 끼는 하얀 바지를 입은 (너무 끼는데, 이디스는 생각했다) 아가씨가 젊은 목소리로 노래하듯 말하면서 들어왔다. "그래, 왔구나." 아가씨의 어머니가 틀림없는 부인이 말했다. "난 이제 막 차를 다 마셨는데. 차 마실래?"

"아뇨, 괜찮아요"라고 말하는 아가씨는 이디스가 보기에 어머니보다 좀 못한 닮은꼴로, 더 정확히 말해 어머니와 같은 형이긴 하나 완성도가 어머니에는 미치지 못했다.

"그래도, 얘야!" 부인이 큰 소리로 말했다. "차를 마셔야지! 안 그러면 지친단다! 그냥 종을 쳐봐. 더 갖다줄 거야."

웨이트리스가 다가오자 두 사람은 고개를 돌려 애교 있는 웃음을 지으며 차를 부탁했다. 그 웃음에는 즉각 차가 준비되리라는 확신이 담겨 있었다. 두 사람은 곧 이디스에게는 거의 들리지 않는 목소리로 자신들만의 대화에 몰두했고 이따금 아주 기뻐하고 축하하며 발작적으로 웃음소리를 냈다. 두번째 차 쟁반이 오자 두 사람은 웨이트리스에게 여러 번 미소를 지어주고는 다시 이야기를 이어갔다. 웨이트리스가 마치 어떤 의식에서 역할이 끝나지 않은 듯 머뭇거리며 그들 옆에 서 있자 실크 드레스를 입은 부인은 "이제 됐어요"라고 말하고는 딸을 유심히 살폈다.

이디스는 그 딸이 스물다섯쯤 되는 나이에 아직 결혼은 안 했지만 별 걱정은 없을 거라고 생각했다. '서두를 필요 없어요.' 멋진 미소를 지으며 이렇게 말하는 그녀의 어머니를 상상할 수 있었다. '이대로도 얼마나 행복한데요.' 그리고 딸은 얼굴을 붉히며 고개를 쳐들 것이고, 그 사실은 분명 어머니 쪽에 꽤 지속적으로 봉사를 하고 있을 나이 지긋한 신사의 음흉한 관심을 끌 것이었다. 이런 상상은 그만둬야지, 이디스는 혼잣말을 했다. 내가 그 사람들 인생을 만들어낼 필요는 없지. 나 없이도 얼마든지 잘 살고 있는데. 이디스는 자신에게도 저런 어머니가 있었으면 하는 마음의 통증을 느꼈다. 저렇게 싹싹하고 저렇게 우아한 모습으로 여섯 시가 다 된 시간에도 차를 마셔야 한다고 고집하는 어머니. 마찬가지로 딸을 보면서는 나도 저랬으면 하는 마음의 통증을 느꼈다. 저렇게 확신에 차고 저렇게 자신에게 주어진 것에 편안해하는…… 그들은 영국인이었다. 이디스에게 익숙한 유형은 아니지만 유복하고 여유로운 시간을 보내는 사람들이었다. 그 둘은 늘 그렇게 지내는 사람들처럼 보였다.

마침내 자리를 옮기기로 결심했는지 어머니가 의자에서 일어나 두어 번 몸의 중심을 잡는 시도를 했고, 딸은 옆에서 언제 거들어야 하는지 정확하게 아는 것처럼 기운차게 어머니를 부축했다. 이디스는 부인의 관절이 꽤 굳어 있다는 사실에 놀라며 그 모습을 바라보았다. 멀리서 보기에는 그렇게도 인상적이고 나이보다 젊어 보이던 원숙함이 몸을 일으키자 그대로 유지되지 못한 것이다. 이디스는 오십 대 후반과 이십 대 중반으로 짐작했던 그들의 나이를 육십 대 후반과 삼십 대 초반으로 신중하게 재조정했다. 그러나 두 사람 다 겉모습은 아주 훌륭했다. 이디스는 맞은편에 앉아 있던 부인이 살롱을 떠나기 전에 자신을 뒤돌아보며 비록 멀리서나마 알은척하는 부드러운 미소를 보내자 남모르게 몹시 기뻐했다.

이제 산책 말고는 할 일이 없었다.

이디스는 조용한 정원을 가로질러 철문을 통과하고는 혼잡한 도로를 건너 잿빛 하루의 희미해져가는 빛을 받으며 호숫가를 걸었다. 하나밖에 없는 시내 교차로를 지나자 정적이 그녀를 집어삼키는 듯했다. 이대로 아무도 만나지 못하고 누가 옆에 있었으면 하고 바라며 영원히 걷게 되리라는 생각이 들었다. 가장 잘 안다는 사람들에 의해 유배되어 온 이곳의 고적함은 그녀가 생각했던 것과는 아주 달랐다. 이 희미하고 베일에 싸인 듯한 조심스러우면서도 적대적으로 느껴지는 날씨, 이것이 두꺼운 외투도 챙기지 못하고 급하게 여행을 떠난 사람의 시련기에 딸려 온 동반자란 말인가? 호수는 미동도 없이 잔잔했다. 머리 위로 외로이 달린 등 하나가 플라타너스의 축 처진 잎사귀를 밝은 에메랄드빛으로 비추고 있었다. 내가 원하지 않으면 여기 있을 필요가 없잖아. 그녀는 마음을 정했다. 사실 누구도 강요하진 않았어. 그래도 내가 집으로 돌아갔을 때 모든 게 편해질 수 있다면 한번 해봐야 하는 일이지. 여기도 사람이 아주 없지는 않잖아. 나도 휴식이 필요하고. 일주일쯤 시간을 줘보지 뭐. 내 몽매한 설득인 글쓰기에 도움이 되는 누군가를 찾아낼지도 몰라. 내 소설에 여기 있는 이런 사람들이 어울릴지 어떨지는 몰라도. 하지만 그 키 크고 마른 여자, 짜증나는 개를 데리고 있던 아름다운 여자. 아냐, 그 여자보다는 여기서 그렇게 편안하게 지내던 매력적인 두 여자. 그런데 왜 그 사람들은 여기 있는 거지? 그런데 모두 여자, 여자, 여자들뿐이네. 나는 남자들과 이야기하는 걸 좋아하는데. 오, 데이비드, 데이비드.

호숫가를 따라 산책하며 이디스는 자신이 지금 하고 있는 일이 불합리와 불가피성이 늘 같이하기 마련인 꿈속에서 말없이 걷는 것과 다를 바 없다는 생각이 들었다. 꿈속에서 그러듯 목적지가 뚜렷해질 때까지 이 길을 계속 걸어가야 할 것 같은 절망감과 어떤 파국으로 치달을 호기심이 동시에 느껴졌다. 오늘 저녁, 그녀의 마음 상태나 펼쳐져 있는 길의 모습 등이 좋지 않은 결말을 예고하는 듯했다. 충격, 배신, 그런 게 아니라면 기차를 놓친다거나 중요한 행사에 누더기를 걸치고 간다거나 혹은 자신도 모르는 혐의를 받고 피고석에 서 있는 일 등. 빛마저도 꿈속에서처럼 이 이상스러운 순례의 길을 낮도 아니고 밤도 아닌 경계가 모호한 상태로 둘러싸고 있었다. 그러다 이디스는 지금 자신이 걷는 이 길에 어떤 특별함이 있음을 알아차렸다. 사람들의 발길로 다져진 땅에는 두 줄로 선 나무들 옆으로 자갈길이 완벽하게 곧게 뻗어 있었고, 그 길 한쪽으로는 지금 보이지는 않지만 호수가, 또 다른 한쪽으로는 도시가 있었다. 그 도시는 너무나 작고 너무나 질서정연해 자동차가 급정거하는 날카로운 소리나 경적·소리, 또는 대단한 작별인사를 하느라 목청을 높이는 시끄러운 소리 등은 결코 들리지 않는 곳이었다. 멀리 나무들 저 너머 어딘가에서 평화로이 줄지어 돌아가는 귀가 차량들의 적당한 소음만이 귀에 희미하게 와닿았다. 그보다 크게 들리는 것은 자갈길을 걷는 자신의 발소리로, 그 큰 소리가 거슬려 이후로는 호수 가까이의 부드러운 흙길을 걸었다. 드문드문 서 있는 가로등 불빛 아래서 이디스는 마치 이 조용한 곳으로 나온 유일한 사람인 양 아무에게도 방해받지 않고 길을 계속 걸었다. 이제 어둠 때문에 보이지 않는 호수에서 눈에 띄게 냉기가 올라와 그녀는 긴 카디건 속에서도 몸을 떨었다. 내 운명은 한동안 이 땅을 걷는 거야. 생각에 깊이 잠겨 묵묵히 따르는 태도로 이제 그만해도 될 시간이라 여겨질 때까지 이디스는 계속 걸었다. 그러고 나서 왔던 길을 되짚어 돌아갔다.

어스름 속에 돌아오면서 그녀는 축제 분위기를 가장해 불이 켜진 호텔을 멀리서 바라보았다. 다른 여자라면 괜스레 한숨을 쉬며 '잠깐 얼굴이라도 내밀어야겠네'라고 할 테지, 그러니 나도 애써봐야지, 이디스는 마음을 다잡았다.

조용한 호텔 로비에는 밝게 불이 켜져 있었고 텔레비전이 있는 방에서는 중얼거리는 말소리가 들리고 고기 굽는 냄새가 풍겼다. 이디스는 옷을 갈아입으러 방으로 올라갔다.

프런트에는 은퇴는 했으나 아직 활동적이고, 자애롭고 부드러운 간섭만 하는 나이 든 위베르 씨가 하루 중 가장 기분 좋은 순간을 즐기고 있었다. 그는 투숙객 명부를 열고 누가 떠나고 누가 새로 도착했는지 살펴보고 있었다. 물론 이 시기는 비교적 사업 실적이 저조할 때였다. 동절기로 문을 닫기 직전이라 객실의 반 이상이 비기 마련이었다. 그는 독일 가족은 갔군, 하며 표시를 했다. 그들이 떠날 때의 소란은 오 층에 있는 그의 거처에까지 들렸다. 채널 제도에서 온 나이 지긋한 별난 부부는 차를 마시고 떠났지. 제네바에서 회의가 있으니까 아마 조금 더 머물기로 작정하고 주말을 지낼 투숙객이 있을지도 모를 일이야. 아니면 모두 단골손님들만 남겠지. 보뇌이유 백작부인, 퓨지 부인과 부인의 딸, 그리고 남편이 영국 귀족 연감에 올라 있다지만 이름을 붙여 부르고 싶지는 않은 개를 데리고 있는 여인이 있었다. 그녀의 남편은 호텔 지배인인 위베르 씨의 사위에게 이런저런 지시를 내렸었다. 새로 온 사람이 하나 있군. 호프, 이디스 조해나. 영국 귀부인 이름치고는 이례적인데. 아마 순수한 영국인은 아닐지도 몰라. 온전한 귀부인이 아닐 수도 있고. 추천은 당연히 받았군. 하지만 이 업계에서는 아무도 모를 일이지.

2

저녁 식사에 가기 위해 리버티 백화점에서 산 실크 스목*으로 갈아
입고 길고 볼이 좁은 발을 장식 없는 염소가죽 펌프스에 얌전하게 밀
어 넣은 뒤에도, 이디스는 호텔 식당으로 내려가 모르는 사람들과 섞
여 첫 식사를 해야 하는 순간을 늦출 방편을 찾고 있었다. 심지어 그
녀는 「찾아온 달빛 아래」의 몇 문장을 썼다가 다시 읽어보고 똑같은
장치를 「돌과 별」에서도 썼다는 사실을 깨닫고 지워버리기도 했다.
그 문장들을 지우고 다시 쓰기 시작하자 어느 방향으로 가야 할지 정
확하게 감이 왔다. 내일 할 일까지 잠정적으로 계획한 뒤에야 약간의
자신감을 얻은 이디스는 서류철을 닫고 핸드백과 열쇠를 집어들고 단

---

* 기다란 셔츠형 원피스.

호하게 문밖으로 걸어나갔다.

아까도 같은 소리가 들렸던 그리 멀지 않은 복도 어디쯤에서 또다시 라디오 소리가 들렸고 목욕물 소리도 들렸다. 층계 쪽으로 다가가자 갑자기 장미향의 향수 냄새가 확 풍겨왔다. 마치 자신이 어떻게 등장해야 하는지 잘 아는 누군가가 준비가 다 되었음을 알리는 것 같았다. 이디스는 개를 데리고 있던 여자이리라고 생각했다. 아주 늦게 깜짝 놀랄 모습을 하고 오그라든 배에 오만하게 개를 안고 나타나겠지. 그 여자한테 꼭 말을 붙여봐야지. 저녁을 먹고 나면 그것 말고는 할 일이 없겠지, 하는 생각에 이디스는 괴로웠다.

아래층은 텅 비어 있었고 그녀는 자신이 너무 일찍 왔음을 깨달았다. 들리는 것이라고는 바에서 웃거나 즐거워하느라 끊기는 법이 없는 남자들의 가라앉은 대화 소리뿐이었다. 이디스는 진토닉을 한잔하고 싶었지만 그럴 엄두를 내지 못했다. 그녀는 살롱의 작은 테이블에 앉아 누군가가 놓고 나간 구겨진 〈가제트 드 로잔〉 신문을 집어들었다. 이 호텔 실내 관리가 아주 꼼꼼한 편이던데 이걸 치우지 않았다니 이상하네, 이디스는 생각했다. 그런데 바로 그 순간, 만일 말을 붙일 기회가 있다면 꼭 격식에 맞는 제대로 된 인사를 건네야 할 그 불도그 같은 얼굴을 한 부인이 문가에 나타났다. 부인은 어떤 상황에서든 입을 수 있는 검은색 드레스를 입고 있었고, 나비매듭이 달린 파란색 베일은 떨어질 듯 말 듯한 스팽글 장식의 검은색 베일로 바뀌어 있었다. 그녀가 지팡이를 위로 들면서 "아!" 하는 소리를 내자 이디스는 묻는 듯한 미소를 지으며 〈가제트 드 로잔〉을 들어 보였다. 보뇌이유 부인은 고개를 끄덕이고는 빈 의자와 테이블 덤불 사이를 몸을 흔들며 돌진해오기 시작했다. 이디스는 그녀를 맞기 위해 일어섰으나 보뇌이유 부인이 놀라울 만큼 빠른 속도로 다가오는 바람에 겨우 테이블 두 개 정도만 지나서 멈춰 서야 했다. "Merci(고마워요)." 보뇌이유 부인이 다시 지팡이를 들어 올리며 말했다. "Je vous en prie(천만에요)"라고 말하고 이디스는 자리로 돌아왔다. 그녀가 호텔에 도착한 후 처음으로 입 밖에 낸 말이었다.

의자에 등을 기대고 잠시 눈을 감으면서 이디스는 자신 앞에 놓인 이 저녁의 두려움이 표면으로 떠오르도록 내버려두었다. 어떤 경우에라도, 동반자가 있더라도 사람들 앞에서 식사를 하는 것은 취향에 맞지 않았다. 이디스는 영국을 떠나기 전 마지막 식사를 떠올리며 가볍게 몸을 떨었다. 담당 저작권 중개인인 해럴드 웨브가 밖에서 점심을 먹자고 했다. 해럴드는 분명 그녀의 사기를 돋우어주려 했다. 자신이 그녀를 신뢰하고 있다는 사실을 확인시키면서 심지어 다음에 쓸 책에 대해 높은 선인세 협상에 들어갈 계획이라고도 했다. "이번 일은 다 잊힐 겁니다." 잘 피우지도 않는 시가에 불을 붙이면서 그가 말했다. 시골 의사처럼 보이는 온화한 학자풍의 이 남자는 자신의 초대가 너무 사교적이 되는 것을 싫어했음에도 대성당 같은 레스토랑 테이블을 예약해두었다. 이곳의 손님들은 눈앞에 경이로운 작품이 차려지기까지 숭배하는 마음으로 몸을 웅크리고 있거나 혹은 메뉴 중 가장 간단한 요리인 듯한 정교하게 말아놓은 생선 필레에 감투 정신으로 달려들고 있었다. 이디스는 마시고 나면 늘 가스가 차는 느낌인 페리에를 원망하며 생각에 잠겨 먼 산을 바라보았다. 대화를 잇기가 쉽지 않았다.

"새 책 아이디어가 마음에 들어요." 이야기가 끊긴 지 한참 후에 해럴드가 말했다. "그런데 로맨스 소설 시장에 변화의 조짐이 있다는 말은 해야겠네요. 요즘은 높은 직위의 젊은 여자들, 『코즈모폴리턴』을 읽는 여자들, 서류가방을 든 여자들의 섹스 이야기가 주종이지요."

반응이 없자 그는 옆 접시에 놓인 격자무늬로 장식한 작은 부채꼴 모양 당근으로 장난을 하다 다시 그 주제로 돌아와 말을 던졌다.

"브뤼셀로 출장 갈 때 여주인공이 뭘 가지고 가죠?"

"글래스고인데요." 이디스가 정정했다.

"어디라고요? 아, 뭐 그렇겠죠. 어쨌든 주인공이 혼자가 되어 자유롭다는 사실을 확인시켜줄 무언가가 들어가야 소설이 재미있어져요. 그녀가 호텔 방에서 홀로 외롭게 밤을 지낼 때 자신을 만족시킬 무언가를 원한다고 써야 해요. 무언가 자신의 라이프스타일을 나타낼 수 있는 거 말입니다."

"해럴드, 나는 자신의 생활 방식, 이를테면 그 라이프스타일을 가졌다는 사람을 몰라요. 그게 무슨 뜻인데요? 당신이 가진 물건은 모두 아무리 오래 잡아도 오 년 안에 한꺼번에 샀다는 의미인가요? 그렇다 하더라도 그렇게 해방되어 자유롭다면 왜 자신이 먼저 바에 내려가서 누군가를 붙잡지 못하죠? 분명히 가능한 일일 텐데요. 하지만 중요한 건 대부분의 여자들이 그렇게 하지 않는다는 거예요. 왜 안 그럴까요?" 갑자기 자신감을 되찾은 이디스가 물었다. "그건요, 그들은 곤경에 처하면 옛 신화를 더 선호하기 때문이에요. 누군가가 자신들을 찾아내줄 거라고 믿고 싶어 하죠. 모든 것을 잃었다고 생각하는 바로 그 순간, 닫혀 있던 문 뒤에서 어떤 남자가 그들의 아름다움을 보

고 대륙을 횡단하는 전투를 치르며, 하고 있던 일이 뭐가 됐건 그 모
든 걸 포기하고 그들을 찾으러 오리라는 믿음이죠. 아! 그게 사실이라
면 얼마나 좋겠어요." 이디스는 이렇게 말하고는 숨을 몰아쉬며 자신
이 머리를 숙이고 이런 생각을 짜내는 동안 포크에 매달려 있던 키위
조각을 찍어 올렸다. 이 여자는 정말 블룸즈버리에 살았던 누구*를 떠
올리게 하는군. 그녀의 푹 꺼진 뺨과 오므린 입을 보면서 해럴드는 생
각했다.

"그래요, 아마 당신이 제일 잘 알겠지요." 해럴드는 다른 일로 이미
충분히 어지러운 그녀의 마음이 더 나빠지지 않길 바라며 말했다. "그
냥 그렇게 생각해봤어요……"

"모든 신화 중에서 가장 강력한 신화가 뭔지 아세요?" 이디스가 약
간 울리는 어조로 말을 계속하자 그는 웨이터에게 계산서를 가져오라
고 조심스럽게 손짓했다. "토끼와 거북 이야기예요." 이디스가 단정
적으로 말했다. "사람들은 이 이야기를 좋아해요. 특히 여자들이 그렇
죠. 해럴드, 이제 당신도 알게 되겠지만요, 내가 쓰는 책에서는 내성
적이고 잘난 체하지 않는 여자가 남자주인공을 차지해요. 반면에 그
런 여자들을 경멸하며 남자주인공과 격정적인 연애를 했던 유혹녀는
사랑의 난투에서 좌절하고 물러나 다시는 돌아오지 않죠. 거북이 매
번 이기는 거예요. 물론 사실은 그렇지 않죠." 키위가 접시 위로 미끄
러져 떨어지는 것도 모른 채 그녀는 유쾌하게, 그러나 권위를 가지고
말했다. "현실에서는 물론 토끼가 이겨요. 매번요. 주위를 둘러보세

---

* 버지니아 울프를 가리킨다.

요. 그러나 사정이야 어떻든 이솝은 거북의 입장에서 거북이 같은 사람들을 겨냥해 그 우화를 썼다는 게 저의 논점이에요. 자명한 사실이죠." 이디스의 목소리가 열정적으로 높아졌다. "토끼들은 책 읽을 시간이 없어요. 그들은 경주에서 이기느라 너무 바빠요. 선전은 모두 다른 방향으로 하고 있지만 거북이야말로 위로가 필요한 존재들이에요. 성경 말씀에서처럼 온유한 자가 이 땅을 물려받게 되는 거지요." 이디스는 짧은 미소와 함께 이 말을 덧붙였다. 그리고 잠깐 멈췄다가 접시에 남은 것을 집어 오만하게 한 입 먹고는 등을 기댄 채 자신의 주장에 취해 있었다.

괜히 교수의 딸인 건 아니겠지. 해럴드는 그녀가 잠깐 휴식을 취한 다음 곧 다시 작업을 시작해 웬만하고 꽤 잘 팔리는 작품을 또 하나 가지고 나타나리라고 생각했다.

"물론," 이디스는 목욕용 소금 색깔의 설탕 조각을 커피에 넣으면서 말했다. "토끼가 거북의 선전용 로비에 영향을 받을 거라고, 그래서 더 신중해지고 조심성 있고 더 천천히 행동할 거라고 주장할 수도 있어요. 하지만 토끼는 항상 자신이 우월하다고 확신해요. 토끼는 거북을 자신에게 어울리는 적수로 인식하지 않죠. 그래서 토끼가 이기는 거예요." 그녀가 끝을 맺었다. "내 말은 실제 삶에서 말이에요. 소설에서는 절대 그렇지 않아요. 적어도 내 소설에서는 그렇지 않아요. 실제 삶에서 일어나는 사건들은 내 소설에 쓰기에는 너무 끔찍해요. 그리고 내 글을 읽는 독자들은 분명히 그런 걸 원치 않을 거예요. 해럴드, 아시잖아요. 내 글을 읽는 독자는 본질적으로 정숙한 사람들이에요. 그들 관점에서 보면, 또 내 관점에서 보더라도 높은 직위에 서류가방을 들고 오르가슴을 몇 번이나 경험하는 그런 여자들은 딴 데로 가야지요. 그 사람들 입맛을 제대로 맞춰주는 데가 있을 거예요. 어느 시장에나 그런 장사치들은 있기 마련이니까요."

"이전에 쓰던 방식으로 돌아가겠다는 말이군요." 해럴드는 계산을 치르면서 말했다.

"점심 잘 먹었어요, 해럴드." 밖의 부산한 거리로 나와서 이디스가 말했다. 그의 친절하고도 자신을 내세우지 않는 관심과 작별해야 한다는 생각이 그 어느 때보다 강하게 일었다. 해럴드는 이디스가 일단 이곳을 떠나면 믿고 연락을 취할 수 있는 유일한 사람이었다. 그는 그녀가 가는 곳을 아는 유일한, 거의 유일한 사람이었다. 그러나 유감스럽게도 그녀가 왜 떠나야 하는지를 아는 유일한 사람은 아니었다. 이디스는 그가 한 시간 만에 다시 배가 고파질지도 모를 식사에 너무 많은 돈을 지불했다는 사실에 미안스레 그의 눈을 바라보았다. 이디스는 식욕이 아주 완전히 없어져버렸다. 요즘에는 자신과 관계된 일에 아무 관심이 없어 무엇을 먹는지도 상관이 없었다. 하지만 그녀가 데이비드를 위해 만들던 멋진 식사는 그렇지 않았다. 정말 이상한 시간, 자정이 지난 시간, 때로는 조용한 거리를 지나 홀랜드 파크로 줄달음쳐서 가야 하는 그 마지막 순간까지 미루다가 마침내 그들이 침대에서 나왔을 때, 그가 늘 먹고 싶어 하던 별것 아닌 튀김이나 도톰하게 구운 비스킷 들은 그렇지 않았다. "집에서는 이런 걸 못 먹어"라고 사랑스럽게 말하면서 그는 그 부스러기를 달걀 프라이 노른자에 찍을 것이다. 잠옷을 입은 채 구운 콩이 담긴 냄비를 들고 그녀는 그를 걱정스레 바라볼 것이다. 숙련된 눈으로 그의 식욕 상태를 판단하고 또 다른 요리를 만들어 접시에 흔들리는 달걀 커스터드 한 무더기를 올려놓을 것이다. "영웅에게 꼭 맞는 음식이야." 이런 음식을 먹고도 전혀 살이 찌지 않는 군살 없는 우윳빛 몸으로 그는 만족하여 한숨을 쉬듯 말할 것이다. "너무 훌륭해." 실컷 먹은 그는 등을 기대고 이렇게 말할 것이다. "차도 줄 거요?" 그러나 차를 마시는 순간 몸놀림은 점점 빨라지고 단호해진다. 그가 서두르고 있음을 그녀는 알게 된다. 그의 손이 짙은 붉은색의 짧은 머리카락을 뒤로 넘길 때면 이디스는 그가 이제 떠나리라는 것을, 곧 옷을 입으리라는 것을 알았다. 그러고 나면 이디스는 그를 잘 알지 못한다는 느낌이 들었다. 커프스단추와 시계, 이런 것들은 그의 또 다른 삶에 속한 것, 그의 아내가 학교에 늦는다고 아이들을 불러대는 그 아침마다 그가 하는 일인 것이다. 급하게 차로 달려나가 밤을 뚫고 요란하게 사라지는 모습을 커튼 뒤에 서서 지켜보노라면 끝내 이디스는 그를 거의 알지 못한다고 느끼게 되었다. 늘 마치 아주 영원히 가버리는 듯한 느낌이 들었다. 그러나 그는 항상 돌아왔다. 데이비드는 곧 돌아왔다.

낮 시간은 순전히 그를 기다리며 보내는 시간이라 느껴졌다. 그렇지만 분량이 꽤 되는 소설을 다섯 권이나 썼으니 그녀가 샬럿의 여인*처럼 창밖만 내다보며 시간을 보낸 건 아니었다. 이디스는 깨달았다. 책을 쓰는 일을 업으로 하고 있어도 그것은 거북의 삶이었다. 바로 그것이 자신과 같은 거북들을 위해 소설을 쓰는 이유였다.

---

*『아서왕 이야기』의 등장인물로 십구 세기 영국 시인 앨프리드 테니슨이 번안해 잘 알려졌다. 테니슨의 시에서는 저주를 받고 탑에 갇힌 채 거울에 비친 바깥세상을 보며 끊임없이 옷감을 짜는 고립된 여인으로 그려졌다.

그러나 지금 나는 완전히 거북의 세상 속으로 움츠러들어 있어. 이렇게 생각하면서 이디스는 눈을 뜨고 사람이 없는 조용한 살롱을 겁에 질려 둘러보았다. 웨이터가 팔에 냅킨을 걸치고 문가에 모습을 드러내자, 그녀는 마음을 다져먹었다. 식사가 끝날 때까지만 버티면 방에서 혼자 생각을 할 수 있는, 자신이 원하는 시간을 갖게 될 터였다. 일어설 때 약간 어지럽고 하품을 참느라 목이 쑤시는 걸 느끼며 이디스는 약효가 차츰 떨어지고 있다고 생각했다. 아버지라면 이럴 때 바로 기질이 드러난다고 말할 테지. 이디스는 식당 쪽으로 발걸음을 옮기며 저녁을 먹을 각오를 다졌다. 그렇게 하는 편이 이롭고 또 그녀가 가능한 한 오래 평정심을 유지할 수 있기 때문이었다.

들어가 보니 식당은 꽤 쾌적했다. 지금은 캄캄해서 보이지 않으나 정원을 바라볼 수 있는 긴 창문이 있었고, 티 없이 깨끗하고 하얀 식탁보 위에는 아주 소박한 꽃들이 작은 다발로 꽂혀 있었다. 식당에도 사람이 없었다. 구석 테이블은 그녀가 바에서 보았던 모습 그대로 단조로운 억양으로 이야기에 열중하고 있는 회색 양복을 입은 네 남자가 차지하고 있었다. 보뇌이유 부인은 무표정한 얼굴로 무언가를 계속 씹으며 마치 입안을 헹구듯 꿀꺽꿀꺽 희한한 방식으로 포도주를 마셨고 코스 사이에 무언가가 더 나오기를 기다리면서 식탁 위에 손을 올리고 있었다. 이디스는 그녀의 누리끼리한 손가락에 작은 반지들이 꽉 끼듯 물려 있는 것을 스치듯 보았다. 그중 하나에는 문장(紋章)이 새겨져 있었지만 그 옴폭한 곳은 이미 다 닳아 있었다. 개를 데리고 있는 여자가 입은 크레프드신* 블라우스는 긴 목과 좁은 어깨에 축 처져 있어 어쩐지 좀 실망스러웠다. 그녀는 이디스가 머릿속으로 그렸던 것과는 다른 모습으로 입장해서는 헝클어진 머리에 등을 활처럼 웅크리고 가까이 있는 테이블에 앉았고, 하얀 상의를 입은 무표정한 웨이터가 그 뒤에 시종처럼 서 있었다. 옆에서 키키가 코를 쿵쿵거리자 때때로 그녀는 개를 들어 올려 얼굴에 갖다 댔다. 이디스는 그녀의 얼굴에서 결정적으로 미세한 분열의 조짐을 보았다. 그녀는 이제 키키를 자신의 무릎에 올려놓고, 포크를 먹는 데 쓰기보다는 이리저리 휘두르며 음식을 먹고 있다는 인상을 만들어내는 장치로 쓰고 있었다. 꽤 많은 음식이 식탁보 밑으로 미끄러져 내려갔다. 그러나 그 음식이 아래로 떨어지는 법은 없었다. 키키가 마치 조련된 물개처럼 뛰어올라 낚아채기 때문이었다. 이디스는 키키가 여러 용도로 소중한 존재라는 인상을 받았다. 무표정한 웨이터가 그녀 뒤에 서 있는 것은 수석 웨이터의 고갯짓이 있기 전까지는 전혀 불필요한 일처럼 보였다. 하지만 고갯짓이 떨어지자 그는 앞으로 몸을 기울여 반쯤 마신 프라스카티 와인 병을 집어들고 아주 단호하고 완고한 걸음걸이로 식당의 한갓진 구석으로 걸어갔다. 그리고 조금 후에 똑같이 단호하고 완고한 걸음걸이로 커다란 아이스크림을 가지고 와서는 그녀 앞에 놓고 다시 의자 뒤로 가서 섰다. 개를 데리고 있는 여자는 이디스 쪽으로 멋진 여사제와 같은 눈을 굴린 다음 아주 복잡하고 세련되게 얼굴을 찡그리고는 다시 접시로 주의를 돌렸다. 연극적이야, 이디스는 생각했다. 외국의 카바레에서 잘나가다 은퇴한 정말 키 큰 무희 중 하나였을 거야. 그런데 왜 여기 와 있지?

---

* 잔주름이 많이 잡힌 프랑스제 실크.

음식은 뜨겁고 아주 훌륭했다. 이디스는 놀랍게도 자신이 음식을 즐기고 있으며 시간이 갈수록 그 영향 아래 기운이 회복되고 있음을 느꼈다. 이제 조금 더 조심스럽게 그녀는 식당 안을 둘러보았다. 그러나 특별한 건 없었다. 회색 양복을 입은 남자들은 여전히 이야기에 몰두해 있었다. 분명히 시내에서 밤 나들이를 온 듯한 두 쌍의 젊은이들은 창가에 자리 잡고 앉아 지금은 보이지 않는 정원 주위를 바라보고 있었다. 위베르 씨로 밝혀진 살집 좋은 나이 지긋한 남자는 식사와 주변 상황 감시하기라는, 그가 좋아하는 두 가지 업무를 겸하고 있었다. 모든 것이 대충 그의 취향에 부합되긴 했으나 위베르 씨는 거의 모든 웨이터를 테이블로 불러 재빠르게 훈계하고 또다시 재빠르게 일을 하도록 만드는 데 소홀함이 없었다. 비수기에 접어들었어. 조짐이 보이기 시작하네, 이디스는 생각했다. 개와 함께 있는 여자가 비틀거리며 일어서다 바닥에 냅킨을 떨어뜨렸다. 그녀는 키키를 안아 올리고 막 앞으로 걸어나오는 하얀 제복을 입은 웨이터에게 우아한 눈길을 보내고는 숨을 깊이 내쉬며 위엄 있는 퇴장을 준비했다. 테이블에 손을 얹고 있던 보뇌이유 부인은 크게 트림을 했다. 위베르 씨는 잠시 눈을 감았다. 이디스는 그 모습을 바라보는 것이 재미있었다. 그리고 위베르 씨가 다시 눈을 떴을 때, 그의 얼굴은 천상의 기쁨으로 온통 주름이 잡혀 있었다. 그 눈길을 따라가 보니 원인 제공자가 거기 있었다. 식당 저편에 딸을 위해 차를 부탁했던 매혹적인 부인이 짙푸른 레이스 옷을 입고 작은 다이아몬드 귀걸이를 반짝이면서 주춤거리며 서 있다가 자신의 존재가 주목받고 진정으로 환영받는다는 확신이 들자 테이블로 우아하게 걸어 들어왔다. 소매 없는 검은색 드레스 차림의 딸이 마치 꽃다발을 받듯 왼쪽 오른쪽으로 미소를 보내며 어머니를 뒤따랐다.

이건 꼭 봐야 해, 물잔을 채우며 이디스는 생각했다. 그녀는 이미 이 두 사람에게 강력하고도 가늠하기 힘든 인상을 받고 있었다. 호기심, 시기, 즐거움, 이끌림, 그리고 두려움. 그녀가 강한 성격의 사람들과 있을 때마다 느끼는 그 두려움. 이곳에 있다는 사실이 조금 이상하긴 하지만 그들은 의심할 여지없이 강한 사람들이었다. 두 사람은 남다른 대접을 받기로 되어 있는 사람들 같았다. 그들이 의자에 앉는 걸 돕기 위해 사방에서 웨이터들이 나타난 것만 봐도 그랬다. 메뉴판이 펼쳐지고 웃음 섞인 말들이 오갔다. 개와 함께 있는 여자는 이런 활기에 빛을 잃고 또 다른 복잡한 표정을 얼굴에 드러내면서 그들을 돌아보았다. 그녀는 식당에서 나가는 길에 그 모녀와 마주치게 되었다. 그런데 두 사람은 그녀를 못 본 척했고, 이디스는 이 광경에 주목했다. 다시 그녀 마음 뒤편에서 두려움 어린 작은 떨림이 속삭였다. 그러나 지켜볼 가치가 있었다. 두 사람에게는 진정 매력만큼이나 활기도 응축되어 있었다. 보기에도 매력적일 뿐만 아니라 그에 어울리는 현란한 식욕까지 겸비하고 있었다. 서로 분주하게 이야기를 주고받으며 네 가지 코스 요리를 열정적으로 먹는 동안 포크와 나이프가 내내 번쩍거리며 움직였고 동시에 그들은 다음 날의 계획까지 세웠다. "차는 몇 시에 오라고 했니?" "구두 찾아오는 것 잊지 않게 말해주세요, 어머니." 이디스는 그들의 대화를 들을 수 있었다. 두 사람은 그러고 나서 탐욕스러운 여자들이 늘 그렇듯 마치 음식에는 전혀 관심 없다는 듯, 꽤 까다로운 듯 의자 깊숙이 물러나 앉았다. 시치미를 떼고 점잔을 빼는군, 이디스는 생각했다.

그럼에도 이디스는 마치 그들의 장미향 자취를 쫓는 얌전하고 꼼짝 못하는 시종인 양 두 사람을 따라 식당을 나왔다(그제야 이디스는 두 사람이 바로 복도에서 맡았던 향기의 근원임을 알게 되었다). 두 사람이 살롱에 자리 잡았을 때 이디스는 극도로 확신에 찬 그들의 모습에서 마치 용기랄까, 자신도 어떤 확신을 얻은 것처럼 그들과 가까운 자리에 앉았다. 커피가 오기를 기다리면서 두 사람은 각자의 콤팩트를 꺼내 거울에 비친 얼굴을 꼼꼼하게 살폈다. 화장을 고치고 입술을 바르고 나서 은빛 금발의 부인은 이제 자리로 되돌아온 나이 지긋한 피아니스트에게 출처가 불분명한 곡을 조금 더 연주해달라는 표시로 고개를 들고 미소를 보냈다. 부드럽고 세심한 선율이 흐르자 부인은 "아, 노엘" 하고 너그럽게 봐주는 듯한 소리를 냈다. "저 애는 신동이었어요."

저 피아니스트를 애라니? 이디스는 다시 한번 나이를 재조정해야 함을 깨달았다. 그러나 채 그러기도 전에 딸이 일어나서 검은 드레스의 풍만한 엉덩이 부분을 잘 정리하고는 이디스가 앉은 쪽으로 다가왔다. 그녀는 금발에 홍조 띤 조금 큰 얼굴을 기묘하게 이디스 쪽으로 숙이며 말했다. "어머니가 저희랑 같이 커피를 드시지 않겠느냐고 물어보시는데요?"

물론 이것이야말로 이디스가 처한 이 저녁 시간에서 구조되는 신호였다. 이디스는 기쁘게 자리에서 일어나 딸을 따라가 부인에게 약간 머리를 숙이면서 "정말 친절하시군요"라고 말했다. "제 이름은 이디스 호프고 오늘 도착했어요. 저는……"

"나는 퓨지예요, 아이리스 퓨지." 그녀가 말했다.

"안녕하세요? 여기 오래 계시……"

"얘는 내 딸 제니퍼고요."

그들은 서로 기대에 차서 미소를 지으며 자리에 앉았다. 커피가 나왔다. 퓨지 부인은 몸을 앞으로 숙여 커피 잔을 들었다. "내가 제니퍼한테 저 숙녀분께 우리랑 합석하자고 해보라 했지요. 나는 혼자 있는 사람을 보면 마음이 안 좋아요. 특히 저녁에는요." 부인은 의자에 편안하게 기댔다. 이디스는 다시 미소를 지었다.

"당신이 아주 슬픈 눈을 하고 있다고 말했지요."

3

다음 날 아침, 정적만이 감돌았다.

이디스는 어스름한 분홍빛 어둠 속에서 눈을 떴다. 익숙지 않은 침대에서 조심스럽게 몸을 일으키고 시간을 알아보려 손목시계를 보았다. 아주 이른 새벽일 거라고 생각했다. 조금 전 잠이 깼을 때 복도 끝쪽에서 조용히 문이 닫히는 소리가 들렸던 걸 기억했다. 그러나 놀랍게도 이미 여덟 시가 넘은 시각이었고 삶은 송아지고기 색의 커튼 사이로 비치는 한줄기 빛은 좋은 날씨를 약속하는 듯했다. 그녀는 전화로 아침을 가져다달라고 하고는 일어나 커튼을 젖혔다. 길고 하얀 잠옷 차림으로 발코니로 걸어나간 이디스는 찬 공기에 몸을 떨었다. 호수에서부터 안개가 걷히며 저 너머로 짙은 회색의 형체가 눈에 들어왔다. 곧 윤곽과 크기가 점점 뚜렷해졌다. 산이었다. 발코니 아래로 선착장에는 작은 보트가 조용히 흔들렸고 세면도구 주머니 같은 바지에 하얀 상의를 입은 주방장이 그날 배달된 싱싱한 농어를 받고 있었다.

어젯밤 개를 데리고 있는 여자의 의자 뒤에 무표정하게 서 있던 웨이터가 아침 식사를 날라왔고, 식사 쟁반을 어깨 높이에서 작은 탁자 위로 미끄러뜨리듯 내려놓았다.

"Merci(고마워요)." 한동안 쓰지 않은 목소리가 자신에게도 낯설게 느껴졌다. "Il fait froid(바깥날이 추운가요)?" 그녀는 프랑스어로 물었다.

"Il a neigé cette nuit sur la montagne(밤사이 산에 눈이 왔습니다)." 그가 진지하게 대답했다.

그는 젊은 사람치고는 너무 진지하다 싶게 착실히 일을 하고 있었다. 아마 열여덟 살 정도지 싶었다. 머리는 벌받은 사람처럼 짧았고 표정은 단호했으며 자신보다 훨씬 나이 많은 종업원과 같은 전문성도 갖추고 있어서 마치 귀인의 종복으로 충실히 비밀을 지키는, 나름의 명예를 지닌 영주의 가신 같은 느낌을 주었다.

"Comment vous appelez-vous(이름이 뭔가요)?" 그녀가 부드럽게 물었다.

그는 문간에서 몸을 돌려 미소를 띠며 깨진 앞니와 의심할 줄 모르는 소년의 눈을 드러냈다. 일은 엄격히 하면서도 다정하게 대해주는 것은 몹시 기쁜 모양이었다.

"Alain, je m'appelle Alain(알랭, 제 이름은 알랭입니다)." 그가 대답했다.

이디스는 커피를 마시면서 어젯밤의 일을 되짚어보았다. 그래, 무언가를 해냈어. 사람들이 이름을 갖기 시작했잖아. 이제, 이곳이, 그리고 일상이 실체를 얻기 시작했어. 그리고 이 깨달음이 가져다준 두려움, 즉 이곳을 너무 잘 알게 되는 것이 이곳에서의 그녀라는 존재에 어떤 현실성 내지는 당위성을 부여할지도 모른다는 두려움은 아이리스와 제니퍼 퓨지를 만나면서 일어난 특별하고 즐거운 사건들로 인해 빠른 속도로 사그라지고 있었다. 어머니인 아이리스 퓨지 쪽이 더 영향력이 컸다. 몸집이 꽤 큰 제니퍼가 상당한 공간을 차지하고 기이하게 지속되는 물리적인 존재감을 갖고 있다 해도 그녀는 결국 어머니의 닮은꼴에 불과하고 혼자서는 말할 거리가 별로 없는 존재였다. 실제로 이디스는 한두 번 그녀의 미소 띤 큰 얼굴 뒤 어딘가에 또 다른 제니퍼가 있으리라는 인상을 받기도 했다.

아무튼 무대는 어머니 차지였다. 어머니인 아이리스가 스타라는 사실은 분명했다. 많은 스타들이 그렇듯이 그녀도 지배자의 위치에서만 스타로서 기능할 수 있었다. 그녀가 화제를 장악하고 있어 이디스는 자신을 설명할 필요가 없었다. 아주 잠깐 동안 퓨지 부인의 동정을 받았던 이디스는 이제 퓨지 부인의 믿을 수 있는 말동무가 되었다. 무슨 할 말이 저리도 많은지, 참 바쁘게 사는구나, 이디스는 생각했다. 아이리스 퓨지가 호텔 뒤락에 매년 잠깐씩 모습을 드러내는 목적은 단 한 가지였다. 쇼핑을 하러 오는 것이었다. 사별한 남편이 사려 깊게도 스위스 은행에 부인 명의로 꽤 많은 돈을 예치해놓은 덕분에 가능한 일이었다.

이디스는 이 모든 사실을 퓨지 부인과 동석한 지 삼십 분 만에 알게 되었다. 게임의 법칙을 세우고 양쪽 당사자의 암묵적 계약이 성립되는 데 소요된 시간은 삼십 분이면 족했다. 퓨지 부인이 그렇게 동정하며 관찰했던 딱한 처지에서 구조되는 보답으로 이디스는 달리 할 일이 없을 때는 자신의 시간을 내주어야 했고, 할 일이 있을 때는 그 할 일에 대해 면밀히 추궁당했다. 그런 식으로 이디스는 퓨지 부인의 의견이나 추억, 인물 품평, 아니면 인생의 소소한 문제에 관한 견해를 모두 들어주는 청중의 역할을 떠맡게 되었다. 이디스가 이런 역할을 순순히 따르기로 한 이유는 그렇게 심각하지는 않지만 그래도 당장 바로잡을 수는 없는, 자신이 처한 곤경 때문만은 아니었다. 퓨지 부인이 전혀 낯선 유의 사람과 접촉을 즐기고 살펴볼 수 있는 기회를 제공해주기 때문이기도 했다. 이 매혹적인 여성은 남의 마음을 사로잡고자 하는 행복한 욕구와 삶에서 가장 중요한 기쁨을 자신에게 안겨다준 여성성에 완전히 사로잡혀 있었고, 이디스는 그런 그녀에게서 탐욕과 방만함, 열정 등을 읽어낼 수 있었다. 이런 성향이 포만감과 승리감으로까지 이어져 두 사람이 저녁을 먹는 모습에 이디스는 가벼운 현기증을 느끼기도 했다. 그들과 자신의 식욕은 차이가 났고 이디스에게 그 엄청난 식욕은 위협에 가까웠다. 그러나 이디스는 제니퍼와 퓨지 부인과 함께 앉아 커피를 마셨다. 그리고 자기 궤도 안에 들어온 모든 것들에 한여름 햇살처럼 다정하게 빛을 내려주는 이들의 자긍심을 누리며 이런 생각은 부질없는 것이라 여기고 떨쳐버렸다(사실 어쩌면 생각해보기에는 너무 고통스러운 것이기에 떨쳐버렸는지도 모른다). 삶의 이상한 고비에 서 있는 이디스에게는 이렇게 우아하고 이렇게 욕심 많고 이렇게 편안한 생활을 누리며 또 이렇게 완벽히 자신의 욕구를 충족시키는 퓨지 부인의 존재가 커다란 위안이 되었다. 그뿐만 아니라 부인은 다른 사람에게도 소유와 축재(蓄財)라는 과감한 생각을 해보도록 부추겼다. 이디스가 보기에 퓨지 부인은 어떤 현대 여성도 감히 지지하기 힘든 일종의 자기선전의 화신이었다. 또한 퓨지 부인은 매혹적인 여성일 뿐만 아니라, 다른 이들에게서도 자신과 같은 성향을 감지해내는 능력이 있었다(그녀는 같은 이유로 오만했다). 퓨지 부인은 상상력이나 너그러움에서도 놀라운 데가 있었다. 예를 들어 그녀는 자신의 딸을 못난 여자들이 더러 그러듯 경쟁자로 생각하지 않았다. 오히려 언젠가는 스타 자리에 오를 자신의 후계자로서 다듬고 있다고 생각했다. 두 사람 사이에는 이디스가 지금까지 본 적 없는 신체적 유사성이 있었고 양쪽 모두 서로를 사랑했지만, 이디스에게 그 사랑은 약간 비현실적으로 보였다. 제니퍼의 둔한 몸집은 풍만한 정도인데도 어머니는 딸을 아직 어린 소녀로 생각했고 제니퍼 역시 습관이 되어서 혹은 좋아서 그리는지 계속 어린 소녀처럼 굴었다.

이런 생각 끝에 이디스는 가장 여성스러운 태도는 무엇인가 하는 문제를 다시금 떠올리게 되었다. 그녀가 쓴 소설의 대부분이 이 문제를 다루고 있었고 해럴드 웨브와도 논쟁을 시도했다가 대답을 찾는 데 실패했었기에 지금 그녀에게는 이 문제가 대단히 중요했다. 그런데 이에 대한 연구를 직접 해볼 기회가 주어져 경험을 하고 있다는 흥분은 지금까지 퓨지 부인의 이야기가 극도로 하찮은 것들뿐이라는 사실로 말미암아 오히려 더 고조되었다. 분명히 여기에는 그녀가 지속적으로 관심을 가질 만한 난해성이 있었다.

퓨지 부인은 지금은 불행히도 죽고 없지만 여전히 영감의 원천으로 살아 있는 자신의 남편 이야기를 들려주는 것으로 이디스의 생각의 고리를 풀었다.

"멋진, 멋진 사람이었어요"라는 정보를 흘려놓은 뒤 부인은 오른손의 엄지와 검지로 잠깐 눈시울을 눌렀다.

"그러지 마세요, 엄마." 제니퍼가 어머니의 팔을 쓰다듬으며 애원하듯 말했다.

퓨지 부인은 떨리는 웃음을 짧게 지었다. "이 아이는 내가 감정이 격해지는 걸 싫어해요." 그녀가 이디스에게 말했다. "괜찮다, 애야. 바보같이 굴지 않을게." 그녀는 하얗고 고운 아마포 손수건으로 입가를 가볍게 두드렸다.

"오, 내가 그 사람을 얼마나 그리워하는지 모를 거예요." 그녀는 이디스에게 털어놓았다. "그 사람은 내가 원할 거라 생각하는 건 모두 다 주었어요. 신혼 시절은 꿈만 같았답니다. 남편은 이렇게 말했죠. '아이리스, 그걸로 행복해진다면 사도록 해요. 내가 백지수표를 주겠소. 전부 다 살림에 쓰지 말고 당신 자신을 위해 쓰구려.' 그렇지만 당연히 집이 우선이었죠. 내가 그 집을 얼마나 좋아했는데요." 여기서 다시 한번 그녀의 엄지와 검지가 눈시울로 올라갔다.

"집이 어디세요?" 이디스는 감정 없는 단도직입적인 질문이라는 사실을 알면서 물었다.

"오, 이봐요. 나는 지금 헤이즐미어에 있던 첫번째 집 이야기를 하고 있어요. 지금 이 자리에 사진이 있으면 좋으련만. 건축가가 설계한 집이었어요. 내 꿈의 집이었죠. 제니퍼가 속상해할 테니 그 집 이야기는 너무 많이 하지 말아야지, 그렇지 애야? 오, 그래요. 그런 타일스를 떠나는 건 저 아이한테는 가슴 아픈 일이었죠."

나도 그 집을 그릴 수 있겠군, 이디스는 생각했다. 나무 세공을 한 마루. 맞춤식 붙박이장. 전망창. 생각해낼 수 있는 집기는 다 갖춘 부엌. 일주일에 두 번씩 오는 정원사. 하얀 작업복을 입고 매일 오는 헌신적인 정원사의 아내. 아래층에는 한 차례 골프를 즐긴 신사들이 사용할 휴대품 보관소. 옥외 테라스, 하고 그녀는 덧붙였다.

"그러나 남편이 본사로 전근을 가면서 나는 그 사람이 얼마나 장시간 차를 타야 하는지 알고 결단을 내렸어요. 교외의 조용한 삶을 사랑하는 어리석은 어린 아내 때문에 왜 남편이 지쳐야 하는지 자문했지요. 어찌 됐건 나는 남편이 내가 곁에서 시중해주길 바란다는 사실을 알았어요. 남편이 원하기 전에 먼저 알았지요. 그래서 우리는 세인트 존스 우드로 이사했어요. 몬트로즈 코트로요. 물론 너무나 아름다운 아파트였어요. 그리고 아주 유능한 집사도 두었고요. 제니퍼가 완벽한 자기 공간을 가질 만큼 집이 넓었어요. 이 아이는 친구 모두를 초대할 수도 있었지요. 나는 아이가 하고 싶은 대로 하도록 내버려두었어요. 근처 가게들도 아주 좋았고요."

그녀는 다시 입 주위를 살짝 두드렸다. "물론 모든 걸 배달시켰지만요" 하고 그녀가 덧붙였다.

이디스에게 자신의 집이 얼마나 편안한 곳인지 확인시킨 후에 퓨지 부인은 계속해서 해외 생활로 말을 이었다. 퓨지 부인과 제니퍼는 여행 동반자로서도 완벽한 조화를 이루는 것 같았다. 해외는 그들에게 주로 사치품을 공급하는 보급창이었다. 두 사람은 최근 들어, 그러나 확실히 유행에서 멀어진 휴양지들에 대해 폭넓게 잘 알고 있었다. 그런 연고로 이곳에 그들이 와 있는 것이었다. 물론 은행계좌가 여기 있다는 점으로 설명이 되기도 하고, '예전에' 퓨지 씨와 퓨지 부인이 몽트뢰에서 자동차를 몰고 이곳으로 와 위베르 씨를 알게 되었다는 사실로도 설명이 되지만 말이다. 그러나 이야기를 듣다보니 남편인 퓨지 씨는 주로 영국에 남아 일을 하고 모녀만 카데나비아, 루체른 아니면 아말피 또는 도빌이나 망통, 보르디게라, 에스토릴 등지로 휴가 여행을 다녔다는 것이 분명해졌다. 한 번, 딱 한 번 팔마로의 여행은 완벽한 실수였다고 했다. "나는 더위를 참을 수가 없었어요. 나중에 남편은 지중해 쪽 여행은, 더구나 성수기에는 다시는 가지 않겠노라고 했지요. 물론 그때는 요즘 같은 단체여행이 없던 시절이었죠. 멋진 곳이었어요. 하지만 더위는 끔찍했답니다. 더위를 식히느라 하루 종일 성당에 들어가 있었어요. 다시는 안 가요."

안 가요, 퓨지 부인은 시원한 기후를 좋아한다고 말을 이었다. 사람들이 북적이는 건 싫다고 했다. 그리고 위베르 씨가 이렇게 환영을 해주니 말이다. 물론 자신들은 호수가 내려다보이는 늘 같은 삼 층의 스위트룸에 머문다고 했다.

"그러면 우리는 같은 층에 있군요." 이디스가 과감히 말했다. "제 방은 307호예요."

"아, 그래요." 퓨지 부인이 말했다. "끝에 있는 그 작은 방이군요. 이런 데는 혼자 쓰는 방이 몇 개 없지요." 부인은 이디스를 찬찬히 바라보았다. "같이 올라가게 되면 우리 방에 들어와보세요"라고 그녀가 말했다. 그러고는 의자 밖으로 몸을 밀어 힘들게 일어나려고 시도했

다. 두 번의 실패 후에 가까스로 몸을 일으켜 제니퍼의 팔을 뿌리치고
는 자신의 성한 발목으로 몸을 바로 세웠다. 거의 일흔 살은 됐겠군,
이디스는 생각했다.

그러나 꼭 그렇게 보이지만도 않았다. 그녀의 맵시 있는 짙은 푸른
색 등을 따라 승강기에 들어갈 때, 또 승강기를 나와서 복도를 걸어갈
때 살짝 풍기는 장미향으로 미루어보아 그 나이는 아니라는 생각이
다시 들었다. 제니퍼가 방문을 열려고 앞서자 황송하게도 퓨지 부인
이 방으로 안내했다. 정말 두 사람은 스위트룸을 쓰고 있었다. 그들이
쓰는 두 개의 침실은 복도에서 따로 들어갈 수 있는 구조였다. 그러나
퓨지 부인이 넌지시 말하기를 언제라도 침실과 연결된 작은 살롱에서
서로 만날 수 있다고 했다. 살롱은 컬러텔레비전, 과일 바구니, 수많
은 꽃, 여러 개의 작은 샴페인 병 등 여유 있는 사람들이 낯선 곳에서
도 자신들에게 허용하는, 생활을 즐겁게 해주는 여러 편의시설들로
기분 좋게 채워져 있었다. 이디스를 자신의 침실로 안내하면서 퓨지
부인은 의자 등받이에 펼쳐져 있는 레이스로 겹겹이 장식된 굴 색깔
의 새틴 네글리제를 가리키며 미소를 지었다. "내 약점이에요." 그녀
가 살짝 귀띔했다. "나는 멋진 것들을 너무 좋아해요. 몽트뢰에는 좋
은 가게가 참 많아요. 그래서 우리가 여길 해마다 오는 거예요."

그녀는 이디스를 다시 쳐다보고는 미소를 지었다. "여기 있는 동안
예쁜 것들을 꼭 사야 돼요. 여자는 아름다운 걸 가져야 한답니다. 자
신이 기분 좋아지면 다른 사람이 보기에도 좋아요. 제니퍼한테 내가
늘 하는 소리예요. 나는 항상 제니퍼가 여왕처럼 보이게 갖춰주려고
하지요. 안 그러니, 애야?"

그리고 그녀는 제니퍼에게 팔을 벌렸고 딸은 그 팔에 안겨 어머니의 볼에 자신의 볼을 부볐다. "아" 하고 퓨지 부인이 웃었다. "얘는 바보 같은 제 어미를 사랑한답니다. 안 그러니, 얘야?" 그들은 다정하게 껴안고 문으로 걸어가 서로 몸을 감은 채 이디스를 배웅했다. "혼자 있지 마세요." 퓨지 부인이 말했다. "우리가 어디 있는지 알았으니까요." 그리고 문이 닫혔다.

이디스는 보통 때보다 더 자주 잠에서 깼다. 스파르타식의 딱딱한 침대 매트리스 때문인지 여러 번 잠이 깰 때마다 이디스는 그 모녀와의 대화를 생각했다. 또 여러 가지 기분 좋은 물건들이 아무렇게나 놓여 있던 알라딘 동굴 같은 모녀의 스위트룸에 대해서도 생각했다. 그러나 무엇보다도 모녀가 엉겨 팔로 서로를 감싸 안고 장밋빛 얼굴을 자신에게로 돌리던 매혹적인 그림 같은 모습을 생각했다. 이디스를 바라보며 모녀는 그녀의 외로움을 충분히 읽어냈고, 놀라움과 연민으로 순수해진 표정을 지어 자신들이 본 것을 암시했다. 가벼운 목례로 그들에게 작별인사를 하고 생각에 잠겨서 방으로 가는 동안 이디스는 사죄를 하고픈 느낌(그것 자체가 연상 작용이자 회상이지만)이 들었다. 그리고 더 배우고 더 나아져 이 특별하고 복잡한 느낌을 다시는 겪지 않도록 해야겠다고 결심했다.

다음 날 아침, 이디스는 트위드 스커트와 긴 카디건을 걸치고 나서면서 자신이 외모에 좀 무신경한 게 아닌가 생각을 했다. 만일 세상 사람들이 그녀의 겉모습에 별 관심을 보이지 않는다면(파티에 가면 사람들은 "요새는 어떤 작품을 쓰나요?"라고만 묻는다) 아마 그것은 자신의 잘못일지 모른다. 이디스는 누구에게나 마찬가지로 자신에게도 명백히 허용된 소비생활의 즐거움을 가늠하는 데 실패한 것이다. 이제는 고쳐야 할 것이다. 복도로 발길을 옮기면서 그녀는 자신이 기분이 좋으면 남들도 좋게 본다고 혼잣말을 했다. 로비를 가로질러 회전문을 통해 밖으로 나와 세상 속으로 들어가기 전, 심호흡으로 마음을 가라앉히며 다시 한번 그 격언을 되새겼다. 물론, 나도 모든 걸 배달시키고 있지만 말이야, 그녀는 덧붙여 생각했다.

그러나 밖으로 나온 지 십 분도 채 지나지 않아 이디스는 아무리 비수기의 작은 휴양지라지만 그녀에게 해외는 아이리스 퓨지나 심지어 제니퍼 퓨지의 해외와도 다름을 분명히 깨달았다. 그들이 사치품을 찾아내는 곳이 그녀에게는 단지 유치장처럼 보였던 것이다. '미모사 의원(닥터 프리바)'은 '라르티그 여관(주인 마담 베 라르티그)'으로 이어졌다. 작은 난간이 있는 마당에서 두 남자가 접이식 테이블을 놓고 아무 말 없이 지켜보는 여섯 명의 관중 앞에서 체스를 두고 있었다. 실망한 채로 그러나 아직은 침착하게, 이디스는 유리창마다 반쯤 김이 서린 커다란 카페에 다다를 때까지 줄곧 걸었다. 그리고 카페에 들어가 자리를 잡고 어색함을 없애려 가방에서 노트를 꺼냈다. 그러나 그녀는 카페 안의 풍경에서 더 큰 위안을 얻었다. 기운차 보이는 여자들에게서 흘러나오는 낮게 웅웅거리는 말소리, 카운터에서 테이블로 케이크 접시를 가져가는 빨간 얼굴의 웨이트리스들, 커피를 주문하고 또 주문하는 소리. 이디스는 어딘가 조금 떨어진 곳에서 작게 킹킹거리는 귀에 익은 소리를 들었다. 올려다보니 큰 키의 여자가 마카롱을 조각내 키키의 입에 넣어주고 있었다. 이디스가 쳐다보는 것을 알아채고 그 키 큰 여자는 작은 은포크를 들어 올려 말없이 짧은 인사를 했다. 이디스도 고개를 끄덕이며 미소를 보냈다. 대체 저 여자는 여기서 뭘 하고 있지? 퓨지 부인은 틀림없이 알 거야. 그런데 나는 도대체 여기서 뭘 하고 있지? 이디스는 이런 생각을 접고 계산을 하고 카페를 나왔다.

이어진 산책에서도 사치한 생활을 보여줄 증거는 찾을 수가 없었다. 모퉁이에는 식품점으로 보이는 작은 가게가 있었고 깍지콩이 아무런 장식도 없는 바구니 세 개에 담겨 보도에 진열되어 있었다. 이디스는 역 앞에서 사흘이 지난 〈타임스〉 신문을 샀다. 호텔로 돌아오는 길에는 때마침 퓨지 부인과 제니퍼가 구식 리무진 뒷자리로 정중하게 안내되는 모습을 목격했다. 의심할 여지없이 제니퍼를 여왕처럼 갖춰주기 위해 몽트뢰로 가는 거겠지. 이디스는 천천히 호텔로 돌아와 승강기를 타고 올라갔고, 복도에서 예의 그 짙은 향수 냄새를 맡고서는 생각에 잠긴 채 그녀 방의 작은 탁자 앞에 앉았다.

사랑하는 데이비드,

여기는 온통 활기찬 생활이 소용돌이처럼 이어지고 있어요. 전에는 헤이즐미어에 살다가 지금은 몬트로즈 코트로 이사했다는 존경할 만한 사교계의 샤프롱* 같은 아이리스 퓨지 부인이 친절하게 내 손을 잡아주지 않았다면 아마 나같이 세상 물정 모르는 사람은 이 멋진 사람들의 세련미에 놀라 뒤로 주춤거리며 움츠러들었을지도 몰라요. 아마도 퓨지 부인은 내가 딸의 좋은 친구가 될 걸로 생각

---

* 젊은 여자가 사교장에 나갈 때 따라가서 보살펴주는 사람으로 주로 중년 여성이 역할을 맡는다.

했나봐요. 물론 제니퍼가 분명히 한 수 위지만 말이에요. 그래도 어쨌든 그 어머니는 제니퍼가 서둘러 어머니 곁을 떠나야 할 일은 없다고 자신 있게 말했어요. 이렇게 지내다보면 언젠가 꼭 어울리는 남자가 나타날 거라고 느긋한 척을 하는 거겠죠. 지금 당장 언급되는 남자는 없어요. 퓨지 부인의 남편(어떤 직책이나 호칭이 필요치 않은 사람으로 암시되죠) 이야기를 제외하면 여자들 이야기뿐이에요.

퓨지 부인이 여기서 가장 흥미로운 사람이에요. 또 한 사람, 개를 데리고 다니는 아름다운 여자가 다음으로 유망해 보이기는 하지만요. 그녀의 남편이 브뤼셀에서 뭔가 중요한 일을 하나봐요. 하지만 아직 얘기를 해보지는 않았어요. 그런데 퓨지 부인은 말을 아주 잘해요. 그건 나에게는 축복이죠. 그렇지 않았다면 나는…… (이디스는 이 문장을 지워버렸다.)

나는 퓨지 부인에게 감탄하고 있답니다. 그녀는 정말 침착하고 대단한 자신감을 가졌어요. 본인이 웃으면서 넌지시 일러주었듯이 부인은 좋으신 하느님이 그녀에게 내린 모든 것을 최상의 것으로 만들 줄 아는 사람이에요. 분명 돈도 엄청나게 많은 것 같은데 다 어디서 나오는지 무척 궁금해요. 남편이 본사로 옮기게 되어 헤이즐미어를 그렇게 슬프게 떠났다는데, 그 본사라는 것이 정확하게 어디로 가게 됐다는 걸까요? 그 본사가 어떤 회사의 본사라는 걸까요? 퓨지 부인의 행동이 풍기는 뉘앙스로 봐서는, 이렇게까지 말해도 되는지 모르겠지만, 제니퍼의 뭔지 주춤거리는 품새가 그 남편이라는 사람이 가게 정도의 규모를 대리점이라고 부르지 않았나 하는 의심을 하게 돼요. 그래도 그 남편은 분명 결단력 있는 사람이었던 듯해요. 전리품인 돈을 스위스 은행에 갖다놓은 것 말고도 성수기에 지중해로 가는 위험은 무릅쓰지 않겠다고 한 사람도 그였으니까요. 내 말은 부인을 위해 그런 위험한 일을 안 하겠다고 했다는 거예요. 그 남편도 때로 혼자만의 술자리를 즐기기 위해 슬며시 빠져나가지 않았을까요? 마르벨라 클럽의 개인 공간을 쓸 수 있는 회원은 아니었을까요? 그랬기를 바라지만 이걸 뒷받침할 만한 증거는 없어요.

퓨지 부인을 숙녀라고 생각했지만 이 평가를 하향 조정해야 할 것 같아요. 퓨지 부인은 분명 보통 여자예요. 남편은 "여자 그 자체"라고 불렀다고 해요(하지만 그 남편은 구식이니까요). 그리고 개를 데리고 다니는 여자를 숙녀로 올려야겠어요. 아니면 귀부인으로요. 그 여자, 아니 그녀의 남편은 역시 여기 없긴 마찬가지지만 상류층이래요. 아무리 퓨지 부인이 그 호칭을 대단하게 생각지 않는다고 해도 말이에요. 퓨지 부인은 분명히 그 X부인을 싫어해요(아직 그녀의 이름을 몰라요). 왜 그런지 밝혀내면 재미있을 것 같아요.

그 여자만 빼고 이제 모두의 이름을 알았어요. 퓨지 부인과 제니퍼는 물론이고요, 아침 식사를 가져다준 소년은 알랭, 차 마시는 시간에 차를 내오는 작고 예쁜 금발 웨이트리스는 마리본이고……

이디스는 펜을 내려놓았다. 퓨지 부인과 제니퍼에 대해 쓰는 것은 아무렇지도 않았다. 그러나 그 두 여자가 다정하게 서로를 껴안고 문가에서 그녀에게 작별인사를 할 때의 기억이 아직도 남아 있었다. 왜냐하면 그 모습에는 사랑이, 엄마와 딸 사이의 사랑이, 그리고 신체적 접촉이, 아름다워지려는 공모가 있었고 이디스는 그중 어느 쪽도 아는 게 없었다. 그녀의 별난 어머니 로자, 가혹하고 실망에 찬 여자, 이길 수 없는 운명에 분노했던 한때의 미인, 단정하지 못하고 냉소적이며 의도적으로 자신을 방기하고, 창백하고 말 없는 딸을 조롱하던 여자, 딸아이가 향기 가득한 침실을 조심스럽게 들락거리며 커피를 가져다주면 일부러 커피를 쏟아버리곤 했던 그 여자. 그리고 "덜 떨어졌어! 덜 떨어졌단 말이야! 너희 모두 너무 덜 떨어졌어!"라고 소리 지르던 사람. 젊고 아름다웠던, 살이 찌고 단정치 못한 지금의 모습과는 너무도 달랐던 자신을 알고 있는 빈이 그리워 탄식하고 죽은 언니 안나를 위해 울던 어머니.

이디스는 퓨지 부인의 눈부신 매력을 생각하다 고통스러운 기억과 마주하게 되었다. 샤프너 가의 매력적인 두 딸인 그녀의 어머니 로자와 이모인 안나는 흉측하게 늙어갔다. 이들은 어머니가 운영하는 엄격한 하숙집에 살면서 클림트나 슈니츨러 혹은 유겐트 양식* 혹은 이 셋 모두에 대한 논문을 준비하던 남학생들을 자신들의 포로로 만들었다. 자매는 젊은 나이에 서둘러 결혼했지만 얼마 지나지 않아 두 사람 다 쓰라린 실망을 맛보았다. 유학생이었을 때는 그렇게도 매력적이던 그 남편들은 너무도 빨리 어중간한 대학교수가 되어버렸다. 전략과

---

* 19세기 말에서 20세기 초까지 독일어권에서 지속된 예술양식으로 오스트리아에서는 미술에서는 구스타프 클림트가, 문학에서는 아르투어 슈니츨러가 이 양식을 대표하는 예술가였다.

전술, 변덕, 그리고 승리에 대한 끝없는 욕망을 지닌 이 빈의 아가씨들에게 레딩, 노팅엄, 킹스턴이나 오하이오 주립대학의 교정은 아무런 매력이 없었다. 몇 년이 지나 다시 만나게 된 자매는 사촌인 레지와 함께 끔찍한 권태에 대해, 관심을 끌기에는 너무도 보잘것없어진 남편에 대해, 도무지 성에 차지 않는 무의미한 나날들에 대해 서로 경쟁적으로 이야기를 했다. 숨구멍마다 분노와 좌절감이 타올랐다. 친정집의 어두운 응접실 공기는 불화와 추악함으로 가득 찼다. 그들은 이제 육중한 몸무게에 벌을 받듯 코르셋을 입고 흉하게 눈썹을 그린, 크고 억센 젖가슴을 가진 여자들이 되어 있었다. 그들은 목청을 높이고 커피를 쏟으며 과거사에 대한 분노가 활활 타오르도록 자신들을 채찍질했다. "Schrecklich, Schrecklich(끔찍해, 끔찍하다고)!" 그들은 소리를 질렀다. "Ach, du Schreck(아, 끔찍해)!"

일곱 살이었던 이디스는 뚱보 외할머니의 의자 뒤에 숨어 있다가 문에서 나는 열쇠 돌리는 소리에 안도하며 아버지에게 달려가 울음을 터뜨렸다. 알아들을 수 없는 단어들의 난폭한 울림은 그녀에게 상처를 주었다. 아버지는 무슨 일이 있었는지 짐작하고 힘없이 웃으면서 같이 산책하자고 했다. 아버지는 이디스를 빈 미술사 박물관에 데려가 그림에 대해 설명해주려고 애썼지만 이디스는 눈물에 젖은 빨간 얼굴을 아버지의 손에 묻은 채 들으려 하지 않았다. 아버지가 뜨거운 태양 아래 옥수수 밭에서 쭉 뻗고 누워 있는 남자들의 그림 앞에서 동경에 찬 듯 멈춰서자 이디스는 더 크게 울음보를 터뜨렸다. 아버지는 허리를 굽히고 이마의 머리카락을 뒤로 가지런히 넘겨주었다. 자, 이디스야. 아버지는 손수건으로 이디스의 눈물을 닦아주면서 말했다.

이럴 때 기질이 드러나는 거란다.

불행했고 큰 명예를 얻지 못했던 대학교수인 남편이 오십 대 초반의 비교적 젊은 나이에 죽자 냉소적인 로자는 점점 더 망가져갔다. 더 지저분해지고 더 화를 내면서 죽은 남편이 떠오를 때마다 욕설을 퍼부었다. 그러나 오래지 않아 어머니가 죽었을 때, 이디스는 어머니가 남긴 서류들 속에서 아버지가 쓴 조심스러운 학생 필체의 빛바랜 독일어 편지 조각을 찾아냈다. 이제는 그 목적을 상실한 일종의 초대장 같은 것으로 그 첫 문장이 소싯적 행복했던 시절을 조금이나마 알려주고 있었다. 부드럽게 옆으로 기울어진 필체는 이런 말을 써놓았다. '기품 있는 아가씨, 괜찮으시다면……' 나머지 내용은 종이가 찢어져 없어지고 말았다.

이디스는 눈을 비비고 다시 펜을 집어들었다.

사랑하는 당신, 당신은 내가 얼마나 당신 생각을 하는지, 그리워하는지, 다시 만날 날을 고대하는지 모를 거예요.

그녀는 이렇게 쓴 것에 조심스럽게 압지를 대고 잉크를 닦아낸 뒤 한쪽으로 밀어놓았다. 그러고는 「찾아온 달빛 아래」가 들어 있는 서류철을 가져와 원고를 꺼내서는 지난번에 썼던 문장을 다시 읽어보고 환상과 혼란스러움이 함께하는 글쓰기라는 일과로 들어갔다.

4

"당신을 숭배하는 사람이 있는 것 같네요." 퓨지 부인이 가벼운 웃음을 지으며 말했다.

이디스는 대답하지 않았다. 또 꼭 그럴 필요도 없었다. 옅은 황록색 마직 코트와 스커트를 입고 진주 목걸이를 한 퓨지 부인은 어느새 고개를 돌려 마리본을 부르고 있었다. 뜨거운 찻물이 더 필요한 듯했다.

이디스가 「찾아온 달빛 아래」를 쓰느라 몇 시간 동안 방에만 앉아 있다 멍하고 핼쑥한 얼굴로 내려와 보니 살롱에는 돋보기로 〈가제트 드 로잔〉의 작은 기사를 읽고 있는 보뇌이유 부인 말고는 아무도 없었다. 농밀하고 후덥지근한 이곳의 침묵이 점심을 먹기에는 너무 늦었고 차를 마시기에는 너무 이른 시간임을 알려주었다. 일한 뒤의 마취된 듯한 상태에서 아직 깨어나지 못한 채, 이디스는 로비를 지나고 다시 회전문을 지나 오후의 원숙한 아름다움 속으로 걸어나가면서 이제까지 자신이 어떻게 이런 광경을 놓칠 수 있었는지 의아해했다. 꿀같이 부드러운 가을 햇살이 호수를 금빛으로 물들이고 있었다. 잔물결이 호숫가로 속삭이듯 다가왔다. 하얀 증기선이 우시(Ouchy) 쪽으로 소리 없이 지나갔다. 발아래 모래가 덮인 길에는 녹색 고슴도치 같은 밤송이가 입을 벌려 갈색 윤기가 도는 밤알을 드러냈다.

김이 서렸던 카페 창문도 지금은 투명하게 오후의 햇살에 몸을 담갔고 카페 안은 거의 비어 있었다. 이디스는 조용한 테이블에 앉아 쏘는 듯한 햇빛 속에서 잠시 눈을 감고 순수한 기쁨을 맛보았다. 시간은 녹아서 풀리고 감각은 팽창되는 것 같았다. 이디스는 무얼 먹기에는 아직도 소설 속 대리 감정에 푹 빠져 있어 커피를 마신 뒤 의자에 몸을 기대고 눈을 다시 감고, 눈에 잘 띄지도 않고 남의 주목도 받지 못하는 글쓰기라는 기진한 행위 후에 따라오는 휴식의 보상을 음미했다. 눈을 뜨자 개를 데리고 있는 여자의 기이한 모습이 보였다. 멀리 호숫가에서 그녀는 길고 가는 몸을 굽혔다 폈다 하면서 이따금 날씬한 팔을 뻗어 막대기를 던졌다. 아무렇게나 헝클어진 머리카락이 햇빛을 받아 빛났다. "키키! 키키!"라는 이상한 외침이 창문을 통해 희미하게 들려올 때마다 그 작은 개는 신경질적인 성깔은 잊은 채 막대기를 쫓아 이리저리 뛰어다녔다. 이디스는 그녀의 외로운 기운과 제멋대로라 이상하면서도 온 힘이 쏠린 그 몸짓에서 어떤 경계심을 느꼈다. 이디스는 호텔로 발길을 돌려 다시 귀양살이의 우울함으로 되돌아왔다.

차를 마시고들 있었다. 놀랍게도 전에 본 적 없는 사람들이 차를 들고 있었다. 전보다 많은 수의 젊은 웨이터들이 무척 기분이 좋아 보이는 남자들의 화기애애한 대화로 활기를 띤 테이블 사이를 분주하게 오가고 있었다. 그녀가 지나가자 한두 사람이 올려다보았으나 보다 급박한 사업상의 문제로 이내 관심을 돌렸다. 그들은 해산하기 전 마지막으로 비공식적인 모임을 갖는 모양인지 자신들을 이곳, 제네바로 불러 모은 회의에서 다루었던 문제를 이야기하고 있었다. 이디스는 처음으로 호텔이라는 데가 사람들이 많이 모이는 곳임을 알게 되었다. 종업원들은 성심성의껏 서비스를 하도록 정해진 시각에 소집될 때까지 단지 쉬고 있던 것뿐이었다. 그리고 지금이 바로 열심히 일해야 하는 때인 듯했다. 위베르 씨는 프런트에서 사위가 하는 일에 참견하며, 웃거나 고개를 끄덕이면서 저녁 식사 메뉴에 까다로운 수정을 제안하고 있었다.

이 활기찬 장면 속으로 늘 그렇듯이 느즈막하게, 낯선 담배 연기에 코를 찡그리며 퓨지 부인이 들어왔다. 쇼핑에서 원하는 만큼의 소득이 없었는지 조금은 지친 모습이었다. 이디스는 자석에 끌리듯 퓨지 부인의 옆자리로 옮겨 갔다. 퓨지 모녀는 드론워크* 방식으로 만든 특별한 블라우스를 찾아다녔는데 실망스러운 일이 있었다며 이야기를 꺼냈다. 그 블라우스를 만들던 자그마한 여자가 퓨지 부인과 제니퍼가 해마다 와서 꽤 많은 주문을 한다는 사실을 알면서도 아무런 사전 연락 없이 사라져버렸다는 것이다. 크리스마스카드도 보냈었는데 그랬다고 했다. "그런 거지요, 뭐." 퓨지 부인이 말했다. "스위스에서조

---

* 천의 씨실이나 날실을 뽑은 뒤 남은 올을 엮어 무늬를 만드는 서양 자수.

차 옛날식의 서비스는 사라져버렸어요. 이곳도 더는 내 세상이 아니랍니다." 그녀는 짧게 미소 지었다. "모든 게 바뀌었어요. 물론 좋은 쪽으로 바뀐 게 아니지요. 그러나 한 가지 분명한 건 나는 내 기준을 낮추지 않으리라는 거예요. 나는 항상 최고만 찾아다녔어요. 내 생각에 그건 본능인 것 같아요. 남편이 늘 말했지요. 최상품이라야 한다고요."

"어머니, 어머니야말로 최상품이세요." 제니퍼가 열띤 목소리로 말하며 어머니의 손을 꼭 잡았다. 두 사람의 눈에는 이제 막 잃어버린 것에 대한, 비록 그것이 의리 없는 드론워크 장인 때문이라 할지라도 어떤 결연함이 번뜩였다. 이디스로서는 위로의 방법이 없었다. 어머니와 딸 사이의 그 특별한 교감이 다시 한번 드러나는 것을 보면서 이디스는 제니퍼를 관찰했다. 활기찬 몸짓에 말참견도 심한 편인데 어쩐지 그녀는 경치가 없는 창문처럼 항상 무표정했다. 이디스가 보기에 제니퍼는 어머니의 보살핌이 어떠한지를 눈앞에서 보여주는 훌륭한 표본이었다. 조금 작다 싶은 이목구비가 드문드문 자리 잡은 그녀의 크고 흰 얼굴은 의심을 모르는 어린아이처럼 혈색 좋은 건강미로 빛났다. 모든 것에 광채가 있었다. 연푸른 눈, 약간 안으로 들어간 고른 치아, 흠 없는 피부, 모두가 나름의 광채를 내뿜고 있어서 그녀의 금발은 오히려 먼지가 낀 것처럼 보일 지경이었다. 다소 살집이 많은 멋없는 몸매에 정말 멋진 옷을 정말 꽉 끼게 입고 있어서 마치 몸이 옷에서 자라나온 듯 보였다. 그녀는 어머니의 재력이 뒷받침해준 값비싼 것으로만 차려입었지만 정성스레 가꾼 퓨지 부인의 우아함에는 미치지 못했다. 푸른색 마직 바지에 꽉 끼는 흰 셔츠를 입은 제니퍼는 두말할 것도 없이 말괄량이처럼 보였다. 이디스는 제니퍼의 나이를 헤아려보았다. 퓨지 부인과 마찬가지로 그녀도 나이보다 훨씬 젊어 보였다. 그러나 한편으로 두 사람 다 시대에 뒤처진 사람들이라는 생각이 들었다. 두 사람은 황홀했고 행복했고 성공했던, 신뢰와 안정으로 빛나던 시절, 물자가 귀하던 시절, 이디스에게는 소원하고 수수께끼 같은 지난 시절에 대해 끊임없이 이야기했다. 이디스는 이들 모녀와의 대화가 대단히 일방적으로, 늘 그렇게 이루어지는 것에 대해 생각했다. 두 사람은 자신들의 과거를 아주 의도적으로 교묘하게 현재에 얹고는 아주 기이한 방법으로 자신들의 과거와 현재 모두에 이디스가 경의를 표하도록 유도했다. 이들에게 이디스의 이야기는 필요 없었다. 일단 이디스가 혼자라는 사실을 확인한 다음에는 자신들의 필요에 따라 마음대로 불렀다. 이디스에게는 이러한 태도가 친절하면서도 자신들의 편의를 고려한 순수하지만은 않은 생각의 증거로 여겨졌다. 대부분이 '물론'으로 시작되는 퓨지 부인의 말에는 이디스의 의견은 어떤 식으로든 막아버리는 차분한 확신이 담겨 있었다. 이디스는 이 모든 것이 재미있고 아주 편안하게 느껴졌다. 그녀는 자신에 대해 이야기하는 것이 내키지 않았다. 아니, 그건 질색할 일이었다. 그러나 이디스는 제니퍼가 즐거워하면서도 계속 거리를 두는 태도에 어딘지 모르게 마음이 쓰였다. 그녀가 몇 살 아래인지는 몰라도 결국 비슷한 나이 대일 거라고 이디스는 생각했다. 서른둘? 서른셋? 아마 서른넷 정도? 그럼에도 제니퍼는 마치 어머니가 보호자 없이 속물적인 세상에 던져지기라도 한 듯 어머니를 보호하는 일이 자신의 의무인 양 곁에 꼭 붙어 있었다. 어머니의 이야기를 웃으며 듣고 있는 제니퍼를 지켜보면서 이디스는 그녀의 그런 태도가 흔한 것은 아니리라 생각했다.

　이런 생각에 잠겨 있을 때, 기분 좋은 남자의 목소리가 들려왔다. "이걸 잃어버리면 안 되지요." 누군가 이렇게 말하며 떨어진 노트를 주워 건넸다. 아마도 제니퍼에 대해 생각하는 동안 자신도 모르는 새 무릎에서 미끄러져 떨어진 모양이었다. 깜짝 놀라 쳐다보니 옅은 회색 양복을 입은 키 큰 남자가 웃으면서 이디스를 내려다보고 있었다. 그녀는 남자에게 합석을 권하고 싶지 않아서 그냥 가주길 바라며 고맙다는 말을 중얼거렸다. "작가십니까?" 그는 재미있다는 투로 물었다. 이런 장소에서는 누군가가 작가라는 사실이 대수롭지 않게 여겨질 것이나 이디스는 그가 마치 알고 있는 듯한 느낌이 들어 당혹스러웠다. 아니면 그러기를 바랐는지도 모른다. 더 이상의 질문을 비껴갈 뜻으로 이디스가 미소를 짓자, 그는 여전히 재미있다는 표정으로 동료를 따라 살롱을 떠났다.

　"숭배자가 있는 것 같다니까." 퓨지 부인이 말했다. 잠시 후 차에 부을 뜨거운 물이 더 나오자 부인은 이렇게 말을 이었다. "그 사람은 당신이 여기 들어올 때부터 내내 눈길을 주고 있었어요. 난 금방 알아보았지요." 그녀는 짓궂게 말했지만 이 사건이 오늘 하루 동안의 실망스러운 일에 포함되기라도 하는 듯 눈꺼풀은 축 처져 있었다. 제니퍼는 아직도 유리알처럼 웃고 있었다.

　올라가서 옷을 갈아입을 시간이었지만 그들은 시간을 끌고 있었다. 이디스는 이렇게 퓨지 부인을 기다리는 행동을 일종의 충성심을 강요받는 일로 느꼈다. 왜 이런 일에 충성심이 개입되는지는 자신도 알 수 없었다. 세 사람 모두 생각에 잠겨 침묵을 지키며 속내를 내비치지 않았다. 내가 바라던 바야, 이디스는 생각했다. 갑자기 그녀는 데이비드에게 이야기하고 싶은 마음이 간절해졌다. 그녀의 의식 속으로 한 남자가 끼어든 것이 변형되어 그리움을 일깨우는 고통스러운 효과를 일으켰다. 이디스는 손목시계를 보고 조바심을 내며 시간을 계산했다. 지금 당장 위층으로 달려가면 데이비드가 퇴근하기 전에 통화할 수 있다. 그 방에서. 이런 생각을 하자 사랑과 두려움으로 마음이 아팠다.

"방으로 돌아가야겠습니다." 이 말은 그날 데이비드가 했던 이야기 중 이디스가 처음으로 의식하고 들은 것이었다. 그녀는 이 수수께끼 같은 말에 강한 인상을 받았다. 그녀는 이 놀라운 문장을 마음속에서 이리저리 되짚으며, 분수가 나오는 안뜰로 하늘하늘한 바지를 입은 하인들이 조용히 셔벗을 가져오는 광경을 그려보았다. 아니면 오후의 열기를 막기 위해 셔터를 내리고 흰 칠을 한 저택의 커다란 안락의자, 들라크루아의 그림에서 영감을 받아 꿈꾸는 듯한 나태함이 빛나는 그런 곳. 아니면 찰칵거리는 호박 목걸이를 한 엄숙한 상인들이 드나드는 인도 아래쪽의 커피 하우스. 아편굴. 터키탕. 수면에서 벽으로 반사된 빛이 동전처럼 빛나는 증기탕. 평화로움.

"무슨 일을 하세요?" 이디스는 이런 장면을 떠올리며 눈을 크게 뜨고 조금 먼 곳을 바라보며 물었다.

"경매 일을 하고 있습니다." 그가 대답했다. 그러고는 잠시 침묵했다.

두 사람은 그녀의 친구인 퍼넬러피 밀른의 짜증 나는 작은 파티에서 만났다. "다음 일요일, 점심 전에 한잔해." 거역할 수 없는 목소리가 수화기에서 울렸다. "거절할 생각 마. 네가 원하면 오후에 일할 수 있잖아. 일을 못 하게 하는 게 아니야."

그렇지만 너는 못 하게 하잖아, 이디스는 생각했다. 너는 음식을 대접하지 않는 인색한 사람이라 이미 점심때를 놓친 두 시 반이나 그 언저리쯤 머리가 쪼개질 듯한 상태로 돌아오게 되니 내 하루는 효과적으로 망가지는 거지. 퍼넬러피는 음식을 접대하는 일에 묘한 사고방식을 가지고 있었다. 그녀는 그것을 일종의 가당치 않은 굴복이라 생각했다. 퍼넬러피에게 사교란 꽃과 연극표, 그리고 미식가인 자신이 최고급 레스토랑이라 인정하는 곳에서의 분위기 있는 저녁 식사 등으로 이루어진 구식의 것이었다. 그리고 남자는 전리품이자 부산물이요, 또한 적이었다. 남자란 그녀가 그럴 만하다고 생각해서 배당하는 시간과 관심의 분량을 결코 초과해서는 안 되는 존재였다. 그런 남자들에게 건네는 말투에는 장난기와 조롱이 섞여 있었고 조금도 진지한 데가 없었다. 그녀는 늘 빠르게 연애를 진행시켜 급하게 관계를 맺고 말도 안 되는 의무를 서로에게 지우지 않는 것을 지론으로 삼았다. 그리고 만나는 남자의 이름이 계속 바뀌는 것에 대단한 자부심을 가진 듯했다. 이디스가 보기에 그녀는 연애에 통달한 사람이었다. 퍼넬러피는 친구인 이디스의 지루한 삶에 마음을 쓰듯 한숨을 쉬며 이디스가 현실에서 부인된 즐거움을 글쓰기로 대체한다고 단정 지었다. 그녀는 너그럽게도 이디스에게 자신이 알고 지내는 다양한 이혼남들—그녀는 웃으면서 그들을 '내가 버린 남자들'이라고 불렀다—을 소개해주었고, 이디스가 책을 쓸 때 누구를 만날 수 없다고 애원하면 삐치기까지 했다. 퍼넬러피는 자신이 동석해서 미팅을 주선하는 것을 즐겼다. 또한 괜찮은 남자들과의 성공적인 관계를 유쾌하게 농담 삼아

들려주며 이디스를 좌지우지하려 들었다. 심지어 직접 고른 레스토랑으로 데리고 가서는 자신이 버린 남자의 귀에 무언가를 속삭이더니 이디스에게 단호한 목소리로 이렇게 말하기도 했다. "내일 아침에 전화할게." 퍼넬러피는 남자를 경멸스러운 존재로 여겼지만 사교 생활의 근간인 다양한 단체 모임에서 사람들에게 자신이 정복한 남자들 이야기를 들려줄 때면 눈에서 빛이 났다. 그녀는 자신이 정한 게임의 법칙을 파악하지 못한 남자에 대해 언급할 때면 무시하듯 이렇게 내뱉었다. "저 끔찍한 소인배."

퍼넬러피는 나이 마흔다섯의 멋진 여자로, 앞으로도 몇 년 동안은 지금 모습 그대로 지낼 것 같았다. 그녀와 이디스는 작은 테라스를 마주한 이웃이며 집안일을 공동으로 처리하는 사이였다. 즉 창문 청소부(창문 청소는 빼먹으면 안 돼서 그들은 서로의 열쇠를 갖고 있다)와 극적이고 예측 불가능한 성격의 파출부 뎀프스터 부인을 함께 고용하고 있었다. 만일 둘 중 한 사람이 아프면 다른 한 사람이 장을 보고 요리를 해주는 것이 서로의 양해 사항이었다. 마지막 돌발 사태는 아직까지 일어나지 않았지만 이 양해 사항은 두 사람 모두에게 위로가 되었다. 조용히 글만 쓰다가 지치고 하품이 나고 어딘가 쑤시게 되면 이디스는 타자기를 밀어놓고 집을 나와 퍼넬러피에게 가서 그녀에게 다음 외출 때는 무엇을 입을지 조언해주는 일에서 즐거움을 찾았다. 퍼넬러피는 이디스의 작품에 대해서는 특별히 언급하는 적이 없지만 빈번하게 여는 자기 파티에서는 이디스를 마치 어린아이 다루듯 앞세우면서 이렇게 말하곤 했다. "물론 이디스 호프를 잘 아시겠지요. 글을 쓰잖아요." 이 정도가 그들의 우정이었다.

바로 그 특별한 일요일에 퍼넬러피는 많은 사람들을 파티에 불러 모았고 이디스가 모르는 사람들도 많이 왔다. 이디스는 있으라고 강요받은 시간을 채우기 위해 서성였다(퍼넬러피는 앉아 있는 것을 싫어했다). 그때 그 울리는 목소리가 그녀의 의식 속으로 부유해 들어왔다. 어디서 오는 소리인지 살펴보니 키가 크고 마른 체격에 여우 같은 얼굴을 한 남자가 땅콩을 한 줌 집어먹고 있었다. 그의 등 뒤에서 이디스는 그가 조바심으로 몸을 들썩이며 여기서 몹시 벗어나고 싶어 한다는 것을 알 수 있었다. 어떤 핑계라도 대고 가버릴 태세였다. 결국 그는 퍼넬러피의 항의에 맞서느라 자신이 바로 챙겨봐야 하는 경매물이 새로 나왔다는, 생뚱맞고 믿기지도 않는 이야기를 너무나 유창하고 그럴듯하게 늘어놓았다.

이디스는 아랍의 커피 하우스와 증기탕, 지중해의 시에스타 등의 환상에 사로잡힌 채 마음을 정하고 문 쪽으로 가는 그에게 별 뜻 없이 물었다. "그 방이라는 게 어떤 건지 설명해주시겠어요?"

그는 상당한 높이에서 긴 코를 낮추더니 내려다보듯 이디스를 살피며 말했다. "칠턴 가에 있는 오 층짜리 창고입니다."

이디스는 그를 쳐다보았고 두 사람은 모든 표정이 조심스럽게 배제된 밋밋한 시선을 교환했다. 그녀는 눈을 내리깔았고, 그는 떠났다. 더 이상 아무 말도 없었다.

나중에 이디스는 유리잔 닦는 일을 도와주며 퍼넬러피에게 물었다. "그 키 큰 남자는 뭐 하는 사람이야?"

"데이비드 시먼즈? 가업을 이어받은 사장이야. 시먼즈 경매회사라고. 지방의 큰 저택을 매매하는 회사라던데. 꽤 쓸 만하지? 안 그래?

그 사람 항상 나한테 관심을 보였는데 요즘은 보기가 어려워. 말이 난 김에 말인데 그 사람도 너에 대해 물어보더라."

"어떻게 알게 됐는데?" 이디스가 물었다.

"그 사람 아내랑 동창이야." 퍼넬러피가 말했다. "프리실라라고 너도 여기서 열 번은 넘게 만났을걸. 너도 알 거야, 이디스. 키가 크고 금발에 아주 멋지게 생겼어. 개는 오늘 못 왔어."

이디스는 키가 크고 금발에 아주 멋지게 생긴 그녀를 기억했다. 건방지고 조심성 없는 여자. 크고 자신 있는 목소리. 이디스는 전에 한 번 피터 존스 백화점의 도자기 매장에서 그녀와 마주친 적이 있었다. 여학교 휴게실에서 인기 많은 선배가 그러듯 판매원을 뒤에 거느리고 자랑스럽게 다니는 모습을 보았다.

퍼넬러피는 기네스 맥주 광고가 인쇄된 플라스틱 앞치마를 벗고 고무장갑을 못에 걸었다. "이디스, 이제 너를 쫓아내야겠다. 리처드가 다시 와서 길모퉁이에서 점심을 사주겠대."

이디스는 창가에 서서 리처드가 대단히 민첩하게 달려오는 모습을 지켜보았다. 기운찬 사람이군, 이디스는 생각했다. 멋져. 넓은 등판을 팽팽하게 감싼 멋진 체크무늬 양복. 정맥이 드러난 손을 흔드는군. 그녀는 데이비드를 그려보면서 자기도 모르게 미소를 지었다. 데이비드를 기다리기 위해 그녀는 앉았다.

이디스는 그가 올 것을 알았다. 두세 시간 후 데이비드가 나타났을 때 두 사람은 아무 말 없이 오랫동안 서로를 응시했다. 침대에서 두 사람은 따뜻하게 서로 팔을 두르고 있다가 곧 잠이 들었고 거의 동시에 눈을 떴을 때는 즐겁게 웃었다. 이후로 이디스는 마치 그의 전부를

다 알고 있는 듯한 기분이 들었다. 몰랐던 것이라고는 기쁘게 끝없이 먹어대는 식욕뿐이었다. 그녀는 늘 집에 먹을 걸 가득 채워놓았다.

그들은 지각 있는 사람들이었다. 상처받는 일은 없어야 했다. 이디스는 아무것도 털어놓지 않는 자신이 대견스러웠다. 그래서 데이비드는 이디스가 맞는 공허한 일요일, 길고 단조로운 저녁 시간, 마지막 순간에 취소된 휴가 등을 알지 못했다. 데이비드는 또 그렇게 어울리지도 못하고 부산하게 주말을 보내고, 서퍽에서 런던으로 돌아오기 위해 차에 짐을 싣고 속으로 툴툴대며 이디스의 작은 집과 그 집이 지닌 침묵의 질감, 그리고 거실의 어스름한 녹색을 생각했다. 이디스는 일찍 잠자리에 들어 그의 가족, 그들의 습관, 그들의 말싸움, 그들의 즐거운 접대 모임 등을 생각했다. 그리고 그의 아이들에 대해서도 생각했다.

지금 호텔 뒤락에서 다시 이런 일들을 떠올리자 이디스는 눈물이 나오기 직전의 목의 통증을 느꼈다(그러나 그녀는 그것을 숨기는 데 능했다). 그리고 퓨지 부인에게 실례한다는 말을 중얼거리고 먼저 살롱을 떠나는 전례 없는 일을 했다. 그녀는 전화를 걸지 않을 것이다. 불명예는 벗었다 하더라도 근신 기간은 채워야 했다.

아름답게 빛나는 눈에서 나온 눈물이 시력을 더 예리하게 해준 것 같았다. 한두 시간쯤 흘러 저녁 식사를 하려고 자리에 앉았을 때, 이디스는 식당 불빛이 전보다 더 밝아졌고 테이블이 꽉 차서 사람들로 활기가 넘쳐나고 있음을 알았다. 꽃의 암술들하고만 며칠을 지낸 터라 식당에 활력을 불어넣어준 남자들을 보니 기분이 좋았다. 또 그들의 명령에 재빠르게 움직이는 웨이터들을 보는 것도 좋았다. 이디스가 자리에 앉자 노트를 집어주었던 회색 양복의 남자가 반쯤 몸을 일으켜 머리를 끄덕이고는 다시 가자미 요리에서 등뼈를 발라내는 데 몰두했다. 개를 데리고 있는 여자는 감탄스러운 모습이었다. 날아갈 듯한 시폰 드레스를 입고 아름다운 상아색 어깨의 골격 위로 가는 끈두 개가 리본 매듭으로 묶여 있었다. 이디스는 이 따뜻함과 음식과 서비스에 고마움을 느꼈다. 그녀는 무척 피곤했고 그날 밤은 푹 잘 수있을 거라 생각했다.

검은색 시폰 드레스를 입은 퓨지 부인이 마치 이 활기에 압도된 듯망설이며 문가에 서 있었다. 그 뒤로 제니퍼가 얌전하게 서 있었다. 동반자 없이는 감히 식탁에 자리할 엄두가 나지 않는 모양이었다. 바로 그때 위베르 씨가 앞으로 나가 정중하게 손을 내밀었고, 퓨지 부인은 만면에 미소를 띠고 기꺼이 입장했다. 개를 데리고 있는 여자가 코웃음을 쳤지만 퓨지 부인은 못 본 척했다.

이디스는 또다시 이름 없는 존재가 되어 자신의 익명성을 받아들이고 그에 걸맞게 눈에 띄지 않게 식당에서 나왔다. 아무도 없는 살롱에 가장 먼저 와서 앉아 있으려니 가까스로 지키고 있던 위엄이 엄청난 무게에 눌려 이전의 슬픈 빛에 잠겨버릴 것 같았다. 피아니스트가 연주를 위해 자리에 앉으며 가볍게 머리를 숙였다. 그녀도 고개를 끄덕여 답하고는 자신의 표현 수단이 얼마나 제한적인지를 생각했다. 피아니스트 아니면 보뇌이유 부인에게 눈인사를 건네고, 퓨지 부인이하는 말을 듣기만 하고, 소설을 통해 등장인물들의 목소리로 위장해말하고, 침묵을 지키고 있는 한 사람의 목소리만을 기다리며 아무런의미도 없는 대화를 건성으로 듣고 있으니. 이디스는 이 상황이 내포하는 끔찍함에 눈을 끔벅거리고는 씩씩하게 더 나은 처신으로 기죽지 않으리라 맹세했다.

살롱에서 커피를 마시며 이디스는 슬픔으로 순화되어 순종적인 어린아이가 된 듯한 느낌이 들었다. 이미 여러 번 겪어본 것처럼 어린 시절의 안개 속으로 되돌아간 듯 아버지와 함께 빈 미술사 박물관에 갔던 그때로 되돌아간 기분이었다. 하지만 신호가 오자 비위를 맞추려는 어린아이처럼 일어나서 퓨지 부인의 테이블에 합석했다. 회색 양복을 입은 남자가 옆자리에 앉아 신문을 읽는 척하며 그들의 대화에 귀를 기울였다. 이 남자는 탐정일지도 몰라. 이디스는 이렇게 생각하고는 별 관심을 기울이지 않았다.

"이것 봐요." 화장을 고친 퓨지 부인이 사람들에게서 몇 마디 찬사를 듣고는 이런 말을 꺼냈다. "당신은 누군가를 떠올리게 해요. 정말 낯이 익어요. 그게 누구지?"

"버지니아 울프 아니에요?" 이디스는 이런 말을 들을 때마다 하듯이 대꾸했다.

퓨지 부인은 그 말에 관심을 보이지 않았다. "조금 있으면 생각이 나겠지." 그녀가 말했다. "젊은이들끼리 이야기 나누세요." 그러고는 오른손의 엄지와 검지를 콧등에 대고 진지한 표정을 짓자 늘 어머니에게 주의를 기울이는 제니퍼가 이디스와의 이야기를 멈추고 어머니 쪽으로 관심을 돌렸다. 이디스는 의자에 기대앉아 아무도 듣지 않는 피아니스트의 연주에 귀를 기울였다. 잠시 후 제니퍼의 얼굴이 시야에 들어오더니 "어머니가 텔레비전을 보고 싶으시대요. 그래서 우리는 올라가려고요"라고 말했다. 제니퍼는 어머니 쪽으로 돌아서서 퓨지 부인이 항상 힘들어하는, 앉은 자세에서 일어서는 모습을 지켜보았다. 이디스는 부인의 나이를 다시 가늠해보았다.

문가에서 퓨지 부인은 연극을 하듯 돌아서며 이렇게 말했다. "기억해냈어! 이디스가 누굴 떠올리게 하는지 기억해냈다고!"

이디스는 아직도 신문 뒤에 얼굴을 감추고 있는 회색 양복의 남자가 조금 움찔하는 것을 보았다.

"앤 공주야!" 퓨지 부인이 소리쳤다. "생각날 줄 알았다니까. 앤 공주!"

그날 밤 이디스는 쉽게 잠이 오지 않았다. 서로 연결되지 않는 꿈과 꿈 사이, 이디스의 머릿속 화면 위로 그녀가 나중에 해독해보아야 할 짧은 시청각 메시지들이 휙휙 지나갔다. 멋진 복사뼈, 회색 양복을 입은 남자가 신고 있던 뜻밖의 야회용 펌프스. 언젠지 잊어버린 시점에 미덥지 않은 신문 보기를 그만두고 일어나 살짝 기지개를 켜고는 동료들을 따라 바로 들어가던 그 남자. 바에서부터 넓은 살롱을 가로질러 들려오는 여기서는 흔치 않은 왁자지껄한 유쾌한 소리. 한 시간 후 바에서 나온 개를 데리고 있던 여자. 흐트러진 모습에 웃음을 주체하지 못하며 회색 양복을 입은 남자와 일행의 부축을 받던 모습. 이러한 배신에 작은 머리통을 구슬프게 쳐들고 둥근 몸통으로 주인의 길을 막으려 하던 키키의 모습. 이 모습을 보고 위베르 씨와 사위 사이에 벌어진 작은 언쟁. 안절부절못하며 물러가는 피아니스트. 그가 이 상황을 달래보려는 듯 주위를 돌아보며 지은 미소에 약한 끄덕거림으로라도 응답해준 사람은 보뇌이유 부인뿐이었다.

이 꿈의 내용은 여러 면에서 모호했다. 이디스는 마음속에 남은 이 장면들이 실제로 그녀가 아래층에 있으면서 목격한 것인지 아니면 뇌 한쪽 오목한 곳의 과도한 활동에 의해 자신이 만들어낸 것인지 장담할 수가 없었다. 이디스는 밤잠을 설치고 있었다. 눈을 뜨고 자리에서 일어나는 것 말고 유일한 해결책은 반은 꿈이고 반은 기억인 이 이상한 화면이 끊임없이 이어지는 것을 견뎌내는 일뿐이었다. 모두가 생생하고 의미심장했다. 그러나 그 의미는 감추어져 있었다. 불안한 잠의 포로가 된 그녀는 불편하게 기지개를 켰다. 의식의 갈피 어딘가에서 문이 닫히는 소리가 들렸다.

평상시보다 꽤 늦게 눈을 뜬 이디스는 오늘은 글을 쓸 수 없으리라는 익숙하면서도 더없이 확실한 예감을 느꼈다. 뒤척이며 밤을 보낸 탓에 머리가 아팠고 음식과 사람 모두로부터 본능적으로 움츠러들었다. 아주 작은 소음도 크게 들렸다. 손수레가 복도를 따라 기세 좋게 굴러갔고 청소부들의 새된 목소리가 참을 수 없이 귀를 찔렀다. 환자처럼 무거운 몸으로 목욕을 하면서 이디스는 자신에게서 분별력을 뽑아내려고 애썼다. 우울증이 덮치기 전에 기선을 제압해야 했다. 글쓰기를 생각할 여력이 없었다. 모든 걸 침착하게 받아들이자, 그녀는 스스로를 타일렀다. 생각하지 말자. 문을 모두 닫자.

커튼을 열자 맑은 날이 모습을 드러냈다. 엷게 쌓인 눈으로 주름진 산이 마치 몇 미터 거리에 있는 것처럼 너무나 선명하게 보였다. 차들도 운행을 멈춘 듯했다. 여느 때와는 다른 종류의 활동이 진행 중이었다. 야외 정원에서는 깨끗한 흰 옷을 입은 웨이터들이 작은 의자와 테이블을 테라스의 유리 차양 아래 갖다놓으며 벌써 유리를 통해 느껴지는 햇빛의 열기를 누그러뜨리기 위해 오렌지색 블라인드를 치는 게 어떨지 이야기를 나누고 있었다. 어디선가 멀리서 단조로운 종소리가 울렸다. 일요일. 이디스는 깜짝 놀랐다.

만일의 사태에 대비해 계획이 필요한 날이었고, 그녀는 이런 일에 익숙했다. 햇빛 속에 앉아 그냥 책을 읽을 수도 있었다. 방해하는 사람은 없을 것 같았다. 바로 그 시간 또 다른 방에서도 우발적 사태에 대비한 계획이 준비되고 있었다. 이디스는 그들의 대화를 상상해보았다. 퓨지 부인과 제니퍼는 어딘가로 자신들을 태워다줄 자동차를 예약했을 것이다. 이디스는 경치 좋은 드라이브 길에 이어 맛있는 점심으로 끝나는 장면을 그려보았다. 제네바에서 온 남자들은 모두 같이 호수를 건너 아마도 에비앙까지 소풍을 가겠지. 보뇌이유 부인은 늘 그러듯이 조용히 앉아 글을 읽는 몇 안 되는 사람 중 하나일 거야. 개를 데리고 있는 키 크고 마른 미인은 낮에는 거의 얼굴을 보이는 법이 없어서, 외박 허가를 받고 나온 기숙사 학생처럼 아이스크림을 먹거나 담배를 피우는 것 말고는 무엇을 하는지 상상하기가 어려웠다. 이디스는 일요일을 온전히 혼자 보내야 할지 모른다고 생각하고 그 가능성에 즐거워했다. 이디스는 자신이 통제하지 못하는, 너무나 현실과 밀착된 이 환경에 거리를 두어야 쓸 수 있는 소설적 플롯으로 머릿속이 뒤죽박죽이어서 어떤 열광할 일도, 어떤 주도권도, 어떤 휴식도 배제된 이 상황에 피곤함을 느꼈다. 오래전부터 마음이 불편할 때마

다 썼던 방법인 소설 읽기가 도움이 될 수도 있겠지만 어떤 책을 선택
해야 할지 난감했다. 글을 쓸 때는 전에 읽었던 책만 읽을 수 있었다.
그리고 지금같이 피곤한 상태에서는 눈에 보이지 않는 달뜬 마음의
동요 때문에 아주 친숙한 것조차 낯설게 느껴졌다. 글자가 왜곡되어
보였다. 예를 들어 '동포'라는 단어가 '공포'로 보이는 식이었다. 이디
스는 자신에게 소중한 작품이 엉뚱하게 읽힐까봐 겁이 나 애석하지만
헨리 제임스 작품은 제쳐놓았다. 너무 두껍지도 너무 얇지도 않다면
그걸로 충분했다. 어떤 걸 읽더라도 주의가 산만해질 테니 말이다. 마
침내 그녀는 소설집 한 권을 집어들었다. 『육체적이라고 가볍게 이름
붙은 즐거움들』, 멋진 제목이었다. 콜레트*라면, 그 늙은 여우라면 자
신을 꿰뚫어볼 거라고 그녀는 믿었다.

　사람이 있는데도 테라스에는 침묵이 내려앉아 있었다. 한쪽 끝에
보뇌이유 부인이 앞쪽에 약간 때가 묻은 상아색 드레스에 재킷을 걸
치고 찌그러진 상아색 모자를 쓰고 앉아 있었다. 지팡이를 다리 사이
에 끼고 커다란 갈색 가방을 테이블에 올려놓고 계속 길을 바라보고
있었다. 다른 쪽 끝에는 개를 데리고 있는 여자가 커다란 검은색 선글
라스를 끼고 긴 의자에 누워 쥐 죽은 듯 꼼짝 않고 있었다.

　눈부시게 아름다운 날씨는 그 속에 허약함의 씨앗을 품고 있었다.
여름의 마지막 날이었다. 구름 없이 푸른 하늘에 태양이 불타고 있었
다. 쑥부쟁이와 달리아가 맑은 빛 속에, 광채 없는 빛 속에, 눈부심 없
는 빛 속에 꼼짝 않고 서 있었다. 나무들도 팔월과 구월 초순의 검고

---

* 프랑스 여성 작가로 문학을 통해 결혼과 가정의 허구성을 폭로하고 욕망의 주체로서
여성을 그려냈다.

무성한 잎을 잃고 노랗게 말라버린 잎을 때때로 소리 없이 떨어뜨리며 호소력을 더해주었다. 위베르 씨가 살롱에서 걸어나와 기분이 좋은지 손을 비볐다. 오늘은 점심과 차를 들러 오는 뜨내기손님이 많을 것이다. 그러나 지금 이 순간은 온 세상이 고요했다. 이따금 밤송이 떨어지는 소리만 들릴 뿐이었다.

회색 양복의 남자가 오늘은 좀 더 옅은 그래서 더 우아해 보이는 옷을 입고 손에 파나마모자를 들고 정원으로 나와 주변을 둘러보았다. 이디스는 즐거운 마음으로 그를 바라보았다. 개를 데리고 있는 여자가 눈에 들어오자 그는 정원을 가로질러 반듯하게 누워 있는 그녀에게 다가가 허리를 굽히고 무언가 우스꽝스러운 질문을 하는 듯했다. 그녀는 아주 하얀 팔과 축 처진 긴 손을 잠시 올리는 것으로 그에 답했다. 그는 이디스와 보뇌이유 부인에게 고개를 끄덕이고는 볼일을 보러 떠났다. 때마다 보여주는 그의 비밀스러운 미소가 다시 한번 눈에 띄었다.

그가 모퉁이를 돌자 개를 데리고 있는 여자가 튕기듯 벌떡 일어나 이디스 쪽으로 몸을 기대고 급하게 속삭였다. "있잖아요! 있잖아요! 미안한데 이름을 몰라서요. 이리 와서 제 옆에 앉아주실래요? 오늘 저 남자가 내 주변에 또 얼씬거리는 걸 원치 않거든요. 소동을 피우지 않고서는 저 남자를 쫓아버릴 수 없을 것 같아서요. 정말이에요."

이디스는 왠지 조금 유감스러웠으나 양순하게 책을 덮고 테라스를 따라 옮겨가서 긴 의자의 머리맡에 놓인 작은 의자에 자리를 잡았다. 정말 아름답고 평화로운 날이네, 그녀는 생각했다. 뭐, 그래. 최소한 개는 데리고 있지 않으니.

"모니카예요." 그녀는 가늘고 뼈가 없는 듯한 손을 내밀며 말했다.

"이디스예요." 그 손과 조심스럽게 악수하며 이디스가 말했다. 너무 깊이 개입되지는 말아야지, 이디스는 다짐했다.

"당신이 어떤 사람일지 궁금했어요." 모니카가 말했다. "말을 걸고 싶은데 당신은 항상 퓨지 마님하고 같이 있고, 나는 그 마님은 꼴도 보기 싫거든요."

"정말 어디 가셨을까요?" 이디스는 상대방이 목소리를 낮춰주길 바라며 물었다. 그리고 한편으로는 퓨지 부인이 금실을 섞어 짠 하얀색 옷을 입고 신비롭게 멋지게 등장해 나름의 질서와 위계를 회복하고 그날의 본격적인 기분풀이를 개시해주기를 바랐다.

"아무도 모르죠. 최소한 오늘은 속옷을 사러 가지는 못했을 거예요. 오, 미안해요. 란제리." 그녀는 이 단어를 과장된 프랑스어 억양으로 발음했다. "물론 그분이라면 어쩌다보니 이삼천 프랑의 돈이 남아 있어 그런다면서 사람을 깨워 가게 문을 열게 하는 일쯤은 능히 하시겠지만요."

"돈이 참 많은가봐요." 이디스는 자신의 말이 중립적으로 들리길 바라며 작은 소리로 말했다. 계단 아래에서 수군대는 하인들이 이런 기분일 것 같았다.

"재산이 많죠." 그녀가 말했다. "무역업을 했대요. 어련하시겠어요? 사랑하는 남편께서 상당한 금액을 남기셨다고 하네요. 포도주요." 그녀는 이디스의 호기심에 응답하듯 덧붙였다. "남편 분이 셰리주를 수입했다나봐요. 웃기는 건 그 늙은 여자는 셰리주 맛을 참을 수 없어 했다는 거예요. 그 여자는 샴페인만 좋아한대요. 세상에, 누군들 그게 싫겠어요?"

이디스는 마지막으로 샴페인을 마셨던 때를 기억하고는 몸서리를
쳤다.

"어디 뭐가 잘못됐어요?" 모니카가 물었다.

나는 지금 피곤해, 이디스는 생각했다. 조심해야겠어. 이 기운 없고
사치스러운 여자에게 속내를 털어놓았다가는 분명히 지겨워할 테니
까. 그저 가벼운 대화만 해야겠어.

"괜찮아요. 그런데 키키는 어디 있죠?" 이디스가 말했다.

모니카의 얼굴이 침울해졌다. "망신이에요. 욕실에 갇혀 있답니다.
그렇잖아요, 그렇게 조그만 강아지가 익숙지 않은 곳에서 조신하게
굴기를 바랄 순 없잖아요. 스위스 사람들은 개를 싫어해요. 그리고 내
생각을 말하자면, 그게 바로 스위스 사람들의 문제예요."

"여기 오래 계셨어요?" 이디스가 물었다.

"오래됐죠." 모니카가 한숨을 쉬었다. "여기엔 건강 문제로 와 있어
요."

"아, 이런. 편찮으세요?"

"아뇨." 그녀가 대답했다. "이봐요, 우리 같이 커피 마실까요?" 그
녀는 그림자처럼 서 있는 웨이터를 화급히 손짓해 불렀다. "같이 이야
기를 나눌 사람이 있으니 정말 좋네요." 그녀가 말했다. 타인과 함께
하며 그녀는 오랫동안 잃어버렸던 생기를 회복한 듯했고 커피가 오자
아무렇게나 한 잔 듬뿍 따랐다. 하지만 딱 한 모금만 입에 대고는 굉
장히 긴 담배에 불길이 5센티미터쯤 솟는 라이터로 불을 붙였다. 그
녀와 관련된 모든 것이 과장되어 보였다. 그녀의 키, 유난히 긴 손가

락, 멀리까지 울리는 목소리, 커다란 굴 색깔의 눈동자까지 모두 그랬다. 오늘은 검은 선글라스 너머로 핏발이 약간 선 것을 볼 수 있었다. 뭔가 문제가 있어, 이디스는 혼자 그렇게 결정을 보았다. 남편과 사별했나봐. 조심스레 지나가야겠군.

모니카는 담배를 바라보며 고갯짓을 했다. "물론 금지된 거죠. 엄격한 지시사항이 많아요. 모두 꺼져버리라지." 그녀는 마치 몇 리나 되는 물속으로 잠수라도 하려는 듯 담배 연기를 깊이 들이마셨다. 잠시 후 두 줄기 깃털 같은 연기가 잘생긴 콧구멍에서 뿜어져 나왔다. 아마 폐에 구멍이 났나봐, 이디스는 이전의 생각을 수정했다. 그나저나 정말 아름답군. 이 정도인지는 몰랐네.

두 사람은 자갈길로 굴러들어오는 바퀴 소리에 고개를 돌렸다. 보뇌이유 부인이 발바리 같은 주름진 얼굴에 미소를 지으며 몸을 일으키려 애쓰고 있었다. 쾅 하고 차문이 닫히더니 한 남자가 쾌활하게 정원으로 들어섰고, 빨간색 드레스를 입은 여자가 뾰족한 하이힐 굽을 잔디에 박으며 그를 뒤따랐다. "Eh bien, maman(이야, 엄마)." 남자가 짐짓 쾌활한 척 소리쳤다. 그리고 부인과 키스를 나눴다.

"가엾은 늙은이." 모니카가 목소리를 살짝 낮추면서 말했다. "저 노인은 아들 땜에 살아요. 아들을 위해서라면 뭐든 할걸요. 아들은 한 달에 한 번 어머니를 보러 와서 차에 태워 나갔다가 다시 데려다주고는 잊어버려요."

"그런데 저분은 왜 여기 계시죠?" 이디스가 물었다.

모니카가 어깨를 으쓱했다. "아들의 생각이죠. 저 대단한 마누라와 한지붕 밑에 살기에는 어머니의 방식이 너무 촌스럽다고 생각하는 거겠죠. 저 여자, 남자 하나 잡아 결혼하기 전까지는 미용사였다나봐요. 지금 저 남자가 두번째 남편이래요. 보뇌이유 부인은 프랑스 국경 근처에 아주 아름다운 저택을 가지고 있어요. 사실 참 좋은 가문이죠. 당연히 저 며느리라는 여자가 그 집을 제 걸로 하고 싶어 했겠죠. 그러니 늙은이는 없어져야지요. 부인 역시 며느리를 못 견뎌 해요. 경멸하죠. 그러니 이렇게 된 거예요. 아들이 불행해지는 걸 보고 싶지 않으니 여기서 사는 거죠."

"어떻게 모든 걸 그렇게 잘 아세요?" 이디스는 놀랍기도 하고 감탄스럽기도 해서 물었다.

"부인이 다 말해줬어요." 모니카는 새 담배에 불을 붙이며 말했다.

"저분이 한마디라도 하는 걸 본 적이 없어요." 이디스는 생각에 잠겼다.

"글쎄, 저 양반한테는 힘든 일이니까요." 이디스의 묻는 듯한 시선에 모니카가 대답했다. "귀가 완전히 안 들려요. 무슨 인생이 그런지."

두 사람은 보뇌이유 부인의 아들 내외가 부인을 뒷좌석에 태우려고 애쓰는 모습을 지켜보았다. 참 유감스러운 한 쌍이군, 이디스는 생각했다. 남자는 까무잡잡한 다부진 체격에 검은색 선글라스를 쓰고 있었다. 마치 밤까지 놀러다니는 노름 물주 같은 인상이었다. 아내는 훨씬 젊고 검은 머리에 풍만한 몸집의 돈이 많이 들게 생긴 여자였다. 차가 떠나자 이디스는 그 여자가 또다시 결혼할 거라는 생각이 들었다. 그때쯤에는 부인이 집으로 돌아갈 수 있겠지. 그러나 그런 일은 일어날 것 같지 않았다.

모니카와 천천히 호숫가를 산책하면서 이디스는 그녀가 자신보다 훨씬 더 많은 걸 알고 있다는 사실을 되짚어보았다. 확실히 그녀는 스핑크스를 닮았다. 그녀와 함께한 덕분에 아침 시간이 아주 기분 좋게 지나갔다. 하지만 모니카가 카페에 가서 커피와 케이크를 더 먹자고 고집을 부리자 이디스는 당혹스러웠다. "이제 점심때가 다 됐어요." 이디스가 이의를 제기했다. 한순간 모니카의 얼굴에 비뚤어진 표정이 스쳤다. "아, 제발." 그녀가 애원했다. "일요일이잖아요. 그 끔찍한 생선은 넌더리가 나요."

모니카가 케이크에 단호하게 포크를 찔러넣는 것을 지켜보면서 이디스는 자신이 인간 본성을 꿰뚫어보는 일에 소질이 없음을 겸허하게 받아들였다. 그녀는 소설 속 인물은 만들어낼 수 있었지만 실제 삶에서는 그 본성의 암호를 풀지 못했다. 인생의 경영과 관리에서 그녀에게는 통역사가 필요했다. 이 여자는 정말 기분을 좋게 해주는 사람이야, 아주 기분 좋게 말이야. 하지만 쉽사리 불화를 일으킬 수도 있는 사람이라는 걸 이디스는 알았다. 생각해보니 위베르 씨는 모니카가 카페 쪽으로 방향을 바꾸고 이디스가 따라가는 것을 보고는 이맛살을 찌푸렸었다.

"내가 종잡을 수 없는 사람은, 제니퍼예요." 모니카가 등을 기대고 굶주린 듯 잇달아 담배에서 연기를 빨아들일 때 이디스는 스스럼없이 말했다.

모니카의 잘생긴 타원형의 눈은 어떤 표정도 담고 있지 않았다. "제니퍼는," 그녀는 말을 꺼내다가 잠시 멈췄다. "장담하건대 제니퍼는 전적으로 눈에 보이는 그대로예요."

이디스는 시계를 보고 벌써 한 시 가까이 된 것을 알고 단호하게 말했다. "이제 가야 해요." 모니카의 얼굴은 우울함을 떨쳐낼 수 없는 평소의 표정으로 돌아갔다. 연극은 그만, 이디스는 생각했다. "가요." 이디스는 어깨를 움츠리고 꼼짝 않고 자리에 앉아 있는 모니카에게 손을 내밀며 말했다. "당신은 웃을 때가 훨씬 더 아름다워요. 날씨가 너무 좋네요. 나랑 같이 걸어서 돌아가요." 모니카는 천천히 내키지 않는 듯 문 쪽으로 끌려왔다. 희미한 미소도 짓지 않았다. 참 알 수 없는 일이군, 이디스는 생각했다.

호텔 뒤락에 돌아왔을 때 두 사람은 퓨지 부인과 제니퍼가 파나마 모자를 쓴 이름 모르는 그 남자와 테라스에 앉아 있는 모습을 보았다. 테이블에는 샴페인 한 병이 통 안에 비스듬히 놓여 있었다.

"저기 오네." 퓨지 부인이 듣기 좋은 목소리로 불렀다. "이리 와서 합석해요. 우리가 찾고 있었다우." 그녀는 모니카를 못 본 척했고 모니카는 입을 샐쭉하며 선글라스를 쓰더니 긴 의자에 오만하게 몸을 던졌다.

새로 사귄 친구 대신 화가 난 이디스는 머뭇거리고 있다가 팔에 냅킨을 걸치고 문가에 나타난 웨이터들 덕에 간신히 구제되었다. 퓨지 부인은(정말로 흰색 옷을 입은) 그들을 보더니 의자에서 몸을 빼내려고 애썼다. 파나마모자를 쓴 남자가 팔을 내밀어 부축했고 어머니의 겉옷을 들고 있던 제니퍼와 함께 식당 안으로 들어갔다.

"얼른 일어나요, 모니카." 이디스가 재촉했다. 하지만 모니카는 입가를 축 내려뜨리고 처진 손을 다시 드는가 싶더니 결국 잠이 들어버렸다.

오후의 날씨는 계속 금빛으로 부드럽게 무르익어갔다. 이 아름다운 완벽한 날씨가 다시 모두를 테라스로 불러 모았다. 이디스는 눈을 꼭 감고 잠든 모니카의 옆모습을 보고 퓨지 모녀와 네빌 씨라고 소개받은 파나마모자를 쓴 남자와 동석했다. 한 시간이 조용히 흘러갔다. 네빌 씨가 출처를 알 수 없는 영국 신문 일요판을 돌렸기 때문이다. 그러던 중 퓨지 부인이 컬러로 인쇄된 증보면을 산만하게 휙휙 넘기다 한숨을 쉬면서 이렇게 말했다. "얼마나 추한 세상인지 모르겠어요. 탐욕과 선정주의. 싸구려 섹스. 그리고 멋이라곤 없으니. 그런 건 자취도 없이 사라졌지요. 올라가서 내가 보던 책 좀 갖다주겠니, 얘야?"

"네." 제니퍼가 일어나서 나가자 이디스와 네빌 씨는 퓨지 부인의 훼방을 예의 바르게 무시하고자 애썼다. "나는 아무래도 너무 낭만적인가봐요." 이렇게 단언하고 퓨지 부인은 웃으며 두 사람을 쳐다보았다. 그들은 내키지 않았지만 〈옵서버〉, 〈선데이 타임스〉, 〈선데이 텔레그래프〉를 내려놓을 수밖에 없었다. "있잖아요, 나는 바른 가치만 믿도록 그렇게 자랐답니다." 또 시작이군, 이디스는 작게 하품을 삼켰다. "내게 사랑은 결혼을 의미했어요." 퓨지 부인이 말을 이었다. "로맨스와 구애는 같이 가는 거예요. 여자는 남자가 자신을 숭배하도록 만들어야 해요." 네빌 씨는 이 견해를 정중히 고려하겠다는 듯 머리를 약간 숙였다. "글쎄, 나는 운이 좋았나봐요." 퓨지 부인은 이렇게 말하고는 살짝 웃으며 실크 블라우스의 나비매듭을 고쳐매려고 아래를 내려다보았다. "남편은 나를 숭배했어요. 고맙다, 얘야." 제니퍼가 문고판 책 한 권을 건넸다. 표지에 아르누보식으로 뒤틀린 옆얼굴이 그려져 있었다. "내가 즐기는 이야기는 이런 거예요." 그녀는 이어서 말했다. 저 여자는 책을 읽으면서도 이야기를 할 수 있네, 이디스는 생각했다.

"한밤의 태양." 네빌 씨가 엄숙하게 책 제목을 읽었다. "버네사 와일드 지음. 나는 모르는 작가인데." 그는 멀리 호수 너머를 바라보는 이디스의 옆얼굴을 보며 말했다.

"이게 그 작가의 최고 걸작이라고 생각하진 않아요." 퓨지 부인이 말했다.

이디스는 그 책을 쓴 작가로서 마음이 아팠다. 사실 나는 저 작품이 마음에 드는데. 아내와 여름휴가를 떠난 데이비드가 그리스 해변에 초조하게 누워 있을 때였지, 그녀는 기억을 되살렸다. 그가 정말 멋진 시간을 보내고 있을 것 같아 그 사람을 생각하지 않으려고 하루에 열 시간씩 그 작품을 썼지. 내가 생각해도 대단했어. 그게 벌써 삼 년 전이네. 얼굴에 생기가 사라지고 추억에 잠겨 눈이 몽롱한 빛을 띠자 ("넌 안경이 필요해, 이디스!" 퍼넬러피는 이렇게 말하겠지) 네빌 씨가 몸을 앞으로 숙였다.

"이 숙녀 분들께 차를 주문해드린 후에," 그가 말했다. "잠시 산책을 하는 게 어떻겠습니까? 헛되이 보내기에는 너무 좋은 날씨예요. 이런 날씨는 다시 없을지 모릅니다."

이디스는 주저하고 있었다. "그래요. 가보세요." 독서에 열중하고 있음을 증명해 보이려는 듯 퓨지 부인이 서먹한 목소리로 말했다. "저녁 먹고 난 뒤에 보겠네요."

많은 일이 일어난 하루야. 이디스는 네빌 씨와 천천히 시내를 벗어나 호수 가장자리를 따라 걸으며 이렇게 생각했다. 옆 사람의 침묵이 고마웠다. 호수의 눈부심을 바꿔버리는 음울하고 엄한, 까닭 없이 싫은 그림자를 드리운 고성(古城)이 마치 그들이 더 이상 나아가는 것을 막으려는 듯 호수 쪽으로 뻗어나온 땅을 차지하고 있었다. 곧 저 성이 태양을 가리면, 성의 거대한 형체가 시커멓게 변하면서 그들에게 다가올 것이다. 그들은 제의(祭儀)에 가까운 태양의 소멸을 지켜보고 싶지 않아 본능적으로 멈춰 서서 기대고 있던 난간 쪽으로 고개를 돌렸다. 하루가 천천히 색깔을 잃어가고 있었다. 이 모호한 무색의 시간 속에 푸른 하늘이 허옇게 퇴색되는 모습이 하루가 저물어감을 말해주고 있었다. 저녁이 다가오는 것과 동시에 슬픔이 슬그머니 이디스를 덮쳤다. 동반자가 그녀를 바라보았다. "잠시 앉을까요?" 이렇게 제안하며 그녀를 석조 벤치로 안내했다. 그는 우아한 발목을 꼬고 앉아 작은 시가를 꺼내 피워도 괜찮으냐고 허락을 구했다.

"자, 울프 여사." 그가 말했다. "우리 피차 제대로 소개를 못한 것 같군요. 필립 네빌입니다." 그가 태연하게 덧붙였다.

이디스는 처음으로 발목 위로 존재하는 그의 모습을 마음에 담으려 예리한 눈길을 보냈다. 지금까지는 퓨지 부인에게 주의를 기울이고 있는 옆모습만 보았었다.

"아니면, 버네사 와일드라고 불러드릴까요?" 그가 말을 이었다.

이디스는 몇 주 만에 처음으로 웃었다. 오랫동안 듣지 못했던 자신의 웃음소리에 스스로도 놀랐다. 일단 웃음이 시작되자 멈출 수가 없었다. 깊이 감춰져 있던 한바탕 웃음이 밖으로 나오는 길을 찾은 것을 보며 네빌 씨는 기분 좋은 표정으로 이디스를 살폈다. 마침내 그도 함께 웃었고 이디스가 눈가를 닦을 때까지 그 웃음은 계속되었다.

"이렇게 말해도 괜찮다면, 그렇게 웃으니 보통 때의 표정에서 상당한 발전을 한 것 같습니다."

이디스는 놀라서 그를 바라보았다. "내 표정에 관심을 기울이는 사람이 있는 줄 몰랐네요." 그녀가 말했다. "남의 말을 들어줄 때나 필요한 사람인 줄 알았어요. 화가한테 인체 모형이 유용한 것처럼요. 더이상 필요하지 않으면 옆으로 밀쳐놓아도 되잖아요."

"그럼 당신은 스스로를 인체 모형이라 생각하나요?"

"아뇨, 사람들이 나를 그렇게 생각한다는 거예요."

"그럼 당신은 눈앞에 있되 말을 해서는 안 되는 존재란 건가요?"

"나는 듣기만 하고 말하면 안 되더라고요."

"그런데 말하지 않는 사람치고는 아주 많은 정보를 주던데요."

"나는 모르고 있었는데……"

"당당하게도 말이지요. 그렇다고 당신이 얼굴이나 찌푸리고 있는 사람이라는 말은 아닙니다. 그런 사람이라고는 생각 안 해요."

"너무 확신하지 마세요." 이디스는 갑자기 우울해졌다.

"아니요, 아닙니다. 마음이 다른 데 가 있는 사람은 아니라고 생각해요. 내 말은, 만일 내가 더 젊고 유행에 민감한 사람이라면 당신이 한 말의 의미구조를 해체해 보일 수도 있다고 말했겠지요."

이디스는 마지못해 미소를 지었다.

"훨씬 보기 좋군요. 당신이 지루해한다고 말해야 했어요."

온화하면서 친절한 이 말에 그녀의 뺨에 홍조가 떠올랐다. 이디스는 깊은 숨을 고르게 들이마시고는 눈을 빛내면서 그에게 고개를 끄덕였다.

"아주 좋아졌어요." 그가 말했다. "아주 좋아요. 자, 그럼 언제 같이 소풍을 가시죠. 지금 여기서 남쪽으로 보이는 저 언덕을 아세요?"

이디스가 고개를 저었다.

"포도 재배지예요." 그가 말했다. "아주 좋은 식당들이 있어요. 괜찮으시다면 적당한 때 전화하겠습니다."

두 사람은 호텔로 돌아왔다. 퓨지 부인과 제니퍼가 막 테라스를 떠나려던 참이었다. 이도 저도 아닌 몸짓들이 오갔다. 모니카는 아무런 기척도 내지 않았다. 보뇌이유 부인은 조바심을 띤 미소를 지으며 앉아 있었다. 아들 내외가 큰 목소리로 둘만의 문제를 이야기하고 있었지만 역시 그녀에게는 들리지 않는 모양이었다. 마침내 부인의 아들이 아내가 고개를 쳐들고 "On s'en va(이제 우리 갈까요)?"라고 묻자 이에 대답하듯 활기차게 일어나 떠날 채비를 했다. 아내는 뺨을 내밀어 시어머니의 인사를 받고는 차를 향해 경쾌하게 걸어갔다. 보뇌이유 부인은 아들을 좀 더 붙잡으려 했지만 차의 경적이 울리자 그는 "J'arrive(지금 가)"라고 소리치고는 어머니의 두 뺨에 소리 내 키스를 했다. 보뇌이유 부인은 그녀가 보낸 침묵의 나날이 이디스와 네빌 씨에게도 감지될 때까지 아들이 사라져버린 방향을 응시하며 테라스에 그대로 서 있었다.

그날 저녁 식사 시간에 식탁에 홀로 앉은 이디스는 때때로 자꾸 미소를 짓게 되었다. 그녀는 퓨지 모녀와 함께 커피를 마시고 일찍 자리에서 일어났다. 사실 그녀는 기분 좋게 피곤했고 어쩐지 보통 때보다 만족스러웠다.

"제니퍼," 퓨지 부인이 부추겼다. "저 멋진 네빌 씨한테 우리랑 합석하자고 물어보렴. 가엽게도 혼자 있잖아."

그러나 이디스는 네빌 씨라면 혼자서도 잘 지낼 수 있고, 또 그러고 싶어 할 거라 생각하며 미소를 띤 채 나왔다.

이디스는 두꺼운 커튼을 열고 발코니로 나갔다. 달이 떠 있었고 대기는 마치 우유 같았다. 마음속으로 여러 가지 생각들을 되짚으며 한동안 앉아 있었다. 아름다운 밤이야, 기분 좋고 고요한. 여느 때보다 훨씬 고요해. 그녀는 기분이 좋았고 마침내 안으로 들어가 머리에 솔질을 하기 위해 거울 앞에 서서 생각했다. 오늘 밤에는 잠을 푹 자겠네.

하지만 복도에서 들려온 예리한 비명에, 다급한 발소리에 이디스는 깜짝 놀라 위험을 의식했다. 그녀는 꼼짝 않고 귀를 기울였고 예전의 공포가 되살아나는 것을 느꼈다. 침묵이 이어졌다. 조심스럽게 문을 열자 퓨지 모녀의 방에서 불빛이 흘러나오고 인기척이 들렸다. 오, 세상에. 심장마비를 일으킨 건가. 뭔가 도울 일이 있겠어.

문이 열린 곳은 제니퍼의 침실이었다. 제니퍼는 침대 위로 다리를 올리고 엉거주춤한 자세로 작은 신음 소리를 내며 웃고 있었다. 새틴 잠옷의 어깨 끈이 그녀의 통통한 어깨에서 흘러내려 있었다. 그녀의 어머니는 연한 분홍색의 비단 기모노 차림으로 손으로 입을 가리고 문간에 서 있었다. 한쪽 구석에서는 네빌 씨가 몸을 구부려 신문지로 바쁘게 무언가를 집어서 창문 밖으로 던졌다.

"이제 안전합니다." 그가 선언했다. "이제 거미는 없습니다."

그러고는 이디스에게 눈을 찡긋했다.

퓨지 부인이 앞으로 나와 그의 팔에 손을 얹었다.

"어떻게 감사를 드려야 하죠?" 그녀가 속삭였다. "저 아이는 아주 어릴 때부터 거미를 무서워했어요."

그러나 이젠 어리지 않잖아요. 이디스는 이전에는 느끼지 못했던 제니퍼의 인상을 마음속에 담았다. 터키 황제의 첩 같은 여자. 그 잠옷으로 농익은 살을 잘도 드러내는군.

복도에서 그녀는 네빌 씨에게 잘 자라고 손을 흔들었다. 그의 비밀스러운 미소가 다시금 번졌다.

그날 밤 늦게 오랜 회복기에서 깨어난 키키가 배가 고픈지 새벽까지 슬픈 울음소리를 냈다. 그리고 마침내 잠에 빠져들면서 이디스는 문이 닫히는 소리를 들은 것 같았다.

6

사랑하는 데이비드,

가림막이 날아가 내 정체가 드러나버렸어요. 하지만 그건 나중에
이야기할게요.

지난 며칠 동안 편지를 못 써서 미안해요. 그사이 호텔 뒤락이라
는 사막에 이상하고 새로운 관계가 장미꽃처럼 피어났어요. 이제
퓨지 부인과 제니퍼도 더는 나를 자기들 쇼핑 무용담을 들어주는
사람으로만 여길 수는 없을 거예요(항상 승리에 찬 무용담이죠. 그
게 뭐가 됐든 최근 것은 이것이고 가장 좋은 것은 저것이고 등등).
나도 이제 쇼핑을 해보려고 해요. 새 친구인 모니카(X부인이라 했
었던)가 쇼핑이라는 이 이례적인 행동을 하도록 나를 부추겼어요.
그녀는 차를 빌려 타고 자기가 잘 아는 자그마한 가게로 데려가서

내 취향보다는 자기 취향에 맞는 옷들을 이것저것 나에게 휘감아볼 핑계가 생겨 아주 기뻐하고 있어요. 때로는 정말 나보다는 퓨지 부인이야말로 모니카와 공통점이 훨씬 많을 거란 생각이 들어요. 하지만 어찌된 영문인지 두 사람은 잘 지내지 못하고 나를 완충지대로 이용하고 있어요. 어떻게 보면 나는 두 사람을 이간질해 다투게 할 수 있는 입장이에요. 어쨌든 이런 일들에 그렇게 많이 몰두하는 건 아니에요. 아주 멋진 파란색 실크 드레스를 하나 샀는데, 당신이 좋아할 것 같아요. 모니카는 그 옷이 나를 몇 살이나 젊어 보이게 한다고 했어요. 여기 처음 도착했을 때 내가 어떤 모습이었는지 생각조차 하기 싫네요.

모니카는 늘 요구가 많지만 꽤 자극이 되는 상대예요. 그리고 왜 여기 와 있는지도 알아냈어요. 모니카는, 완곡하게 말하자면 먹는 일에 문제가 있는 사람이에요. 최소한 본인은 그렇게 말했어요. 왜, 잡지 같은 데서 그런 기사 보잖아요. 실제로 어떤가 하면 식당에 앉아 지겨워하며 음식을 휘젓기만 해요. 먹기도 전에 벌써 예민해지고 엄청나게 지루해하는 통에 안색이 좋지 않지요. 그러고는 결국 음식을 거의 다 자기 무릎에 앉아 있는 키키에게 몰래 먹이는 걸로 끝내요. 식사 시간 사이에 역 근처 카페에서 케이크를 먹는 모습이 목격되기도 했어요. 여기 따른 뒷이야기가 재미있어요. 고귀한 남편께서 후계자가 절실히 필요한지라 그녀를 이리로 보내 몸을 정상적인 상태로 만들라는 분부를 내렸다고 해요. 이게 제대로 지켜지지 않을 시에는 모니카에게 제재가 가해지고 그녀는 집을 떠나야 하고, 남편인 존 경은 다른 대안을 찾을 거라는군요. 당연히 모니카는 실쭉해 있죠. 그녀는 마치 다른 사람들이 호기심에 슬럼가를 가보듯 케이크를 먹어요. 모니카 역시 아이를 몹시 갖고 싶어 하고 몹시 슬퍼하고 있어요. 하지만 내 생각에 아이는 못 가질 듯해요. 너무 아름답고 너무 마르고 너무 넘치게 자랐어요. 그녀의 골반은 마치 새의 가슴뼈 같아요.

우리들의 외출은 지금까지는 아주 규칙적인 틀이 잡혀 있어요. 시내를 배회하다가 모니카가 진열된 물건을 보고 경멸스럽다는 몸짓을 하지요. 작은 가게 물건도 꽤 비싼 것들인데 말이에요. 하펜네거스 카페에 이르면 모니카는 당장 커피 한 잔을 마셔야 한다고 마구 조르지요. 마치 어린아이를 데리고 나온 것 같아요. 모니카는 서서 꼼짝도 않고 키키까지 짖어대니 할 수 없이 안으로 들어가요. 커피 한 잔은 결국 케이크 여러 조각으로 불어나죠. 모니카가 내 앞에서는 가식적으로 행동하지 않으니까요. 나와 같이 있으면 안심이 된다나요(누군들 그렇지 않겠어요?)? 그러고는 또다시 자신이 처한 딜레마의 그 긴 이야기를 마구 쏟아놓는 거예요. 모니카는 남편이 자신을 보호해주지 않는다는 이유로 남편을 싫어하고 두려워해요. 그리고 자신에게 외로움과 유배생활이 선고되었다고 생각해요. 이 점에서 그녀는 선견지명이 있는 것 같아요. 모니카의 몇 년 후 모습이 그려지네요. 송금을 받으며 해외를 떠도는, 이를테면 이런 호텔, 여러 호텔 뒤락을 떠돌며 아름다운 얼굴은 점점 수척해지고 냉소를 띠며 영원히 개를 팔에 안고 살아가는 모습이 말이에요. 모니카의 마지막 무기는 불굴의 속물근성으로 이미 분명하게 나타나고 있어요. 그녀는 남편 집안을 철물상 졸부라고 경멸하면서(조상

중 한 분이 십구 세기 초에 작지만 아주 중요한 산업용 기계를 하나 발명했대요) 특별히 무력한 자신의 운명을 미화해요. 아이리스 퓨지라면 그녀를 재산을 노린 여자라고 부를 거예요. 그러나 행운이나 재산이 그녀 것이 될 법하지는 않네요. 미래에 어떤 일이 일어날지를 생각할 때면 모니카의 여사제 같은 잘생긴 얼굴이 슬픔으로 축 처진답니다.

당연히 이런 일들이 책 쓸 시간을 잡아먹어요. 하지만 나는 여기서 조금 더 머물다 가려 해요. 날씨가 아직은 멋지거든요.

그리고 꼭 필요한데 못 했던 운동을 조금씩 하고 있어요. 여기 있는 네빌 씨라는 남자는, 얼마 전 내셔널 갤러리에서 도난당한 〈웰링턴 공작의 초상〉*을 닮은 사람인데요, 어제는 그 사람과 멀리 산책을 갔었지요……

더 이상 계속하는 것은 온당하지 않을 것 같아 이디스는 펜을 내려놓았다. 상스럽고 천박한 생각들이 덮칠 기세로 마음속 한구석에서 맴돌았기 때문이다. 사실 옷이나 다른 여자들의 재산이나 행운에 대한 이야기로 많은 시간을 보내는 게 취향에 맞는 일은 아니었다. 그런 이야기들은 본질적으로 저급해 보였기 때문이다. 그런데도 언제나 그런 식의 이야기에 끌려들었고, 적극적으로 참여하지는 않았지만 거기에 물들지 않고 완전히 물러나 있다고도 할 수 없었다. 예를 들어 모니카의 일만 해도 그랬다. 이디스는 모니카로 인해 약 올리고 괴롭히

______

* 프란시스코 고야의 작품으로 내셔널 갤러리에서 1961년 도난당했다.

면서 싸우고 싶어 안달하는, 애처로운 반항의 세계로 끌려들어갔다. 남편을 성적인 덫에 빠지게 하려는 모니카의 이 모든 딱한 행동들은 그녀가 아내로서 기대되는 처신을 거부하는 데서 나타났다. 더없이 뻔뻔한 행동으로 남편의 자존심을 상하게 만들거나 그녀와 계속 살도록 굴복시킬 수도 있고, 그것도 아니면 남편의 체면을 더럽힐 수도 있었다. 남편이 다른 관심사를 좇고 다른 일을 하는 동안 모니카는 이렇게 표류하면서도 마치 적을 기다리듯 남편을 기다렸다. 그리고 다시 만나면 모욕과 분노의 힘으로 한때 그들 사이에 있었던 노여움을 되살려보려 했다. 그때까지는 남편의 돈을 쓰며 그의 시간을 낭비하고 복수할 계획을 세우는 것이다. 그리고 마치 한때는 대단한 모험가였다는 듯 곁에 둘, 자신을 돋보이게 할 상냥하고 유순한 이디스 같은 여자 시종이 필요한 것이다. 자신의 속내는 다 털어놓으면서도 상대의 의견은 얼마든지 무시할 수 있는 사람 말이다.

이디스는 자신이 퓨지 부인에게도 마찬가지의 기능을 충족시켜주고 있다고 생각했다. 퓨지 부인과 그 연장선상에 있는 제니퍼는 이제는 분명하게 정체를 드러내기 시작했다. 퓨지 부인은 부르주아에다 사치스러우며 그걸 성공적으로 전시할 수 있었고, 모니카는 바로 그 점을 경멸했다. 퓨지 부인이 남편에 대해 하는 말들은 이디스를 불편하게 했다. 그 말들이 결국 퓨지 부인의 자아도취로 기능하기 때문인지도 몰랐다. 여전히 이름을 모르는 퓨지 씨는 정황 증거가 덧붙지 않았더라면 직업도 없고 집도 없는 사람이 되었을지도 몰랐다. 성격, 취향, 심지어 생김새도 수수께끼의 베일에 싸여 있었다. 그가 세상을 떠난 사정은 여전히 모호하고 시기도 정확하게 언급된 적이 없었다. 하지만 이디스는 마침내 그 사실이 밝혀질 때를 경계해야 함을 알고 있었다. 어쩔 수 없이 위로와 동정을 표해야 하는 일이 두려웠기 때문이다. 나에게도 과거가 있답니다, 이디스는 그녀답지 않게 격분했다. 나 역시 죽음과 작별을 겪었단 말이에요. 최근에도 있었어요. 그러나 나는 숨기는 법을 배웠고 눈에 띄지 않게 억누를 줄 알아요. 내 상처를 드러내 보이는 게 내게는 결국 후에 부끄러워할 감정을 억누르지 못한 일밖에 안 되니까요.

그러나 이디스는 퓨지 부인의 그 조용한 과시 행위보다 언뜻 보게 된 퓨지 부인의 음란한 태도가 더 걱정스러웠다. 비록 그것이 특별히 먹은 마음이 없어 해로워 보이지는 않았지만, 주변에 대상이 없을 때도 추파를 흘리는 기질은 어쩐지 이디스를 불안하게 만들었다. 어쩌다 드물게 퓨지 부인이 혼자 앉아 있을 때면, 그녀는 모든 이들의 관심을 끌기 위해 건수를 만들어 누군가는 반드시 자신을 도와주러 오도록 술수를 부렸다. 당장 이루고 싶은 목적을 위해 필요하다면 누구든 상관없이 그 사람의 관심을 끌 때까지는 가만히 있거나 혹은 조용히 있지 못했다. 그렇게 뻔뻔스럽게 또 그렇게 천진하게 자신의 인품과 육체적 매력에 자화자찬을 늘어놓는 것이 그 나이의 여자에게도 매혹적인 일일까? 무대를 독차지하려는 퓨지 부인의 투지는 심지어 제니퍼라 해도 방해할 수 없었다. 퓨지 부인의 정열적인 눈과 치켜든 머리, 다음에 무엇을 입을지를 열정적으로 궁리하는 모습에 비하면 제니퍼는 그늘이 드리워 있고 꽤나 수동적으로 보였다. 이디스가 그녀의 침실에서 흘끗 보았던 그 이국적인 **평상복**들, 조신한 취향이라고는 할 수 없는 그런 것들을 아무런 해도 끼치지 않는 탐닉이라고, 그냥 단순히 치장이 좋아서 하는 놀이일 뿐이라고 웃어넘길 수 있는 걸까? 분명히 그리고 의심의 여지없이 그랬다. 이디스는 오래된 자신의 편견이 서서히 표면으로 떠오르는 것을 느끼며 생각해보았다. 빈에서 나고 자란 그녀의 어머니 로자라면 전혀 의심하지 않을 것이다. 어머니라면 퓨지 부인을 한번 훑어보고 엄숙하게 웃을 것이다. 어머니는 여성의 기질 중 자신이 가장 높게 평가하는 것을 한눈에 알아보았을 것이다. 그 기질이란, 언니와 사촌과 함께 어머니와 이모의 귀에 들리지 않을 곳에 모여 자신들이 정복한 남자들과 경쟁자들에 대해 이야기를 나누던 시절에 다루었던 바로 그 주제였다. Très portée sur la chose(밝힘증이 있는 거지). 그들은 암호처럼 사용하는 형편없는 프랑스어로 이렇게 동의했을 것이다. 아마도 로자는 입술을 삐죽거렸을 것이다. 딱히 경멸해서라기보다 자신의 허송세월에 대한 회한으로 그랬을 것이다. 수많은 애인과 그들과의 은밀한 관계로 가득했어야 할 그 세월을 점점 벙어리가 되어가는 남편과 말 없는 딸아이가 독점해버렸기 때문이다.

퓨지 부인은 모니카를 싫어했다. 부인은 모니카의 적대감과 좌절감을 간파했다. 퓨지 부인에게 모니카는 그저 재산을 노리고 결혼한 여자일 뿐만 아니라 눈앞에 있는 것조차 허락할 수 없는 부류의 여자였다. 퓨지 부인은 모니카가 별 노력 없이 도달한 냉소적 기품의 고지를 '간판'으로 치부했다. 퓨지 부인은 그 간판 뒤에 뭐가 있는지 말하지는 않았지만 알고 있다는 인상을 풍겼다.

이디스는 여자들끼리만 어울리는 일이, 많은 여자들을 결혼으로 몰아간다고 생각했다. 그녀도 마찬가지였다. 퍼넬러피는 매일 찾아와 유순하게 고개를 숙이고 있는 이디스에게 속에 든 이야기를 시원하게 쏟아놓으려 들었고, 더 나쁘게는 자신의 권리인 양 여러 가지를 캐묻기도 했다. 그러나 이디스는 온전히 평정을 유지한 채 정원을 손질하고 글을 쓰면서 얼굴에서 연민과 동정, 호기심 등을 읽어낼 수 없게 차단하고 침묵을 지키며 데이비드를 그리워했다.

사람들은 이디스를 노처녀로 생각하거나 아니면 적어도 처녀로 늙어가는 숙녀라고 보았다. 이디스가 자기 인생에는 어떤 남자도 없었다고 말하면 거칠고 공격적인 독신녀 친구들은 실망에 찬 눈으로 하늘을 올려다볼 뿐 그녀가 거짓말을 하고 있다고는 결코 생각하지 못했다. 이디스는 아무렇지도 않게 거짓말을 잘했다. 소설의 플롯을 구상하며 보낸 시간과 소설 속 이야기가 현실에서 일어날 수 있는 이런 모험에 대처할 수 있게끔 해준 모양이었다. 하지만 데이비드는 그렇게 거짓말을 잘하는 편이 못 된다는 것을, 심지어는 부부 싸움 중에 아내에게 자신이 한눈을 팔고 있다는 암시를 주기도 한다는 것을 이디스는 알고 있었다. 그의 아내는 집과 아이들, 사회적 지위 등 책임을 잔뜩 지고 있는 남편이 쉽사리 모든 걸 벗어던지지 못한다는 사실을 알고 그를 비웃었다. 그의 친구들은 그 문제에 대해 너그러웠다. 매력적인 남자니 즐길 자유가 조금은 허용되어야 한다는 입장이었다. 그러나 모두들 데이비드가 젊고 거친 여비서들과 연이어 재미를 보거나 아니면 유부녀와 즐길 거라 여겼다. 결코 이디스와 그런 사이인 줄은 몰랐다.

물론 이디스는 그의 아내를 알고 있었고 절대 마주치지 않도록 머리를 썼다. 천성적으로 틀어박혀 지내는 터라 사람들이 그녀를 그냥 내버려두는 것은 놀랄 일이 아니었다. 한번은 사교적인 이유로 꼭 참석해야 하는 저녁 파티가 있었고, 이디스는 데이비드가 오는 줄은 전혀 몰랐다. 그러다 거실 밖에서 그의 의기양양한 웃음소리가 들려오자 그 혼란의 순간에 자리를 뜨는 쪽과 그냥 있는 쪽 중 어느 쪽이 더 용기가 필요한지 갈팡질팡했다. 그런 와중에 이디스는 뚜렷한 생각 없이 발걸음을 옮겨 술잔을 들고 아무렇지도 않게 자리로 가서 앉았다. 그녀는 자신에게 기대되는 처신이 무엇인지 잘 알기에 합당하게 처신했다. 조용히, 예의 바르게, 나서는 법 없이. 왼편에 앉은 중년 남자의 유쾌한 이야기를 듣고 있을 때(안주인은 두 사람을 자신의 소유물을 바라보듯 만족스러운 눈길로 관찰했다) 이디스는 테이블 건너 붉은 얼굴에 술을 꽤 마신 듯한 싸움닭 같은 데이비드의 아내를 보게 되었다. 섹시하군, 이디스는 고통스럽게 생각했다. 하지만 그의 아내는 불만에 차 있었다. 옆에 있던 남자가 그녀가 꺼내 문 담배에 불을 붙여주었고 그녀는 고개를 돌려 늘 그렇듯이 무거운 미소를 보였다. 저녁 시간이 끝날 무렵, 이디스는 데이비드가 아내의 의자 등받이에 팔을 두르고 있는 모습을 보았다. 그리고 그 순간 그의 아내는 얼굴이 새빨개졌고 몽롱한 눈빛으로 아무 말도 하지 않았다. 이디스는 문득 그들 부부가 오늘 밤 사랑을 나누리라는 것을 깨닫고는 벌떡 일어나 안주인에게 즐거운 저녁이었다고 감사 인사를 했다.

"자기, 꼭 그렇게 가야 해요? 아직 꽤 이른 시간인데."

"이만 실례해야겠어요." 그녀가 말했다. "꼭 끝내고 싶은 일이 있어서……"

"가엾은 이디스, 밤을 새우며 일을 해야 하다니. 그렇지만 그렇게 멋진 책을 쓰니까. 우린 모두 당신 팬이에요. 그런데 어떻게 집에 가려고요?"

그녀 옆에 있던 사람이 차를 태워주겠다고 했고 두 사람은 함께 집을 나왔다. 체섬 플레이스에서 집까지 오는 동안 이디스는 거의 말을 하지 않았다. 제프리 롱이라고 자신을 소개한 그 사람도 말이 없었으나 이디스는 막연하게 그 사람이 붙임성 있고 위로가 되는 존재임을 알아차렸다. 그녀는 그에게 내리지 말라고 했고 언제 한번 차를 같이 하자며 전화번호를 교환했다. 작은 앞마당에서 손을 흔들어 작별인사를 한 다음 이디스는 라벤더 줄기 하나를 꺾어 손가락으로 으깨 잎사귀의 향내를 맡았다. 그러고는 마침내 집 안으로 들어갔다. 오, 데이비드, 데이비드, 그녀는 생각했다.

이디스는 데이비드가 자신의 욕구를 부인하지 않을 남자임을 알고 있었다. 그리고 자신도 그의 그런 자기 탐닉에 일조하고 있다는 것을 알았다. 그 점을 잊지 말아야 했다.

다음 날 아침, 이디스는 파티를 주최했던 안주인에게 전화를 걸었고 자신이 떠나고 파티가 아주 엉망이 되어버렸다는 사실을 알게 되었다. 안주인의 이야기로 미루어보아 그런 것 같았다. "프리실라는 정말 형편없어요. 딱하게도 데이비드가 때로는 감당을 못한다니까요. 물론 두 사람은 절대적으로 서로에게 헌신적이지만 말이에요." 이디스가 그 장면을, 한바탕 소동과 숱한 비난들을 상상해보는 사이에 안주인은 "당신이 제프리와 잘 지내서 너무 기뻐요"라고 말하고 있었다. "어머니가 돌아가신 후로 꽤 상실감에 시달렸거든요. 두 사람 곧 같이 한 번 더 와야 해요." 그러나 이디스는 제프리를 저렇게 능력 있는 뚜쟁이들 손에 맡기고 자신은 다시 가지 않을 거라고 다짐했다. 이디스는 책이 끝날 때까지는 사라져 있을 것이라 시간 조정을 좀 더 잘할 수 있을 때 다시 연락하겠다고 말했다. 하지만 언제라도 그녀가 자신의 집에 차를 마시러 올 수 있다면 기쁘겠다고, 정원이 무척 아름답다고 덧붙여 말했다.

사 년 전의 일이었다. 그날 밤 데이비드에 대한 좋지 않은 기억은 타인의 기분이 자신의 기분과 같은지 아닌지에 상관없이 무조건 자신과 한패가 되기를 바라는 퍼넬러피에게 이끌려 시먼즈의 경매에 갔을 때 금방 지워져버렸다. 데이비드는 창고 담당자인 스탠리와 같이 있었다. 두 사람은 셔츠 소매를 걷어 올리고 포장용 상자 위에 말없이 사이좋게 앉아 있었다. 또 다른 상자 위에는 차가 담긴 머그잔 두 개와 지독한 색깔의 잼 타르트가 놓여 있었다. 데이비드는 몸을 벌떡 일으켜 짓궂게 힐난을 퍼붓는 퍼넬러피에게 미소 띤 친절한 얼굴을 보였다. 이디스는 그 얼굴 뒤로 그가 무언가 완전히 다른 생각을 하고 있음을 눈치챘다. 퍼넬러피에게 머무는 그의 눈길을 지켜보며 이디스는 홍조 띤 얼굴이 아름답긴 하지만 퍼넬러피는 말이 너무 많다고 생각했다. "두 시 반이야, 데이비드." 스탠리가 알려주었다. 퍼넬러피가 스탠리에게 어떤 정다운 말을 하려고 고개를 돌리자 이디스는 아무렇지도 않은 표정을 지으려 애썼고, 데이비드는 어깨를 움츠려 겉옷을 입으며 그녀의 주의를 끌고는 한쪽 눈을 아주 살짝 찡긋해 보였다. 그렇게 말없이 곧 만나자는 합의가 이루어졌다.

이후로 그는 온통 일 때문에 분주했다. 이디스는 퍼넬러피와 같이 줄지어 놓인 의자로 가서 순종적인 어린아이처럼 눈길을 단상으로 향했다. 데이비드는 단상에 서서 망치를 손에 들고 경매를 진행하고 있었다. "경매 물건 오 번, 시간의 진실. 프란체스코 푸리니 작품으로 알려져 있습니다. 얼마에 부칠까요?"

이디스는 호텔 뒤락의 삶은 송아지고기 색 방에 앉아 무릎 위에 손을 얹고 자신이 이곳에서 무얼 하고 있는지 생각했다. 기억이 되살아나면서 몸이 떨려왔다. 자신이 저지른 부정한 행위에 생각이 미치자, 자신에 관해서는 아무것도 드러내지 않으면서 친구가 되어준 훌륭한 여자들을 하찮게 생각하는 자신이 수치스러웠다. 나는 늘 여자에게는 너무 가혹했어, 그녀는 생각했다. 내가 남자보다는 여자를 더 잘 이해하기 때문일지도 몰라. 여자들의 경계심과 참을성과 스스로를 성공한 사람으로 광고해야만 하는 그 필요성까지도 알고 있기 때문에. 실패를 인정해서는 안 되는 여자들의 필요 말이야. 그 모든 걸 너무도 잘 알지, 나도 그들 중 한 사람이니까. 내 어머니의 냉혹함을 기억하기에 더 냉혹한 걸 보게 될까 끊임없이 경계를 하느라 내가 이토록 가혹한지도 몰라. 그러나 여자들이 다 내 어머니 같지는 않아. 모든 여자가 그렇다고 생각하는 건 정말 바보 같은 짓이야. 아버지라면 이렇게 말했겠지. 이디스, 조금만 생각해보렴. 넌 지금 맞지 않는 등식을 세웠어.

그녀는 자신이 보잘것없다는 느낌에 짓눌려 고개를 떨어뜨렸다. 경솔하게도 나는 함부로 버지니아 울프의 이름을 들먹였어.

한참을 그렇게 앉아 있다가 이디스는 겸허하게 일어나 머리를 매만지고 핸드백을 집어든 뒤 차를 마시러 아래층으로 내려갔다.

살롱에서 차를 마시고 있는 사람은 보뇌이유 부인뿐이었다. 그녀는 늙어 갈색이 된 손으로 드레스 앞자락에서 빵부스러기를 털어내고 있었다. 이디스가 미소를 지었고 부인은 답례로 머리를 끄덕였다. 주말이 지나자 호텔은 비었다. 날씨는 아직 좋았지만 태양의 열기와 빛은 위력이 점점 약해져 오후가 짧아지고 있었다. 테라스에는 불투명한 약한 햇빛이 안개처럼 잦아들다가 끝내 서서히 사라져갔다. 소나기가 오려는지 따뜻한 공기는 습기를 머금고 있었다. 다시 한번 산이 안개 속으로 녹아들었다.

"여기 있었군요." 퓨지 부인이었다. "지난 며칠 당신은 낯선 사람이 되어버렸어요. 제니퍼는 당신이 우리를 아주 저버렸다고 생각했다고요. 안 그러니, 애야?" 제니퍼는 퓨지 부인이 버려둔 『한밤의 태양』에서 눈을 떼며 미소를 지었다. 그녀의 대단한 소화기관이 지금은 잠시 휴식 중인 모양이었다.

"아주 우리를 잊어버린 줄 알았어요." 그녀가 확인하듯 말했다. "어머니가 정말 당혹해하셨어요."

그렇지 않다는 말을 중얼거리면서 이디스는 고리버들 의자에 깊숙이 앉아 낮에 무얼 했는지 물었다. 두 사람은 행복한 표정으로 기쁨에 가득 차 대단치도 않은 이야기를 쏟아놓는 것으로 답했다.

7

"사람들은 빙하가 이렇게 가까이 있는 줄 잘 몰라요." 이디스가 뭘 안다는 듯이 말했다.

"그래요, 모르지요." 네빌 씨가 동의했다. "그러나 사실 그렇게 가깝게 있지만도 않아요."

두 사람은 작은 식당에 들어가 포도 넝쿨이 덮인 격자 시렁 아래 놓인 야외 테이블에 백포도주 한 병을 놓고 마주 앉았다. 그늘 속에 앉아 두 사람은 낮곁의 햇빛으로 밝게 빛나는 텅 빈 조그만 광장을 바라보았다. 높이 올라오니 호수에 낀 안개는 상상이 되지 않았다. 고지대의 청명한 햇살이 중간색과 모호한 빛의 변화, 온화함과 따뜻함 같은 부드러운 감각은 모두 단호하게 몰아내버렸다. 여기 이 위에서는 날씨가 덥기도 하고 춥기도 했으며 밝게 빛나기도 하고 어둡기도 했다.

햇빛에 있으면 더웠고 그늘에 들어가면 추웠다. 올라올 때는 밝았지만 사람 없는 작은 카페에 앉아 쉬는 사이 어두워졌다. "조금 더 걸을래요?" 네빌 씨가 이렇게 물었고, 두 사람은 다시 아래서는 산으로 보이는 곳의 꼭대기에 닿을 때까지 걸었다. 올라가는 길에 계단식으로 가꾼 과수원의 황금빛 열매를 보고서야 그들은 이곳을 산이라고 생각한 자신들의 짐작이 틀렸음을 깨달았다. 두 사람은 점심을 먹고 평온하게 앉아 있었다. 자갈이 깔린 사방 몇 미터가 안 되는 이 평평한 땅에는 오직 두 사람뿐이었고, 들리는 것이라고는 멀리서 희미하게 울리는 자동차 경적과 웅얼거리는 라디오 음악 소리뿐이었다. 식당의 부엌 혹은 저녁 식사 시간에 맞춰 다시 가게 문을 열기 전까지 주인이 쉬면서 신문을 읽을지 모르는 가게 안쪽 거실 깊숙한 곳에서 들려오는 소리였다.

도대체 어떤 사람들이 여기에 올까? 이디스의 마음속에서 퓨지 부인과 모니카, 보뇌이유 부인, 나이 든 피아니스트와 신뢰할 만한 식사가 있는 그 호텔은 우주의 아주 다른 저쪽 끝에 있는 듯했다. 이렇게 높이 올라오는 동안 이디스는 호숫가에 있을 때의 온화하고 신중했던 자신은 사라지고, 대신 비물질화되어 멀리서부터 수정같이 투명한 과정에 따라 새로운 구성요소가 만들어져 좀 더 단단하고, 더 밝고, 더 단호하고, 더 현실적인, 즐기는 게 뭔지 그 맛을 아는, 심지어 그것을 기대하기까지 하는 사람이 된 것 같았다.

"누가 이런 델 오나요?" 그녀가 물었다.

"우리 같은 사람들요." 그가 대답했다.

그는 거의 말이 없었지만 몇 마디 말을 분별 있게 선택해 말의 질에 무게를 담아 전문가의 의견인 양 전달하는 사람이었다. 이디스는 대부분의 사람들이 분별 있는 대화에 적합하다고 생각하는 심사숙고하는 태도에서 나오는 독백에 익숙했다. 그리고 자신의 소설 속 인물들이 자연스럽게 쓰는 교묘한 화술과 교양 있는 미문으로 꾸민 말들에 익숙했다. 이디스는 의자에 몸을 기대며 미소를 지었다. 말로 인해 기분이 즐거워진다는 것은 그녀에게 너무나 희귀한 경험이었다. 이디스는 사람들이 작가에게 기대하는 것은 **독자들을** 즐겁게 해주는 일이라 생각했다. 사람들은 작가들이 독자를 만족시키는 일을 함으로써 스스로도 만족을 얻는다고 생각했다. 중세 궁정의 아첨꾼이나 난쟁이, 음유시인 들처럼 말이다. 그러면 우리 작가들은? **우리를** 즐겁게 해줄 생각을 하는 사람은 아무도 없다.

네빌 씨는 이디스의 얼굴에 스친 감정의 파도를 알아채고 이렇게 말했다. "속에 있는 생각을 말하면 기분이 좋아질 겁니다."

"아, 정말 그렇게 생각하세요?" 그녀는 숨을 가쁘게 몰아쉬며 물었다. "만일 그게 사실이라고 해도 그 결과가 즉각 그렇게 느껴진다고 보장할 수 있나요? '고통을 완화'하는 데 도움을 준다는 애매한 연고 광고처럼요. 사실 뭐가 고통을 완화시켰는지는 확실치 않거든요." 그녀는 계속해서 말했다. "물론 광고에 멋지게 차려입은 남자가 손으로 등허리를 누르는 조그만 그림이 나올 때도 있고요."

네빌 씨는 미소를 지었다.

"고통이 완화된다는 약속이 중요한 거겠죠." 이디스는 약간 거칠게 말했다. "아니면 아마도 제안 자체의 효과인지도 모르죠. 어쨌든, 내가 지금 무슨 이야기를 하는지 모르겠네요. 신경 쓰지 마세요." 그녀가 덧붙였다. "내 삶의 대부분이 표면으로 드러나지 않는 지하세계 수준에서 이루어지는 것 같아요. 오늘은 그런 걸 신경 쓰기에는 너무 좋은 날씨네요." 이디스의 얼굴이 밝아졌다. "그리고 지금은 너무 좋은 시간을 보내고 있거든요." 그녀가 말했다.

네빌 씨는 정말 그래 보인다고 생각했다. 늘 습관적으로 동의나 이해를 구하는 듯한 소심한 표정이 없어진 지금, 이디스의 얼굴은 즐거워 보였고 귀족이라도 된 듯했다. 도대체 이 여자는 여기서 무얼 하고 있는 걸까? 그는 의아했다.

"도대체 당신은 여기서 뭘 하는 거예요?" 이디스가 물었다.

그는 다시 미소를 지었다. "왜, 나는 여기 있으면 안 되나요?"

이디스는 손바닥을 뒤집어 보였다. "저 호텔은 당신 같은 사람이 있을 곳이 아니던데요. 언제나 여자들만을 위해 준비된 곳 같아요. 별종의 여자들 말이에요. 버림받은 여자, 아니면 쫓겨난 여자, 돈을 받고 멀리 떨어져 사는 여자, 아니면 별 해로울 게 없는 여성적인 일, 이를테면 옷에 돈을 쓰는 여자 등등. 이런 여자들의 대화에는 남자가 배제되어 있어요. 당신은 지겨울 수밖에 없고요."

"내 생각에 당신은 글을 쓰기 위해 왔지요." 그는 유쾌하게 말했다.

그녀의 얼굴이 어두워졌다. "바로 맞혔어요." 이디스는 이렇게 말하고는 자신의 잔에 다시 포도주를 채웠다.

그는 이 모습을 못 본 척했다. "나는 이곳이 참 좋습니다. 아내와 같이 온 적이 있어요. 회의가 있어 제네바에 왔다가 급히 돌아갈 일도 없고 해서 예전과 똑같은지 보고 싶었어요. 날씨도 좋고, 그래서 조금 더 머물기로 했죠."

"그 회의라는 게," 그녀가 말했다. "죄송해요. 무엇에 관한 회의인지 몰라서요."

"전자 기술에 관한 겁니다. 꽤 큰 규모의 전자회사를 운영하고 있는데 놀랄 정도로 잘되고 있어요. 사실, 어떻게 보면 저절로 굴러가지요. 내 밑의 사람이 잘 맡아서 해주는 덕분에요. 모든 일에 책임은 내가 지지만 일에 쓰는 시간은 줄어들고 있어요. 그 덕에 좋아하는 농장에서 많은 시간을 보내고 있답니다."

"어디에……"

"말버러 근처에요."

"그러면 부인은 같이 오지 않으셨나요?" 그녀는 과감히 물었다.

그가 셔츠의 소매 장식을 매만졌다. "아내는 삼 년 전에 집을 나갔지요. 열 살이나 어린 남자랑 달아났어요. 모두의 예상과는 달리 그 여자는 아직까지 굉장히 행복하게 살고 있답니다."

"행복하다니," 이디스는 말을 끌었다. "정말 멋지네요! 아, 미안해요. 요령 없는 말을 했군요. 저를 아주 멍청하다고 생각하시겠네요." 그녀는 한숨을 쉬었다. "저는 정말 멍청해요. 세상과 동떨어져 있지요. 사람들은 작가를 두 부류로 나눠요." 그의 침묵에 몹시 당혹스러워하며 그녀는 말을 이었다. "이상할 정도로 현명한 사람과 실제 경험이 전혀 없는 듯 이상할 정도로 순진한 사람이죠. 저는 후자에 속하나 봐요." 이디스는 자신의 말에 담긴 진실에 얼굴을 붉히며 덧붙였다. "아베롱 숲에서 발견된 야생소년처럼 말이에요." 그녀의 목소리가 길게 끌렸다.

"지금 당신은 불행해 보이는군요." 잠시 침묵을 지킨 후에 그가 말했다. 그사이 그녀 얼굴의 홍조가 짙어졌다.

"글쎄요, 스스로도 불행한 쪽이라고 생각해요." 그녀가 말했다. "정말 실망스럽지만 말이에요."

"행복해지려는 생각은 많이 하십니까?" 그가 물었다.

"내내 그 생각을 하지요."

"이런 말을 해도 될지 모르겠지만, 잘못 생각하시는 겁니다. 당신은 지금 사랑에 빠져 있어요." 이건 그녀가 조금 전 부주의한 말을 한 데 대한 벌이었다. 갑자기 그들 사이에 적대감이 생겼다. 그리고 그 적대감이 절망을 무디게 하리라는 그의 의도는 적중했다. 이디스는 분노로 불타는 눈을 들어 그를 바라보았지만 무심한 옆얼굴만 볼 수 있을 뿐이었다. 그는 식당 주변에 조촐하게 경계를 지어놓은 제라늄 화분 가장자리에 내려앉아 날개를 파닥이고 있는 나비를 관찰하는 척했다.

그는 다시 말을 이었다. "특별한 한 사람과 하나의 특수한 상황을 행복과 혼동하는 건 큰 잘못이에요. 그런 것에서 자유로워지니 만족의 비결을 알게 됐습니다."

"제발 그게 뭔지 말해주세요." 그녀가 메마른 목소리로 말했다. "늘 알고 싶었어요."

"그냥 이런 겁니다. 많은 감정을 쏟지 말고 그저 자신이 하고 싶은 걸 하면 됩니다. 결정을 내리고 마음을 바꾸기도 하고 계획을 변경하기도 하고요. 상대방이 원하는 걸 다 가졌는지, 불만스러워하는지, 화가 났는지, 조바심을 내는지, 싫증이 났는지 알기까지 불안해하며 기다리는 일 없이 말입니다. 누구나 자신이 원하는 대로 냉정해지거나 유쾌해질 수 있어요. 아주 어릴 적부터 해오던 것, 그러니까 그저 즐거워지기 위해서라면 뭐든 하던 어린 시절의 그 방법을 다시 끄집어내면 돼요. 사람이 또다시 그렇게 불행해져야 할 이유는 없으니까요."

"그렇다고 늘 행복해야 할 이유도 없지 않을까요."

"이디스, 당신은 로맨틱한 사람이에요." 그는 미소를 띠며 말했다. "이디스라고 불러도 괜찮겠지요, 어때요?"

그녀는 고개를 끄덕였다. "그런데 당신과 똑같은 방식으로 사물을 보지 않는다고 해서 왜 내가 로맨틱한 사람이 되는 거죠?"

"당신은 자신이 믿고 싶은 것에 잘못 끌려가고 있으니까요. 사랑한다고 수없이 고백하는 사람들 사이에도 완전한 조화란 없다는 걸 아직도 모르나요? 단순히 감정의 단계가 서로 일치하지 않는 탓에 많은 시간과 추측을 낭비하며, 끊임없이 고뇌하게 된다는 사실을 깨닫지 못했단 말인가요? 가볍게 알고 지내는 것이 깊은 열정보다 언제나, 실제로 더 유효하다는 사실을 모른단 말입니까?"

"네, 알고 있어요." 이디스가 우울하게 말했다.

"그러니 그걸 활용하는 법을 배우는 겁니다. 일단 이 세상을 자기 것이라고 마음을 정하고 바라보면, 세상이 얼마나 희망적인 곳으로 바뀌는지 모를 거예요. 일단 자기중심적이 되고 나면 모든 게 다 건강해질 겁니다. 내가 하고 싶은 게 무엇인지, 아니면 차라리 하고 싶지 않은 게 무엇인지 결정하고, 그에 따라 행동하는 것이야말로 이 세상에서 가장 쉬운 일이지요."

"어떤 경우에는 맞는 말이에요." 이디스가 말했다. "그러나 꼭 다 그런 것만은 아니지요."

"맞지 않는 것들은 무시할 줄도 알아야 해요. 당신 자신의 범주 안에서만 훨씬 더 많은 일을 할 수 있어요. 자기중심적이 될 수 있어요. 그리고 그건 꼭 습득할 필요가 있는 놀라운 교훈이지요. 자신이 중심에 있다고 생각하면 완전히 다른 인생을 사는 게 가능하답니다."

"그렇지만 자기 삶을 다른 누구와 공유하고 싶은 사람은 어쩌지요?" 이디스가 물었다. "예를 들어 자신의 삶이 싫증 나서 누군가 다른 사람의 삶을 살고 싶다면요. 새로움에 대한 순수한 즐거움으로 말이에요."

"다른 사람의 삶을 대신 살 수는 없어요. 자신의 삶만을 살 뿐이죠. 그리고 꼭 기억할 건 그게 벌받을 일은 아니라는 겁니다. 사람들이 아무리 이타적인 게 좋은 것이고 못되게 구는 건 나쁘다고 말한들 그건 올바른 게 아니에요. 그건 노예들을 위한 교훈이고 체념하게 만들 뿐이죠. 들으면 놀라시겠지만 제가 쓰는 이 방법은 많은 친구를 사귀게 해준답니다. 사람들은 조금 낮은 도덕적 기준을 편안해하는 법이죠. 사람들은 양심의 가책은 싫어하니까요."

이디스는 그의 관점에 일리가 있다고 끄덕였다. 평지에서 들었더라면 반박했을 이 위험한 복음은 포도주와 눈부신 태양과 취하게 만드는 고지대의 대기와 잘 어울렸다. 그의 말에 잘못된 점이 있다는 걸 알면서도 그 순간에는 그것을 밝혀내는 일에 관심이 없었다. 논리의 힘보다는 그의 언어 구사력, 비상한 웅변의 힘에 끌렸다. 그런데도 나는 이 사람을 말이 없는 사람으로 생각했잖아, 그녀는 신기해했다.

"그래서 내가 우리의 사랑스러운 퓨지 부인을 보며 즐거워하는 거랍니다." 네빌 씨가 말을 이었다. "부인의 단순한 탐욕에는 보는 이의 기운을 북돋우는 면이 있어요. 자신의 탐욕을 충족시키는 방법을 아는 걸 보면 우리도 행복해지죠. 당신도 봐서 알듯이 부인은 건강하고 원기 왕성해요. 이타주의가 소화를 방해하지도 않고 양심이 밤잠을 설치게 하지도 않지요. 부인은 자기 존재의 매 순간을 즐기며 살고 있어요."

"네, 그래요. 그렇지만 그 모든 게 제니퍼한테도 좋은 일인지 의문이 생기네요." 이디스가 말했다. "아니, 제니퍼한테도 괜찮은 건지라고 말을 바꾸어야겠네요. 그 나이에는 옷을 사는 일 말고도 뭐 좀 다른 삶이 있어야 하지 않을까요."

"제니퍼," 라고 네빌 씨는 멋진 미소를 지으며 말했다. "나름대로 제니퍼도 조상의 피를 그대로 물려받은 사람임에 틀림없어요."

이디스는 의자 등받이에 기대 해를 향해 얼굴을 들었다. 조금 취기가 돌았다. 포도주에 더해 이 중요한 대화에서 오는 취기였다. 그저 그렇게 되길 바라기만 해도 스스로 만족할 수 있다는 가능성에 이디스는 매혹되었다. 악마의 대변자로서 네빌 씨는 완전무결했다. 하지만 그의 추론에는 결함이 있고 그의 공감 능력 또한 결함이 있었다. 등을 똑바로 세우고 앉아 그녀는 반격을 시작했다.

"당신이 옹호하는 그런 삶 말이에요, 도덕적 기준이 낮은 삶요." 그녀는 캐물었다. "그걸 권할 수 있어요? 제 말은 다른 사람들에게 말이에요."

네빌 씨의 미소가 깊어졌다. "아마도 내 아내가 그렇게 할 수 있었지요. 이게 바로 당신이 알고 싶은 것 아닙니까? 내가 다른 사람의 낮은 도덕적 기준도 용인하는지?"

이디스가 고개를 끄덕였다.

그가 포도주를 한 모금 마셨다.

"나는 그 둘을 아주 잘 이해할 수 있게 됐어요." 네빌 씨가 대답했다.

잘했어, 이디스는 생각했다. 정말 흠 없는 연기였다. 그는 내가 무얼 생각하는지 알았고, 그 대답을 주었다. 아주 만족스러운 대답은 아니지만 정직한 대답이었다. 그리고 나름대로 품위도 있었다. 한때 네빌 씨는 최고의 신랑감이었을 것이다. 지금도 꽤 품위 있게 처신하고 있었다. 이디스는 그의 파나마모자와 마직 상의를 살펴보면서 옷을 참 잘 입었다고 생각했다. 게다가 꽤 잘생긴 얼굴이었다. 십팔 세기 사람의 얼굴, 잘생기고 말이 없고, 두꺼운 입술에 건강한 피부 아래 보일 듯 말 듯한 푸른빛이 도는 수염 자국하며. 그러나 인정 없는 사람이야, 이디스는 생각했다. 지독하게 지적이고. 내게 어울리는. 오, 데이비드, 데이비드.

네빌 씨는 자신을 향한 그녀의 관심에 미세하게 변화가 있음을 알아채고 테이블 위로 몸을 기댔다.

"사랑 없이 살 수 없다는 건 잘못된 생각입니다, 이디스."

"아니요, 난 틀리지 않았어요." 그녀는 천천히 말했다. "나는 사랑 없이는 살 수가 없어요. 내 말은 사랑 때문에 망가지고 괴상한 징후가 생기고 우스꽝스러워진다는 뜻은 아니에요. 내가 말하는 건 그것보다 훨씬 진지해요. 내 말은 난 사랑 없이는 잘 살아낼 수가 없다는 뜻이에요. 다른 어떤 힘이 있어도 사랑 없이는 생각할 수도, 움직일 수도, 말을 할 수도, 글을 쓸 수도 없고 심지어 꿈도 꿀 수도 없어요. 살아 있는 세상에서 배제되었다는 느낌이 들어요. 차가운 피가 흐르는 물고기 같은, 움직이지 않는 존재가 되어버려요. 안에서부터 파멸해버리는 거죠. 내가 생각하는 완전한 행복이란 저녁이면 사랑하는 사람이 내가 있는 집으로 돌아올 걸 알기에 편안한 마음으로 온종일 햇볕 따가운 정원에 앉아 책도 읽고 글도 쓰는 거예요. 매일 저녁 그 사람이 올 거라고요.”

“정말 로맨틱한 사람이군요, 이디스.” 네빌 씨는 미소를 띠고 되풀이해서 말했다.

“틀린 사람은 바로 당신이에요.” 그녀가 대답했다. “나는 살면서 계속 그런 비난을 들어왔어요. 나는 로맨틱한 사람이 아니에요. 가정적인 사람이에요. 나는 열정을 과장되게 표현하거나 사랑 때문에 세상을 다 잃는 대단한 연애사를 동경해 한숨 쉬지 않아요. 나는 그 모든 걸 다 알아요. 그게 얼마나 사람을 외롭게 만드는지도 알아요. 천만에요. 내가 갈망하는 건 단순한 일상이에요. 날씨가 좋으면 팔짱을 끼고 저녁 산책을 하고, 카드놀이를 하거나 한담을 나누고, 같이 식사 준비를 하는 생활이에요.”

“고양이를 밖에 내놓기도 하고?” 네빌 씨가 거들었다.

이디스는 정말 싫다는 눈길을 보냈다.

“훨씬 보기 좋네요.” 그가 말했다.

“그래요, 당신은 이 얘기가 아주 재미있는 것 같군요.” 그녀가 말했다. “물론 스윈던에 사는 사람들은 이런 일을 더 잘하겠지요, 아니면 어디라도 당신이…… 미안해요. 이 말은 안 했어야 하는데. 너무 무례했어요. 정말, 참……”

네빌 씨는 그녀의 잔에 포도주를 더 부어주었다.

"당신은 참 착해요." 그가 말했다. "정말로 그래요."

"어떻게 그렇게 확신하세요?" 그녀가 물었다.

"착한 여자들은 항상 누군가가 공격적이 되면 그걸 자기 탓으로 돌리지요. 나쁜 여자들은 절대 어떤 것도 제 탓이라 여기지 않아요."

이디스는 숨을 몰아쉬면서 자신이 취해서 이러는 것인지 아니면 단순히 이 색다른 대화로 인해 부주의해진 것인지 생각해보았다.

"커피를 마셔야겠어요." 그녀는 니체의 단도직입적인 표현처럼 들리길 바라며 말했다. "아뇨, 다시 생각해보니 차를 마셔야 할 것 같아요. 아주 진한 차를 잔뜩 마셔야겠어요."

네빌 씨가 손목시계를 보았다. "그래요." 그가 덧붙였다. "시간이 많이 지났군요. 곧 움직여야겠어요. 차를 마시고 갑시다."

자신의 현재 상황에서 이토록 동떨어진, 이토록 전례 없던 생각을 하느라 기진해진 것도 모르고 이디스는 차를 급하게 들이켰다. 그제야 그녀의 뺨에 화색이 돌고 눈빛이 빛났다. 늘 단단히 묶여 있던 머리카락이 미끄러져 목덜미에서 아무렇게나 헝클어졌다. 이디스는 못 참겠다는 듯 단단히 꽂힌 마지막 머리핀을 빼버리고 손가락으로 머리카락을 훑어 얼굴 주위로 늘어뜨렸다. 네빌 씨는 이디스의 모습을 살피며 살짝 입술을 오므리고 고개를 끄덕였다.

"당신한테 필요한 게 뭔지 말해줄게요, 이디스."

다시 시작하지 마, 이디스는 생각했다. 나는 방금 나한테 뭐가 필요한지 말했고 그건 당신보다 내가 더 잘 안다고.

"그래요, 나보다 더 잘 안다고 생각하는 것도 알아요." 이디스가 깜짝 놀라 고개를 들자 그가 말했다. "그렇지만 틀렸어요. 당신은 더는 사랑이 필요하지 않아요. 그게 없는 편이 더 좋죠. 이디스, 당신에겐 사랑이 도움이 되지 못했어요. 사랑이 당신을 비밀스럽게 만들고 감추게 만들고 게다가 아마도 정직하지 못하게 만들지 않았나요?"

그녀가 고개를 끄덕였다.

"사랑이 당신을 이 철 지난 호텔 뒤락으로 보냈고, 여자들과 앉아 옷 이야기를 하게 만들었죠. 이게 당신이 바라는 건가요?"

"아니에요." 그녀가 말했다. "아니에요."

"아니지요." 그가 계속했다. "당신은 영리한 여자예요. 영리해서 자신이 뭘 놓치고 있는지 잘 알아요. 당신이 말하는 그 소박한 가정의 즐거움, 카드놀이 같은 건 금방 시시해질 거예요."

"아니에요." 그녀는 다시 말했다. "절대로 아니에요."

"그래요. 오, 한동안은 당신의 그 로맨틱한 상상이 우울한 생각을 막아낼 수 있어요. 하지만 언젠가는 그 생각이 당신을 지배할 거예요. 그러고 나면 당신도 불만으로 가득 찬 다른 여자들과 여러 면에서 비슷하다는 걸 깨닫고 페미니스트의 관점이 일리가 있다고 생각하고 오로지 여자들이 쓴 소설만 읽게 될 거예요……"

"나도 그런 소설을 쓰잖아요." 이디스는 그에게 상기시켜주었다.

"그런 종류를 말하는 게 아닙니다." 그가 말했다. "당신은 사랑에 대해 쓰지요. 그리고 내 생각에 다른 글은 절대 못 쓸 것 같군요. 당신이 자신을 더 냉철하게 바라보지 않는다면 말이죠."

이디스는 목덜미의 머리카락에서 타닥타닥 소리를 들었다. 그녀도 여러 번 그런 생각을 했지만 자기 의견은 묵살할 수 있었다. 그러나 지금 그동안의 증상이 다만 상상일 뿐이라고 스스로를 설득해오다가

병명을 확진받듯 권위자의 목소리로 이 말을 듣게 된 것이었다.

"여생을 불만투성이 여자들이랑 자궁 이야기나 하며 보내고 싶진 않겠지요?" 그는 가차 없이 계속했다.

"자궁 이야기 같은 건 안 할 거라고 생각해요." 그녀는 부루퉁한 웃음을 웃었다.

"오, 당신도 머지않아 때가 되면 자궁을 놓고 우울해할지도 모르죠. 정밀검사를 견뎌낼지 어떨지는 모르겠지만."

"말해보세요." 잠깐 쉬었다가 이디스가 말했다. "혹시 부업으로 정신과의사라도 하는 거 아니에요, 그렇죠? 전자회사만으로는 시간이 남아돌아서요."

"이디스, 당신한테 필요한 건 사랑이 아니에요. 당신에겐 사회적 지위가 필요해요. 결혼이 필요해요."

"나도 알아요." 그녀가 말했다.

"일단 결혼을 하고 나면 다른 사람들처럼 좋지 않은 행실을 하고 다녀도 돼요. 숨겨왔던 재능으로 더 나쁜 짓도 할 수 있고요."

"기분 전환." 그녀가 동의했다.

"그리고 너나 할 것 없이 모두에게 인기 있는 사람이 될 테고, 이야깃거리도 무척 많아지겠지요. 그리고 전화기 옆에서 기다릴 필요도 없어지는 거고요."

이디스는 일어났다. "추워졌어요. 이제 그만 돌아갈까요?"

그녀는 네빌 씨보다 앞서 성큼성큼 걸었다. 마지막 말은 유감스러웠다. 야비해. 어디에 칼을 찔러넣어야 할지 아는 사람이야. 그래, 내 방에 앉아 글을 쓰는 게 아무 때나 전화해도 된다는 뜻인 줄 알지. 내가 나가고 없으면 어쩌려고? 하지만 그녀는 문득 그런 고독이 그리워졌다. 마치 지각 있는 보모라면 벌써 몇 시간 전에 집으로 데려갔어야 할, 파티에서 너무 들떠 있는 어린아이처럼.

"미안해요." 그녀를 따라잡으며 네빌 씨가 말했다. "나는 남의 일을 캐고 싶진 않습니다. 당신에 대해서는 아무것도 몰라요. 당신은 정말 멋진 여성이고 내가 공연히 불쾌하게 만들어버렸네요. 제발 날 용서하세요."

"당신은 가학적인 사람이에요." 이디스가 유쾌하게 말했다.

그는 머리를 숙였다. "집사람도 늘 그렇게 말했지요."

"내가 나쁜 행실을 부릴 능력을 안 쓰고 있다는 건 어떻게 아셨어요? 하지만 아시다시피 약하긴 해도 그런 말은 분명한 성적 모욕이에요. 엉덩이를 꼬집거나 희롱을 하는 정도는 아니더라도 여자들한테는 익숙한 모욕 중에 하나라고요."

"당신이 그런 능력을 제대로 발휘했다면 이렇게 긴 카디건을 걸치고 우울하게 헤매고 있진 않겠죠."

이 말에 이디스는 정말 화가 나 쏜살같이 앞서 걸었다. 분노를 억누르기 위해―혼자서는 호수 쪽으로 내려가는 길을 찾을 수 없었기 때문에―오랫동안 익숙하게 써왔던 다양한 거리두기 방법을 시도해보았다. 가장 효과적인 방법은 이 사건을 소설 속의 한 장면으로 바꾸어 생각해보는 것이었다. "황혼이 살그머니 다가오고 있었다." 그녀는 혼잣말을 했다. "빛나는 둥근 태양이……" 그러나 소용이 없었다. 이디스는 그를 찾아 주위를 둘러보며 당연히 들려야 할 발소리에 귀를 기울였다. 하지만 아무 소리도 들리지 않았다. 갑자기 이 언덕길에,

추위 속에 혼자 있다는 느낌이 들었고, 그녀는 떨며 팔로 자신의 몸을 감쌌다.

"난 당신이 싫어요." 그녀는 대응이 있기를 바라고 소리쳤다.

자갈길을 밟는 규칙적인 소리가 네빌 씨의 재등장을 알려주었다. 얼굴이 눈에 들어왔을 때 그가 전보다 더 짙은 미소를 띠고 있는 것이 보였다.

"아주 잘 걷는군요." 네빌 씨가 그녀의 팔을 잡으며 말했다.

십 분쯤 말없이 내려가다가 이디스가 말했다. "당신 웃음엔 좀 붙임성이 없네요."

그의 얼굴에 미소가 넓게 번졌다. "당신이 나를 더 잘 알게 되면 내가 얼마만큼 붙임성이 없는지 깨닫게 될 겁니다."

8

사랑하는 데이비드,

깜짝 놀랄 소식이 있어요! 세련된 여성미의 극치에 멋스러움의
결정체에 명품 추종자에 수많은 사람들을 홀리고 다니는 그 퓨지
부인이 글쎄 일흔아홉 살이래요. 이틀 전 축하해달라며 부인 생일
에 모두를 초대해서 알게 됐어요. 그날 아침 일찍부터 전조가 있긴
했어요. 객실 복도를 지나가는데 기쁨과 놀라움의 탄성이 퓨지 모
녀의 스위트룸에서 흘러나왔고, 정말이지 독기라고밖에는 표현 못
할 독한 향수 냄새가(이번에는 다른 종류였어요) 복도 끝까지 진동
했거든요. 호텔 밖 계단에 서 있다가 일꾼 한 사람이 신부용으로 보
이는 부케를 차에서 내리는 모습도 목격했어요. 그러고는 더는 생
각하지 않았죠. 생각해본다 해도 모니카나 보뇌이유 부인이나 나한

테 꽃을 보낼 사람은 없으니 남은 사람은 퓨지 모녀뿐이잖아요. 물론 어딘가에 제니퍼의 남자친구가 있을 수 있고 또 그럴 법한 이유도 있지만 그래도 그건 아닌 것 같았어요. 제니퍼는 절대로 어머니를 떠날 것 같지 않은 부류의 여자예요. 그런 딸들을 많이 봤거든요. 당신이 알면 아마 깜짝 놀라겠지만 퍼넬러피도 청혼을 여러 번 거절했답니다. 어머니의 엄격한 기준에 맞을 남자가 없다는 걸 알았으니까요. 그 이야기는 정말 많이 들었어요. 퍼넬러피는 주제가 뭐가 됐든 자기 어머니를 최고 권위자인 양 인용해요. 때로는 그런 확신과 효심이 부럽기도 했죠. 나한테도 현명한 격언이나 경험담을 금과옥조로 물려주는 그런 어머니가 있었으면 하고 바랐어요. 나는 내 가엾은 어머니가 조소하고 으르렁대는 모습만 보고 자랐어요. 하지만 이제는 가엾은 우리 엄마라고 생각해요. 나이가 들면서 삶이 돌려준 그 슬픔과 혼란스러움과 외로움을 알게 되었거든요. 어머니는 내게 자신의 무지몽매함을 그대로 물려주었어요. 가혹하고 실망스러운 현실 속에서 어머니는 로맨스 소설을 읽으며 해피엔딩으로 끝나는 단순하기 그지없는 연애담으로 위안을 얻었지요. 아마 그래서 내가 그런 소설을 쓰게 되었는지도 몰라요. 어머니는 돌아가시기 전 마지막 몇 달을 침대에 누워서 보냈어요. 신혼여행으로 갔던 베네치아에서 아버지가 사준 실내복을 입고서요. 레이스가 찢어진 것도 괜찮았어요. 아마 보지 않으려고 했겠지요. 옅은 푸른색 천은 회색으로 바래 있었고요. 어머니가 책에서 눈을 들면 그 눈빛도 푸른색에서 회색으로 바래 있었어요. 꿈과 그리움과 환멸에 가득 찬 눈빛이었지요. 일생 동안 변함없었던 어머니의 환상은 내게 현실을 가르쳤어요. 늘 내 마음의 문 앞에 현실을 두고 엄격하고 끈기 있게 그리로 돌아가려고 애쓰지만, 때로 내가 그 현실이라는 걸 어머니보다 유용하게 쓰고 있는지는 의문이 들어요.

이건 전부 말이 나온 김에 한 이야기예요. 그날 온종일 나가 있다가 저녁 식사 때 돌아와 보니 모든 게 다 드러나 있었어요. 식당은 분주한 주말을 보낸 터라 텅 비어 있었고, 누구나 본능적으로 알겠지만 사람 수가 줄어든 것이 '비수기'라고 분명히 말해주는 것 같았어요. 웨이터들도 포기했는지 자기들끼리 모여서 수다를 떨고 있더군요. 모니카는 코스의 첫번째 요리를 아주 대놓고 키키에게 먹였지만 아무도 관심을 가지지 않았어요. 식사를 아주 빨리 하는 편인 보뇌이유 부인은 다음 코스가 나올 때까지 조용히 앉아서 식탁보를 매만지고 있었고요. 내가 송아지 췌장요리를 사 분의 삼쯤 먹었을 때 문 쪽에서 약간의 소란이 일었어요. 퓨지 부인이 웃으며 항변하듯 말하면서 위베르 씨에게 끌려 들어오는 것이 보였어요. 분명 평상시 모습은 아니었지요. 부인이 앉을 테이블은 꽃으로 장식되어 있고(그날 아침에 본 바로 그 꽃이었어요) 본인도 한껏 옷을 차려 입어서 우리 모두를 창피하게 만들었어요. 솔직히 말해 제대로 잘 입었다는 생각은 안 들었어요. 파란색 레이스의 야회복은 스팽글 달린 재킷이 절정이었는데 틀림없이 최고가품인 것 같았어요. 여기에다 역시 몇 겹이나 되는 구슬, 진주, 금 줄에 아름다운 청금석 펜던트까지 달고 있었지요. 머리카락은 다시 금발로 염색했고 손톱은 흠 하나 없는 분홍빛이었어요. 바로크식 단장은 아주 멋져 보였다고 말해야겠네요. 내 말은, 부인이나 우리 중 어느 한쪽은 상황에 맞지 않게 옷을 입었다는 거예요. 하지만 금방 판결이 났어요. 그러고는 어느새 퓨지 부인 쪽으로 무게중심이 쏠리기 시작했지요. 물론 부인이 상황을 그렇게 만들었지만 어쨌든 이런 일에는 모종의 합의가 있어야 하거든요. 바로 그 중요한 순간에 어찌 되었건 합의가 이루어진 거죠. 웨이터들이 쏜살같이 달려와 부인이 앉을 의자를 빼주고 메뉴판이 부리나케 왔다갔다하더니 시음을 위한 샴페인이 부인 앞에 놓였어요. 보뇌이유 부인은 정말 무표정한 얼굴로 이 모든 광경을 지켜보았고요. 모니카는 짜증스럽다는 듯 다른 곳으로 눈을 굴렸지요.

우리 모두 이런 상황에 준비가 안 되어 있었다는 걸 아셔야 해요. 모두가 평일 저녁때의 옷차림을 하고 있었지요. 아주 조신한 저녁식사용 옷을 입고 있었어요. 가장 좋은 드레스는 금요일에 입으려고 아껴두고 그다음 좋은 것은 토요일에, 그리고 일요일에는 적당히 괜찮지만 수수한 걸 입으니까요. 어떤 시설이든 수용된 사람들은 재빨리 그곳 규칙을 습득하잖아요. 나는 당신이 싫어하던 녹색 드레스를 입고 있었어요. 당신이 그 옷을 트집 잡으러 여기까지 오지는 않을 테니까 안전하다고 생각했거든요. 그런데 퓨지 모녀가 도착하고 채 몇 분도 안 되서 나는 왜 당신이 그 옷을 싫어하는지 깨달았고 다시는 입지 않겠다고 다짐했어요. 모니카는 특히나 당황했어요. 늘 아름다운 그녀지만 이 특별한 저녁때만은 그렇지 않았거든요. 검은색 드레스를 입었는데 너무 말라 보이고 너무 창백해 보였어요. 튀어나온 광대뼈가 그림자를 드리워서 어딘지 아픈 사람 같기도 하고 명이 다한 사람처럼 보였지요. 보뇌이유 부인도 늘 그렇듯 검은색 옷을 입고 있었어요. 그분은 두 벌 아니면 많아야 세 벌 정도 되는 검은색 옷을 저녁마다 바꿔 입는 것 같아요. 나이나 몸매에 상관없고 시간에도 상관없는, 결정적으로 유행에도 상관없는 검은색 옷이죠. 이 옷들을 상세히 설명하기는 불가능할 것 같네요. 설명할 거리가 하나도 없는 옷들이라서요. 그래도 그분 옷차림이 언제나 점잖다는 말은 꼭 해야겠어요. 자기 나이 대에 걸맞게 옷을 입고, 그건 모니카도 나도 그렇다고 할 수 있겠지요.

일단 이런 생각이 수그러들자 제니퍼 역시 대단히 공을 들여 차려입었다는 걸 알 수 있었어요. 사실은 모니카가 속내가 너무 드러나도록 찡그리는 통에 제니퍼 쪽으로 눈길을 보내게 되었지요. 속된 표현을 써도 된다면, 정말 뒤로 나자빠질 정도였어요. 어머니의 생일을 축하하기 위해 제니퍼는 분홍색 하렘바지를 패션 잡지에서처럼 어깨가 완전히 드러난 블라우스와 맞춰 입었어요. 역시 미장원을 다녀왔는지 빛나는 금발에 웨이브를 넣어 뒤로 당겨 묶고, 귀밑으로 구불구불한 짧은 머리카락을 대롱거리게 남겨두었더군요. 전에는 그녀가 얼마나 살집이 좋은지 몰랐어요. 정말 두 사람 다 꽤 살이 쪘어요. 그래도 어찌나 잘 숨기고 다녔던지 거의 눈치채지 못했었지요. 어쨌든 퓨지 모녀는 대단한 광경을 연출했답니다. 다소 기괴해 보인 건 아마도 나머지 사람들이 정말 조신하게 차려입었기 때문일 거예요. 모녀가 모든 준비에 바친 노력만 생각해봐도 나는 기진해 쓰러질 정도였어요. 게다가 지금 두 사람은 휴양지에 있잖아요! 차림새에 주목할 사람은 아무도 없는데 말이에요! 물론 우리는 있지만요. 하지만 사실 우린 이 행사에 어울리는 사람들도 아니고, 이 지상낙원에 입장하는 출입증을 가진 사람들도 아니죠. 우리가 이런 느낌을 받는 순간, 이 자리에 그림자가 드리워지는 것 같았어요.

내가 이렇게 연민이랄까, 두려움이랄까, 동정을 느끼게 되었지만 퓨지 부인은 이런 게임에 노련한 사람이었어요. 부인은 모니카와 보뇌이유 부인, 나한테 샴페인 잔을 건넸고 우리 모두 그녀의 건강을 위해 축배를 들었지요. 손짓과 고갯짓, 환한 미소가 오갔지만 그 대부분은 퓨지 부인이 보낸 거였어요. 이런 종류의 축하연에 나보다 태연한 모니카와 보뇌이유 부인은 굼뜨게 무감동하게 샴페인을 들었어요. 그래도 보뇌이유 부인은 잔을 비우기 전에 꽤 매력적인 느린 동작으로 잔을 치켜들어 보이기도 했어요. 그렇게 여흥이 끝나고 행사가 마무리될 때쯤 하얀 제복을 입은 알랭과 또 다른 웨이터가 너무나 화려한 케이크가 놓인 손수레를 굴리며 들어왔어요. 보뇌이유 부인조차 감동을 받은 모양이었어요. 위베르 씨는 자부심으로 제정신이 아니었고요. 퓨지 부인은 웃음을 터뜨리면서 손으로 얼굴을 가리더니 샴페인을 더 채워줄 때는 섬세한 레이스 손수건을 한쪽 눈가로 가져가기까지 했어요. 제니퍼는 능란하게 케이크를 자르고 나눠주는 일을 주관했고요, 웨이터를 시켜 초콜릿으로 뒤덮인 접시를 모든 테이블로 보내주었어요. 이번에는 우리도 포크를 들고 감사를 표했지요. 정말 맛있었어요.

그리고 물론, 저녁 식사가 끝났어도 퓨지 부인을 혼자 두고 갈 순 없었어요. 모두가 한마음인 건 아니지만 처음으로 투숙객들이 모두 모여 살롱에서 커피를 마신 것 같아요. 퓨지 부인은 내내 들떠 있어서 입술에 립스틱이 조금 번진 것쯤은 아무렇지도 않은 듯했죠. 소리를 못 듣는 보뇌이유 부인도 의무에 충실해서인지 아니면 단순히 타인의 기대에 응하는 것인지 투지 있게 끝까지 앉아 있었어요. 때때로 퓨지 부인에게 미소를 보내거나 제니퍼한테 친절하게 고개를 끄덕여주면서요. 이 일로 그분이 놀라울 정도로 고상한 인품의 소유자라는 걸 알았어요. 집에서 멀리 떠나 있고, 사실 축하받을 상황하고도 거리가 멀고, 이토록 공들인 속임수 게임에는 익숙지 않은 분인 줄 알았거든요. 모니카는 보는 사람이 없다 싶으면 사이사이 내게 윙크를 보내더니 생각보다 훨씬 신이 나서 행사에 동참했어요. 비록 내뱉는 말마다 빈정거리는 투이긴 했지만 역시 마음만 먹으면 사교 게임을 얼마나 잘해낼 수 있는지 보여준 거죠. 모니카가 좀 지나치다 싶을 때는 제니퍼가 냉정하게 찬찬히 그녀를 바라보더군요. 그러다가 어느 순간부터 모니카가 정색을 하고 관심을 보이기 시작했어요. 틀림없이 퓨지 부인의 의상 때문이었죠. 어쨌거나 모니카와 퓨지 부인은 동등한 입장에서 양장점 주소와 이름을 주고받았어요. 퓨지 부인은 '내 귀여운 여자'로, 모니카는 '내 옛날 친구'로 불러서 처음에는 잘 몰랐는데 둘 다 같은 사람을 말했던 거였어요. 두 사람이 전 세계 명품 브랜드를 십자포화를 퍼붓듯 쏟아내는 동안은 조화로운 평화의 순간이 지속됐어요. 구찌, 에르메스, 샤넬, 진 뮤어, 화이트하우스, 올드 잉글랜드 등등이 내가 알아들을 수 있는 몇 마디였어요. 그때 이 정도면 자신에게 기대되는 만큼은 견뎌냈다고 생각한 보뇌이유 부인이 의자에서 몸을 일으키더니 퓨지 부인에게 작별인사로 지팡이를 들어 올리고는 몸을 흔들며 살롱을 나갔어요. 퓨지 부인은 큰 목소리로 "가엾은 늙은이"라고 말했답니다. 하지만 보뇌이유 부인은 이 또한 못 들었겠죠.

이쯤에서 파티는 파장이 났지만 우린 계속 앉아 있었어요. 모든 관심이 한쪽으로 쏠린 행사를 진행하는 일이 얼마나 힘든지 당신도 알 거예요. 나는 퓨지 모녀의 신기할 정도로 배타적인 태도에 다시금 주목했어요. 두 사람의 극단적인 유쾌함 뒤에는 자신들 말고는 누구도 진심으로 받아들이지 않겠다는, 절대 타협할 수 없는 어떤 진지를 구축하는 것 같은 태도가 있어요. 마치 다른 사람들은 퓨지라는 성을 가질 수 없어서 안됐다는 식이죠. 누구를 막론하고 그렇게 대해요. 제니퍼가 결혼할 수 있을지는 의문이에요. 어느 외부인이 그들의 일원으로 받아들여지는 최고의 작위를 받을까요? 어떻게 그 사람이 인정받을까요? 아마도 완벽한 신임장을 내놓아야지만 가능할 거예요. 그들과 비슷한 정도이거나 아니면 더 막강한 재산, 걸맞은 화려한 생활 방식, 이상적인 곳에 자리한 저택 같은, 그러니까 퓨지 부인이 말하는 '신분' 등을 갖춰야겠지요. 외모에 앞서 이 모든 조건이 우선 맞아야 할 거예요. 제니퍼가 외모에 홀려 성급한 판단을 내릴지 모르니까요. 내 느낌에 그렇게 선택된 사람은 어느 정도 괜찮긴 하지만 남성적이지는 않을 것 같아요. 공손하지만 아주 젊지는 않고, 무척이나 참을성도 많고 전적으로 너그러운 사람일 거예요. 밤잠 없는 퓨지 부인을 상대해서 같이 많은 시간을 보내려면 이런 자질을 다 갖춰야 할 테니까요. 그 모녀와 함께 말이에요. 사실 제니퍼의 결혼생활은 지금 생활의 연장일 거예요. 간단히 말하면 두 사람의 결혼생활이 아니라 세 사람이 하는 생활이 되는 거죠. 유일하게 거쳐야 할 통과의례라면 결혼식일 텐데, 그것도 일차적으로는 더 많은 의상을 사려는 핑곗거리에 지나지 않고 결혼의 궁극적인 의미는 가려지고 말 거예요. 제니퍼의 남편이 될 남자는 두 사람 사이에서 양쪽의 요구에 언제라도 응할 수 있도록 등거리 지점을 유지해야 하죠. 그 남자는 어떻게 억지로 가족은 되어도 퓨지는 못 될 거예요. 아무튼 지금 두 사람은 남자가 없어도 완벽하게 행복하지 않을까요? 그 탁월함에 대한 기준은 두 모녀에게만 국한된 게 아닐까요? 어떤 남자가 감히 그 기준을 바꾸려고 들겠어요?

퓨지 부인은 절대 죽지 않을 사람 같아요. 어떤 사람한테는(난 그런 사람들을 잘 알아요) 죽음의 그림자가 빨리 나타나지요. 희망과 식욕과 활력을 잃어버리게 돼요. 삶의 의미가 없어졌다고 느끼거나 마음속으로 갈망하던 것을 놓쳐버렸거나, 아니면 결코 얻을 수 없음을 깨닫고 포기해버려요. 그런 사람들 눈에서 우리는 끔찍한 깨달음을, 제대로 살지 못했지만 이미 자신을 구원하기에는 너무 늦었다는 최후의 자기 인식을 읽게 되죠. 하지만 퓨지 부인의 그 아름다운 물질성은 그걸 뭐라고 부르든지 간에 그런 생각, 그런 의심, 그런 불길한 예감은 배제하고 있는 것 같아요. 삶에서 좋은 것들을 얻게 된 퓨지 부인은 그걸 손에서 놓을 생각이 없어요. 왜 그러겠어요? 운 없는 사람들은 배우지도 못할 것들을 부인은 처음부터 알고 있었어요. 충분하지는 않아도 취할 수 있는 최상의 것들이 있다는 사실 말이에요. 부인의 명석함에 경하를 드려야죠. 이에 대한 우리 감정은 더도 덜도 아닌 그냥 오기일 뿐이에요.

분명 나와 같은 생각을 하고 있던 모니카가 소리쳤어요. "생신이시잖아요. 그런데 몇 번째 생일이세요?" 퓨지 부인은 이 말을 못 들은 척하려 했어요(사실 그 순간 어쩌면 부인이 약간 귀가 먹었을지도 모른다는 생각을 했어요. 지금 생각해보니 거의 확실해요. 누가 됐건 어떤 의견도 귀담아듣지 않는 그런 독백이 아마도 허영심 때문에 자기 귀가 먹었다는 걸 인정하지 않으려는 사람들 특징일 수도 있어요). 부인이 제니퍼한테 이러더군요. "애야, 가서 필립에게 우리랑 합석하자고 청해보렴. 우리가 격식을 차리지 않는다는 건 그 사람도 아니까." 이 말에 제니퍼는 다시금 얼굴이 붉어지고 멍해져서는 네빌 씨에게 다가갔어요. 어쩐 일인지 축하연이 진행되는 동안 모습을 감추고 있던 네빌 씨도 결국 저녁 시간의 계획을 포기하고 이리로 올 수밖에 없었지요.

하지만 모니카는 물러서지 않았어요. "자, 말씀해보세요." 장난기가 묻어 있었지만 항의를 못하게 만드는 말투였어요. "예순 살이 된다는 사실을 직면하게 되니 그러시는 거죠? 뭐, 그렇게 보이진 않으세요." 퓨지 부인이 웃었다. "나이는 상대적인 거예요." 부인은 대답을 슬쩍 피하더군요. "느끼는 대로 나이를 먹는 거예요. 난 아직도 가끔은 소녀 같은 기분이 들거든요." 이렇게 말하는 그녀의 목소리는 가식 없는 경이로움으로 잦아들었어요. 청중인 우리에게 부인은 이제 막 성숙한 여인이 되려는 찰나에서 머뭇거리는 소녀처럼 보였고, 세상이 그녀에게 바친 풍요의 보고(寶庫)는 그저 놀랍기만 했지요.

"그렇지만 제니퍼를 낳으셨잖아요." 모니카가 조금은 인정머리

없이 말했어요. 그러자 제니퍼는 예의 그 냉정한 눈길로 모니카를 찬찬히 뜯어보았지요. 순간 내 생각에, 아니 눈에 띄게 그녀가 훨씬 더 나이 들어 보였어요…… 훨씬 더의 기준이 무엇이었을까요? 샴페인 때문에 노곤해서였는지 아니면 벌써 피곤해서였는지 아무튼 갑자기 이 상황이 전부 연극이고 모두가 그런 척하는 것이고, 가면을 쓰고 저녁 식사를 한 것이고, 어느 누구도 절대, 절대 다시는 진실을 말하지 않으리라는 불가사의한 느낌이 들었어요. 데이비드, 그때 난 당신이 정말 보고 싶었어요. 그렇지만 당신은 거기 없었지요. 네빌 씨만이 무척이나 즐기고 있었어요. 설명을 해야겠는데, 네빌 씨는 공상을 전문적으로 감식할 수 있는 지적 수준이 대단한 방탕아예요.

여전히 기운찬 퓨지 부인이었지만 그래도 한순간 무척 나이가 들어 보여서 서글펐어요. 하지만 네빌 씨가 한참 동안 정중하게 특별대우를 해줬고, 마침내 부인은 자기 나이가 일흔아홉이라고 밝혔지요. 모두가 정말 깜짝 놀랐답니다. 마음속으로 번개같이 계산을 해봤어요. 모두들 서로 무슨 생각을 하고 있는지 빤히 알 수 있었지요. 퓨지 부인이 일흔아홉이라면 제니퍼는 틀림없이 내 나이 정도였어요. 나나 모니카의 나이 정도요. 그리고 맞았어요, 그 나이였어요. 제니퍼는 나와 동갑인 서른아홉이었어요. 통통한 몸매에 무표정한 얼굴의 신기한 조합 덕분에 열네 살 정도로밖에 보이지 않았지만 말이에요. 이제 와서 생각해보면 제니퍼는 자신 안에 잠재된 무언가를 고집스럽게 보여주고 있었어요. 사춘기 아이들처럼 자리 잡지 못한 존재감과, 마찬가지로 자리 잡지 못한 부재감이 동시에 느껴졌던 거죠. 어쩌다 한번씩 드러났던 관능은 순종적인 딸의 모습으로 상쇄되지 않았더라면 충격적이었을지 몰라요. 제니퍼는 뻔뻔스러울 정도로 건강하고 또 순진해 보여요. 이런 조건을 하나도 갖지 못한 나와 비교해보면 난 꼭 제니퍼의 노처녀 이모 같지요.

정중한 네빌 씨의 감언에 넘어간 퓨지 부인은 결혼 초에 까닭 없이 아이가 생기지 않아 우울하게 보냈다는 이야기까지 했어요. 여기서 눈같이 하얀 손수건을 또 한 장 가방에서 꺼내 흔들어 펴더니 입가로 가져가더군요. "아무리 애써도 소용없었어요." 그녀는 추억에 잠겨 한숨을 쉬었지요. 이 말이 분위기를 무겁게 만들었어요. 내가 보뇌이유 부인이 일어날 때 같이 갔어야 했다고 후회하는 사이 모니카도 어떤 생각에 잠겨 있었어요. 부인은 이후로 십이 년 동안 자신을 버리고 헌신적인 '시도'를 한 끝에 노력을 보상받아 제니퍼가 태어났다고 했어요. "남편은 항상 여자아이를 원했답니다." 여기서 퓨지 부인은 제니퍼 쪽으로 고개를 돌렸고, 제니퍼는 어머니가 바라는 미소를 반짝 웃어주며 사랑스럽게 손을 내밀었어요. 그리하여 고무된 퓨지 부인은 제니퍼의 어린 시절 일화를 무슨 접대라도 하듯이 계속해서 들려줬지요. 말할 필요도 없이 아이를 그렇게 바랐으니 제니퍼를 버릇없게 키웠을 수밖에요. "그렇게 오래 기다려 낳은 아이니 원하는 건 다 해주고 싶지 않았겠어요? 남편은 애가 눈물을 글썽이는 모습을 못 참았어요. 그런 모습이 그 사람을 못 견디게 했다니까요. '아이리스, 얘는 최고를 갖게 해줘. 내가 백지수표를 주지.' 약간 응석받이가 되긴 했지만 우린 원하는 걸 다

해줬어요. 안 그러니, 얘야?" 다시금 미소가 번지고 손이 내밀어졌죠. 제니퍼의 빛나는 건강함은 그런 노력에 대한 마땅한 보상이었기에 좀 엉뚱하긴 하지만 퓨지 부인은 다시 한번 모두에게 축하를 받았어요. 데이비드, 당신한테 꼭 말해둘 건 제니퍼가 트위그릿이라는 이름의 망아지를 갖고 있었다는 거예요. 그리고 또다시 우린 퓨지 부인의 한바탕 제 자랑을 들었지요. 헤이즐미어, 남편의 본사, 모든 걸 주문해 배달시켰다는 둥.

이디스는 펜을 내려놓았다. 이 편지는 시간이 좀 지난 후에 마무리해야 했다. 어쩌면 다시 고쳐 써야 할지도 몰랐다. 쓰다보니 이야기에 건전하지 못한 요소들이 살그머니 껴 있었다. 있었던 일을 개요만 간단히 전하려던 것이 도를 넘는 데가 있었다. 개요라는 단어가 가진 제한을 넘어섰음을 깨달았다. 즐기기 위해, 기분 전환으로, 긴장을 풀기 위해 쓴다. 이것이 글쓰기의 기능이자 진정 그녀가 전념하는 목적이었다. 그러나 뭔가가 잘못되었고 통제를 벗어나 있었다. 기분 전환을 위해 연습으로 시작한 글이 어쩐 일인지—상황이 적절치 않았던 것인지 아니면 이런 연습을 하기에는 너무 조건이 짜 맞춰져 있었던 것인지—자기반성, 비판, 심지어 원망까지 쌓인 글이 되어버렸다. "그래, 크랜퍼드에 또 무슨 새로운 소식이 있소?" 데이비드는 커다란 소파에 앉아 그녀를 끌어당기려 긴 팔을 뻗으며 이렇게 말했다. 항상 그 말을 신호로 피곤으로 주름졌던 그의 마르고 여우 같은 얼굴이 미소로 풀렸다. 이디스는 그를 바라보며 자신이 조용히 관찰한 것들을 기술적으로 편집해 들려주었다. 그게 데이비드가 나를 이해하는 방식이었고 나 또한 그를 사랑하기에 그런 역할을 하려 했지, 이디스는 생각했다.

그러나 지금은 샴페인 때문인지 마음이 불안하고 경계심이 일었다. 너무 피로해서 신경이 곤두선 것 같았다. 낮에 특별한 시간을 보냈고 저녁 시간도 너무 길게 끌었다. 어느 순간 모니카가 퓨지 부인에게 이야기를 시작했고, 부인은 염려하며 은혜를 베푸는 듯한 태도로 자신의 탐욕스러운 관심을 채웠다. 빠져나갈 방법이 없어 보였다. 제니퍼는 풍성한 하렘바지 덕에 한쪽 발을 다른 쪽 무릎에 올려 균형을 잡고, 어울리지 않게 어린아이 같은 모습을 하고는 또다시 유순한 얼굴로 정신을 팔고 있었다. 의자 등받이에 깊숙이 몸을 기대고 곱슬곱슬한 머리카락을 가지고 장난을 하면서 그녀는 반쯤 감긴 눈으로 그들을 지켜보았다. 이에는 가느다란 실 같은 침이 번들거렸다. 이디스도 눈에 띄지 않게 하품을 삼켰다. 네빌 씨조차 습관처럼 굳어진 정중한 표정 때문에 잘 드러나지는 않았지만 다소 느슨해져 보였다.

자정까지 모두 그곳에 남아 있었다. 일단 모니카의 이야기가 시작되자 다른 이야기로 방향을 돌릴 수가 없었다. 모니카는 계속 담배를 피워댔다. 사실 퓨지 부인은 아이를 가지는 데 도움이 될 만한 방법을 알려주지 못했다. 아이가 없어 겪었던 시련의 기억도 결국 성공적으로 결말이 났으니 상투적이고 진부한 이야기가 되어 모니카에게는 별 도움이 되지 않았다. 모니카의 얼굴은 불만스러울 때면 으레 나타나는 주름으로 축 처졌고, 모임은 처음 시작 때보다 더 화합이 되지 않은 채로 끝날 모양이었다. 하지만 한편으로는 계속 이어질 가망성도 남아 있었다. 최소한 방해가 되는 키키가 없으니 말이다. 또다시 못된 행실을 한 키키를 알랭이 모니카의 욕실에 가둬버렸기 때문이다. 위베르 씨는 행사 주재자라는 역할에 다소 실망한 눈치였지만 그럼에도 감사의 말이 나올 것을 기대하며 아래층에 머물러 있었다. 하지만 그런 일은 일어나지 않았다. 이 상황을 추스르기에는 모두 너무나 지쳐 있었다. 네빌 씨가 팔을 내밀자 퓨지 부인은 기꺼이 그에게 의지했다. 의자에서 몸을 일으켜 균형을 잡는 데 보통 때보다 오래 걸리긴 했지만 마침내 자리를 떴고, 제니퍼도 그 뒤를 따랐다.

이디스는 자신의 보금자리인 방으로 돌아와 문을 닫으며 왜 이렇게 기분이 가라앉는지 생각해보았다. 아마도 오늘 저녁의 사건과 불가분 엮여 있고 또 거기서 연유한 문제인 듯했다. 단순히 내가 이런 행사에 익숙지 않은 사람이라 그런 것일까? 퓨지 부인의 생일 축하연과 제니퍼의 결혼에 대한 상상은 이디스가 살면서 겪은 일, 기억하고 있는 어떤 일보다도 입체적이었다. 부모님과 지내던 시절 생일이 돌아오면 이디스는 자기 생일 케이크를 직접 구웠고, 아버지는 의식을 치르듯 커피와 함께 케이크를 날랐다. 남부러울 것 없는 가정생활을 누릴 수도 있었을 텐데 그녀의 집에서는 이런 행사를 아주 짧게, 또 멋쩍어하면서 치렀다. 어머니는 젊은 날 커피 하우스에서의 추억에 들떠 발랄하고 즐겁게 이야기를 하다가 이내 다시 추억의 슬픔에 빠져들곤 했다. 그때쯤이면 커피는 이미 다 마신 터라 이디스가 엉망이 된 접시를 다시 부엌으로 가져가는 것으로 그렇게 생일은 끝이 났다. 결혼 이야기는 한 번도 언급된 적이 없었다.

그러나 지금, 침묵과 어둠 속에서 편지를 쓰는 동안 간헐적으로 느꼈던 불안감이 잠복 상태에서 다시 머리를 들고 일어나더니 점점 커져서 피곤을 압도하고 있었다. 이 늦은 시각에 심장은 마구 뛰고 의식 속에 숨어 있던 영역, 위험한 함정이 드러나 자신을 통제하던 이성이 붕괴되고 있었다. 이디스는 주도면밀하게 스스로를 위장하며 보낸 이곳에서의 날들과 자신에게 무엇이 필요한지 진정으로 이해하지 못한 사람들이 그녀를 위한 일이라며 명령하듯 마련해준, 좋은 결과가 있을 거라는 취지의 이 작위적이고 무의미한 생활이 갑자기 덧없게 느껴졌다. 아마도 샴페인이, 케이크가, 축하연이 마음의 장벽을 허물어 간교하고 달갑지 않은 교유를 따르게 하고, 자신을 위해 세운 조심스러운 계획을 의미 없게 만들었으며, 재미라곤 없이 그녀의 의식을 되돌려 고통스러운 성찰을 하게 만들고 정리해보길 요구했는지도 몰랐다. 그녀는 이 잠시간의 유배를 받아들임으로써 다시 활동을 준비하고 기왕의 일은 없었던 것으로 돌리고, 적절하게 단련되어 때가 되면 다시 이전의 삶으로 돌아갈 수 있으리라 생각했었다. "나는 지금 일할 준비를 하는 거란다, 이디스." 책상 위의 서류를 찢으며 이렇게 말하던 아버지가 생각났다. "그냥, 활동 준비를 하는 거지." 아버지는 미소를 지었지만 눈에는 슬픈 깨달음이 가득했다. 아버지는 이제 모든 상황이 달라지리라는 것을, 어머니에게 활기찬 어조로 잠깐 동안만이라고 말했지만 병원 생활이 빨리 끝나지 않으리라는 것을 잘 알고 있었다. 결국 아버지는 집으로 돌아오지 못했다. 어쩌면 나도 집으로 돌아갈 수 없을지 몰라. 이디스는 슬픔으로 가슴이 미어졌다. 그리고 이 슬픔 아래, 마치 자신이 쓰는 소설의 플롯이 의도와는 상관없이 저절로 풀려나갈 때처럼 이 일이 초래할지 모르는 어떤 불안을 생생하게 느꼈다.

이디스는 침묵 속에 홀로 앉아 고개를 숙이고, 이 철 지난 호텔 뒤
락으로 자신을 몰고 온 사건들을 하나하나 꼼꼼히 되짚어보았다.

9

　결혼식 날 아침, 이디스는 평소보다 일찍 눈을 떴다. 하지만 기대하던 무르익은 햇빛이 아닌, 냉정하고도 부자연스러운 백색의 햇빛을 보게 되자 모든 감각이 경계경보를 울리기 시작했다. 마치 불쾌하고 예상하기 힘든 무언가를 감추고 있는 듯한 날씨였다. 딱히 말로도 생각으로도 집어낼 수 없지만 이디스는 이런 날씨를 전조로, 그리고 이 갑작스러운 깨달음을 신호로 받아들였다. 하지만 정작 더 충격을 받은 것은 화장대 앞을 지나다 본 너무 창백하고 여윈 자신의 얼굴이었다. 난 이제 젊지 않아. 이게 내 마지막 기회라고. 퍼넬러피 말이 맞아. 이제 타고난 희망*일랑 모두 잊고 현실을 직면할 때가 온 거야. 마

---

* 이디스의 성(姓)인 호프(Hope)는 '희망'을 뜻한다.

음속 깊이 동경하는 건 절대 가질 수 없겠지. 어떻게 그럴 수 있겠어? 너무 늦었어. 그래도 원숙함이 주는 편안함은 있잖아. 붙임성 있는 동반자, 안락함, 멋진 휴가 등등. 꽤 그럴듯한 전망이지. 그래, 나는 늘 사리를 분별할 줄 아는 여자였어, 이디스는 생각했다. 모두가 그 점에는 동의한다고.

그리고 제프리 롱, 얼마 전 있었던 저녁 파티에서 그녀 앞에 나타난 친절한 사람. 어머니가 돌아가신 후로 그토록 외로워했다던 남자. 어느 누가 이보다 안전하고 안락한 미래를 보장해주겠어? 단지 너무 순진한 사람이라 그처럼 공개적이고 전통적인 방식으로 청혼을 했다고 이디스는 생각했다. 모든 사람들이 감동했고 특히 퍼넬러피가 무척 감동했다. 결국 이디스도 그의 헌신, 관대함, 끊임없이 보내오는 꽃, 정성스러운 보살핌과 결정적으로 그의 어머니가 끼던 어두운 색 오팔 반지에 감동을 받았다. 그는 이디스에게 새 집과 새로운 친구들, 심지어 시골 별장과 이디스는 살 생각도 못했던 사치품까지 완벽한 삶을 바쳤다. 사고방식이 다소 구식이긴 했지만 품위 있는 사람이었다. 예를 들면 여자가 일하는 것을 찬성하지 않았고 얼마만큼의 시간을 책 쓰는 데 쏟는 거냐며 이디스를 놀리기도 했다. 그의 청혼은 기분 좋게 솔직했고 우스꽝스러운 면도 있었다. 모든 사람들이 그를 대단한 효자라고 평했다. 그의 아내가 될 여자는 대단한 행운을 잡는 거라고도 했다. 모두가 이디스를 운이 좋은 여자라고 말했다. 퍼넬러피도 자신이 그런 운에 훨씬 더 잘 어울리는 사람이라는 투로 말해 이디스의 신경을 건드렸다. 이디스는 자신이 운 좋은 사람임을 끊임없이 자각해야만 했다. 그리고 사실 그 점을 부인할 이유도 없었다. 그녀는 운이 좋았다. 나는 운이 좋아. 화장대 거울에 비친 여윈 얼굴을 보면서 자신에게 다시금 상기시켰다.

이디스는 차를 한 주전자 끓여 진하게 우러나길 기다리며 부엌문을 열고 정원을 둘러보았다. 약한 바람이 계속 불어 발목 주위로 작은 흙먼지를 소나기처럼 날렸고, 앞뒤로 계속 흔들리는 문은 수수께끼 같은 햇빛을 가로막아 구름이 없는데도 구름이 다가오는 듯 보이게 했으며, 무슨 일이든 중단되는 것이 당연하다는 인상을 풍겼다. 오랫동안 그녀의 사적 영역이었고 글쓰기를 위한 울타리였으며 잠을 자던 곳인 이 작은 집, 동네 아이들이 학교에서 돌아와 각자 다른 문으로 들어가기 전까지 텅 빈 오후에는 조용하고 볕바르던 이 집 역시 휴지(休止) 상태가 될 것이었다. 조용한 오후 시간이면 등 쪽 창가로 뜨거운 햇빛이 마치 그 나름의 생명이 있는 양 타자기를 맹렬히 두드리는 그녀의 손가락을 더욱 거세게 밀어붙였다. 그리고 이디스가 항상 빛이 바뀌는 순간을 신호로 이어지는 기진맥진함에 그제야 정신이 들어 등과 어깨에 쥐가 나는 것을 느끼고, 마치 무슨 야단법석을 치른 듯 단정치 못한 머리 매무새와 더러워진 손을 보고 자신에게 혐오감을 느낄 때면 학교에 갔던 아이들이 집으로 오는 시간이 되어 있었다. 그러면 이디스는 방에서 나와 부엌으로 내려가 주전자의 물이 끓을 동안 뒷문을 열고 천국 같은 일상의 공기를 들이마셨다. 그런 다음 찻잔을 들고 하루의 피로와 그 여진을 말끔히 씻는 공간인 장식 없이 하얀 칠이 된 작은 욕실로 들어가, 마치 생존에 딱히 필요치 않은 실체를 은밀히 만들어내는 사람에게는 눈에 띄지 않는 옷이 적당하다는 듯 글을 쓸 때 입는 단순한 면 원피스를 벗어 못에 걸어놓았다. 그리고는 잠시 아침에만 해가 드는 서늘한 침실로 들어가 검소하게 옷을 챙겨 입고 오래전 배운 대로 머리에 솔질을 하고, 별 주의를 기울이지 않고도 늘 하듯이 능숙하게 핀으로 머리를 틀어올리고, 거울 안의 모습을 차분하게 보고서는 남 앞에 나서도 되겠다는 판단이 서면 다시 아래 층으로 내려가 차 한 잔을 더 따라 드는 것으로 정원으로 나갈 준비를 끝냈다.

이디스는 정원을 잘 가꾸는 사람은 아니었으나 정원을 가장 그리워하게 될 것 같았다. 정원 일은 과묵하고 걱정스러울 정도로 얼굴이 창백한 채소가게의 소년이 와서 해주었다. 소년은 말로 채우지 못한 것을 식물에 대한 열정과 부지런함으로 채웠다. 일주일에 세 번 오는 소년을 위해 이디스는 부엌 식탁에 점심을 차려두었다. 그녀는 소년의 창백한 안색이 염려되어 식욕이 나는 음식을 먹이려 신경을 썼다. 소년은 치즈롤과 맥주를 좋아했지만 이디스의 정성 어린 음식이 자신에게 베푸는 대단한 배려임을 알아채고 진지하게 받아들여 꿀꺽 잘 삼켜주었다. "이제 갑니다." 소년은 계단 밑에서 소리쳤다. "일요일에 올게요." "알았다, 테리." 그녀 역시 소리치곤 했다. "돈은 서랍 위에 있어." 두 사람 다 돈은 별개의 문제라고 생각했고, 각자의 방식으로 좋아서 하는 집안일이라 돈과 연결시키지 않았다.

정원은 아주 이른 아침 시간, 그리고 일과를 마치고 조금은 불편한 철제 벤치—오래된 접이식 버들 의자가 삐거덕거리는 것을 보고 제프리가 보내준 친절한 선물이었다—에 앉아 산울타리 너머로 지는 해를 바라보며 점점 짙어지는 향기를 맡는 저녁에야 진정으로 그녀의 것이 되었다. 이 시간이면 옆집의 여자아이가 이디스가 나와 있는지 보고는(항상 나와 있는데도) 산울타리 사이로 미끄러져 들어와 저녁 인사를 했다. 이 아이는 가슴이 미어지도록 예쁘지만 말을 더듬는 장애가 있어 아이로서 누려야 할 행복감과 단순함을 위협받고 있었다. 이디스는 아이가 말을 하려고 애쓸 때마다 작고 여린 몸이 말을 뱉으려고 떨리는 걸 지켜보며, 그 말들을 이미 다 알아들었다는 듯 미소를 짓고 고개를 끄덕이고 아이의 흔들리는 머리에 손을 얹고 가만히 아이를 진정시키며 이렇게 속삭였다. "안녕히 주무세요, 꼬마 아가씨. 잘 자요." 그러고는 진정이 된 아이에게 키스를 해주고 잠자리로 보냈다.

저녁 시간은 재미가 덜했다. 무슨 일이 있었는지 들으러 퍼넬러피에게 가거나, 점심에 테리에게 주고 남은 음식으로 간소하게 식사를 하거나, 꽃나무에 물을 주고 일찍 잠자리에 들곤 했다. 가끔 미처 해가 지기 전에 잠자리에 드는 적도 있었지만 보통은 책을 내려놓고 빛이 사라지는 모습을, 색이 변하는 모습을, 마침내 불투명해지고 멀어지는 모습을 지켜보았다. 그녀에게 빛의 변화는 대단한 관심사였다. 그러고 나면 잠잘 시간이 되었다. 침대는 흰색으로 평범하고 크지도 않았다. 건장한 체격의 제프리 롱은 몸을 움츠리며 평소의 성격 좋은 모습으로 여러 번 침대 이야기를 했다. 어른 넷도 누울 수 있는 퍼넬러피의 침대는 쓰지 않을 때면 멋진 커버를 씌운 우아한 작은 베개들을 쌓아놓아 마치 온 세상에 대고 이렇게 선포하는 것 같았다. "나는 특별한 여성성을 가진 여자예요." 이디스는 어떤 여자들은 자신을 숭배하는 제단을 쌓는다고 생각했다. 어찌 보면 그렇게 하는 것이 옳은 듯도 했다. 내가 그럴 수 있을지는 미지수지만.

제프리가 어머니와 같이 살았던 몬터규 스퀘어의 침실에는 이미 부부용 침대가 마련되어 있었고, 내심 색깔이 너무 두드러진다고 생각했지만 어쨌든 그 멋진 침실에 곧 그녀도 자리를 잡아야 할 터였다. 최종적으로는 이디스 본인이 모든 것을 결정해야겠지만 퍼넬러피의 도움을 받는 일은 불가피했다. 퍼넬러피는 전문가답게 남자를 기쁘게 하는 방법에 대해 이야기하면서 선택 가능한 것들이 모여 있는 백화점으로 그녀를 안내했다. "우유부단해서는 되는 일이 없어, 이디스." 그녀는 여러 번 이렇게 말했다. "감방 같은 데서 남자는 편안해하질 않아. 네가 남자의 필요를 알고 있어야지." 숨 막힐 듯한 백화점에서 정신이 아득해진 이디스는 전혀 열광적이지 않은 자신이 미안하기도 하고 또 자신보다 이 일에 더 관심을 가져주는 퍼넬러피에게 미안하기도 해서 결국은 그녀가 하자는 대로 모두 따르게 되었다. 두 여자를 상대하느라 점심 시간을 빼앗긴 비쩍 마른 얼굴의 가엾은 판매원의 권유에 따라, 이디스는 그다지 산뜻하지 않은 금잔화색 침대보와 진녹색의 대리석 화장실에 걸어둘 값비싼 금잔화색 수건과 공단으로 두툼하게 테를 두른 계피색 담요를 골랐다. 모두 새것이고 멋있었지만 이디스는 그 물건들이 빛을 다 빨아들이고 숨 막히게 권위적이라는 생각이 들었다. 이디스는 온종일 글을 쓴 뒤 그 침실에서 기운을 회복할 수 있을지, 머리판에 멋진 등나무 장식이 있는 침대에서 낮잠을 잘 수 있을지 알 수가 없었다. 게다가 몬터규 스퀘어에서는 귀여운 아이들을 만날 수도 없고 정원도 없어서 글쓰기 후의 일과는 완전히 달라지리라는 생각이 들었다. 그렇게 되면 이디스는 글을 쓸 수 없을지도 모른다. 어쩌면 영영 글을 못 쓰게 될 수도 있다. 이제 그녀는 다른 여자들의 삶이라고 생각했던 삶을 살게 될지도 모른다. 장을 보고, 요리하고, 만찬 모임을 준비하고, 점심에 친구들을 만나는 삶. 그토록 친절하게 작은 모임에 그녀를 초대해준 지인들에게 이디스는 그 초대에 걸맞게 보답하지 못했다. 기껏해야 자신의 정원을 보여주는 정도뿐이었다. 나는 할 일을 제대로 못했어. 어느 날 이디스는 새로 널찍하게 꾸민 부엌을 조심스레 만족하며 둘러보고 이렇게 혼잣말을 했다. 난 아마 아무 연고도 없는 사람처럼 보였을 거야. 그 점을 바꿔야 해.

그리고 바뀌었다. 아무도 상처받지 않았다. 오히려 모두 다 즐거워했다. 데이비드는 이디스가 새롭게 보여준 무모함에 웃으며 숨겨둔 애인의 입장에서 그녀를 놀렸다. "당신이 사랑에 빠진 건가." 그가 말했다. 이디스는 둘 사이의 불문율을 차마 깨지 못해 하고 싶었던 말을 못하고 영원히 그 기회를 놓쳐버렸다. 언젠가 퍼넬러피와 같이 갔던 전시회에서 데이비드는 사람들 몰래 이디스의 손을 잡았고, 그녀는 그의 엄지손가락을 자기 쪽으로 살짝 끌어당겨 제프리 어머니의 것이었던 예쁘지 않은 반지의 가장자리를 만지게 했다. 그의 몸이 굳었고 아무 말도 없었다. 무슨 할 말이 있겠는가? 약속을 한 것도 아니었는데. 그날 밤 늦게 두 사람이 마지막으로 만났을 때 데이비드는 그녀의 목에 얼굴을 파묻고 중얼거렸다. "진심이야?" 그녀는 진심이었다. 데이비드는 때로 오랫동안 그녀를 찾지 않았고, 그녀의 결혼을 만류하지도 않았다. 그러나 한 달이 지나 결혼식 날 아침, 이디스는 아직도 부엌에 서서 그에게 하지 못했던 말을 생각하고 있었다.

이디스는 자물쇠 열리는 소리에 깜짝 놀랐다. 가끔씩 집을 청소하러 오는 뎀프스터 부인이었다. 그녀는 붉은 뺨에 머리 손질을 멋있게 하고 엄숙한 모습으로 나타나서는 깜짝 놀라 이디스를 쳐다보았다. "아직 옷도 안 입었어요?" 뎀프스터 부인이 놀라워했다. "목욕은 끝냈겠지요."

"왜요?" 이디스가 물었다. "지금 몇 신데요?"

"열 시예요." 뎀프스터 부인이 마치 어린아이에게 말하듯 천천히 또박또박 말했다. "열 시요. 열두 시에 결혼식인 건 아시죠? 저는 요리사들을 감독하러 왔다는 것도 모르시지 않을 테고요. 알고 계셔야죠. 정신이 없어 잊어버렸을까봐 말할게요. 식이 끝나면 돌아와서 떠나기 전에 뷔페식으로 점심을 하기로 했답니다."

깨끗한 작업복으로 갈아입으면서 뎀프스터 부인은 누군가가 결혼을 앞두고 있다는 사실이 그렇지 않아도 예측불허인 자신의 불안한 신경을 건드리기라도 하는 듯 숨을 몰아쉬었다. 부인은 함께 커피를 마시며 남자들은 자신에게 재앙이었다고 여러 번 고백하지 않았던가. 부인은 결혼해서 좋은 일이 없었다고 했다. 이디스는 퍼넬러피가 부인에게 더 많은 이야기를 들었을 거라고 짐작했다. 그리고 또 그런 유의 속이야기라면 자신보다 퍼넬러피가 더 많이 털어놓았을 거라고도 생각했다. 사실 퍼넬러피와 뎀프스터 부인은 어딘지 공통점이 있었다. 두 사람의 대화는 온통 같은 이유로 싫기도 하고 좋기도 한 남자들에 대한 주제를 맴돌 뿐이었다. "자, 어서 가서 목욕하세요. 옷을 갈아입을 동안 아주 진한 커피 한 잔을 만들어줄게요." 뎀프스터 부인이 이렇게 말하자 이디스는 눈물에 눈이 시큰해 고개를 돌렸다. 사람들의 친절, 예기치 않은 친절 때문이야, 이디스는 생각했다.

이디스는 욕조에 누워 남자들 한 무리를 지휘하느라 집 안을 울리는 뎀프스터 부인의 목소리를 들었다. 욕실 바로 아래 어딘가에 샴페인 상자를 무겁게 내려놓는 소리가 들렸다. 모든 채비를 감독하고 있다는 흥분 탓인지 약속했던 커피는 늦어지고 있었다. 꽃 장식을 하러 온 사람들과 부엌을 점령하고 아스파라거스롤과 버섯과 고기를 넣은 파이, 자그마한 프랑스식 치즈 도넛, 그리고 살짝 얼린 오렌지 조각 케이크와 설탕에 절인 과일을 넣은 푸딩을 만드는 한 떼의 여자들로 작은 집이 마구 흔들리고 있었다. "푸딩을? 이디스, 말도 안 돼." 퍼넬러피는 이렇게 말했었다. "어머니가 좋아했어"라고 대꾸하면서 이디스는 어머니라면 우리 둘 사이를 보잘것없는 동맹 관계로 보리라고 생각했다. 새되고 엄격한 목소리의 여자들이 화병을 더 가져오라고 소리를 질렀다. 집 뒤편에서는 "세라, 어떻게 좀 서둘러봐! 트레건터가에 가려면 늦어도 열한 시 반에는 이 집에서 나가야 해. 오, 커피! 뎀프스터 부인 정말 천사시네요. 세라! 커피"라고 소리를 질러댔다. 그러다 갑자기 모든 것을 중단하기로 결심한 듯 움직임이 완전히 멎었다. 이디스가 침실로 돌아왔을 때 화장대 위에는 커피가 놓여 있었고 받침잔에는 비스킷 두어 개가 있었다. 이디스는 산 기억이 없으니 비스킷은 뎀프스터 부인이 준비한 것임에 틀림없었다.

이디스는 고급 스타킹을 신고 아름다운 회색 새틴 속치마를 입었다. 결혼식 의상을 봐주겠다는 퍼넬러피의 제안을 거절하고 이디스는 익숙지 않은 버스를 여러 번 갈아타고 얼링에 가서, 나이 많은 폴란드 출신 재단사에게 실크와 모직이 섞인 청회색의 좋은 옷감으로 결혼 예복을 맞추었다. 지금 그녀는 그 옷을 입고 서 있었다. 짙은 푸른색과 하얀색 실크를 꼬아 가장자리마다 덧댄 샤넬 디자인을 베낀 자켓

이었다. 비에나프스카 부인은 둥글게 목이 파인 수수한 블라우스도 같이 만들어주었고, 이디스는 그 위에 유일한 혼수품이자 가족의 존재를 알려주는 유일한 표시인 안나 이모의 진주 목걸이를 걸었다. 그리고 흰색과 푸른색이 섞인 제법 굽이 높은 구두를 신고 흰 장갑을 손에 들었다. 모자는 쓰지 않기로 해 보통 때보다 조금 높이 머리를 틀어올렸다. 이디스는 거울에 비친 이 모습에 만족했다. 우아하고 단정해 보였다. 성숙해 보이네, 그녀는 생각했다. 드디어.

그날 처음으로 희미하게 기쁨이 차올라 이디스는 얼굴에 무언가를 반기는, 티 없는 미소를 지으며 계단을 내려갔다. 세라와 그녀의 친구들(케이트인지, 벌린다인지)은 이디스에게 관심을 기울일 여유가 없었고, 뎀프스터 부인은 부엌 식탁에서 퍼넬러피와 의미심장한 대화에 몰두해 있었다. 이디스는 퍼넬러피를 흥미롭게 바라보았다. 그녀는 값비싼 날염 실크 드레스에 커다란 빨간색 밀짚모자를 쓰고 있었다. 모자의 챙이 머리둘레를 돌아 거의 어깨에 닿을 정도로 넓어 얼굴의 반을 가렸다. 옷의 접힌 부분과 주름마다 독한 향수 냄새가 풍겼고, 손톱을 길게 길러 진홍색으로 칠한 손가락으로 그 유명한 어머니의 다이아몬드 귀걸이를 가끔씩 매만졌다. 이 옷차림은 뎀프스터 부인에게 극찬을 받았다. 비록 나무 숟가락 손잡이를 열심히 굴리며 아몬드 비스킷을 만드는 여자아이들의 거친 청바지에 싸인 엉덩이와 이상한 대조를 이루긴 했어도, 퍼넬러피의 빛나는 옷차림은 결혼식에 정말이지 어울리는 것이었다. 퍼넬러피와 뎀프스터 부인은 이디스를 보고는 하던 이야기를 중단하고 몸에서 옷만 떼어내 꼼꼼히 따져보는 엄격한 눈길로 그녀를 바라보았다. 누가 오늘의 주인공일까? 이디스도 두 사람과 똑같은 관점에서 옷차림만 두고 생각해보았다. 남자가 진정으로 좋아하는 게 뭔지 너무도 잘 알고 있는 퍼넬러피일까, 아니면 폴란드 출신 여자 재단사의 재능에 전적으로 의지한 나일까? 만일 여기에 남자가 하나 있다면 그리스 신화에 나오는 파리스의 심판* 같은 걸 맡겨볼 수도 있으련만. 단, 그 남자가 제프리라면(지금으로서는 다른 누구일 수 없으니까) 그는 모두가 수긍할 만한 정중한 표현을 찾아낼지 모를 일이었다.

침묵을 깨트린 사람은 놀라운 속도로 결혼식 음식을 준비하던 여자들 중 하나였다. "오, 정말 멋져요." 이렇게 외치고는 덧붙였다. "잠깐만 저쪽에 가 계시겠어요? 금방 끝내고 철수할 거예요. 행운을 빌게요."

그래서 이디스는 정원으로 나왔고, 퍼넬러피와 뎀프스터 부인은 계속해서 부엌에서 일하는 여자들을 감독했다. 두 사람은 이디스가 자신이 얼마나 운이 좋은지 깨닫기를 바랐다. 또한 이렇게 알아서 챙겨주는 것을 당연한 일로 여겨서도 안 되고, 더군다나 받을 자격이 있어 받는 것이 아니라는 사실도 알기를 바랐다. "반은 꿈속에 사는 것 같아요. 그 소설이란 걸 쓰느라고 말이에요. 때로는 뭘 알고나 쓰는지 하는 생각도 들어요." 뎀프스터 부인의 말에 퍼넬러피가 웃었다. 열린 부엌문으로 이 모습을 바라보며 이디스는 자신도 그 농담에 낄 수 있을지 궁금했다. "그런 이야기를 다 아는 사람이 저예요." 퍼넬러피의

---

* 불화의 여신이 던진 '가장 아름다운 자에게'라고 쓰인 황금 사과를 두고 아테나, 헤라, 아프로디테 이 세 여신이 다투자 제우스는 트로이의 왕자인 파리스에게 그 심판을 맡긴다.

목소리가 들렸다. "소설에 내 이야기도 쓰지 않았나 몰라."

그랬지, 이디스는 생각했다. 네가 그걸 알아채지 못하는 거야.

이제 이디스는 으슬으슬 춥고 피곤하고, 심지어 배도 고팠다. 마치 병에 걸려 쇠약한 상태에서 서서히 회복되는 사람처럼 언제라도 두통에 눈물 바람을 할 것 같았다. 뭔가 따뜻하고 낡은 옷을 입어야 할 것 같고—실내복이 좋을 듯했다—우유가 들어간 영양가 있는 음료를 마셔야 할 것 같았다. 이디스는 혼자라는 사실을 날카롭게 느끼며 아마 많은 신부들이 이런 기분일 거라고 생각했다. 그래도 홀로 거실에 남아 품위를 지키며 때때로 차가 도착했는지 보려고 창밖을 내다보는 신부는 많지 않을 듯했다. 그러다 먼저 도착하는 크고 번쩍이는 차를 보고 오늘의 신부인 자신이 부엌으로 가서, 따뜻하고 다정하게 "퍼넬러피, 네가 타고 갈 자동차가 왔어"라고 말을 해줘야 하는 걸까? 누가 정했는지 기억나지는 않지만 손님 접대를 책임지기로 한 퍼넬러피가 결혼 등기소에 먼저 가서 제프리 쪽 사람들과 제프리보다 몸집이 크고 더 졸린 듯한 얼굴의 신랑 들러리와 합류하기로 되어 있었다. 그렇게 신부를 맞을 준비가 끝나면 이디스는 십오 분 후에 혼자서 두번째 차를 타고 가기로 되어 있었다. 뎀프스터 부인은 뒤에 남아 이디스의 침실에서 품위 있는 예복으로 갈아입고 피로연을 위해 집으로 오는 하객들을 맞이하겠다고 자청했다.

집 밖에서 바삭한 과자를 먹으며 무언가를 기다리는 아이들의 무표정한 시선을 즐기느라 한참을 보내던 퍼넬러피가 가까스로 떠나자 한순간 정적이 흘렀다. 트레건터 가까지의 거리를 계산하며 시간을 재던 여자들도 무리 지어 나갔다. 이층에서 뎀프스터 부인이 목욕하는 물소리가 들렸다. 이디스는 계속 창가에 서 있었다. 그리고 너무도 빨리 그녀 차례가 오고 말았다.

차가 천천히 움직이자 이디스는 어쩐지 돌아가고 싶었다. 작은 집의 세세한 모습이 마치 처음 보는 것처럼 다가왔다. 페인트칠을 했어야 했는데, 꼭 했어야 했는데 그랬구나, 이디스는 생각했다. 매일 눈길도 주지 않고 지나쳤던 가게들의 특별한 매력을 이제야 새삼 주목하게 되었다. 장의사, 약국, 여자들이 허리를 숙이고 다리 사이로 윙크를 보내는 표지의 성인 잡지를 비밀스레 전시한 신문 판매대, 보도 바깥으로 찢어진 마권들이 어지럽게 흩어져 있는 마권 판매소. 차가 운명의 장소로 굴러가는 동안 이디스는 깊은 향수에 젖어 키프로스가 고향인 채소가게 주인이 가게 뒤쪽에서 물을 한 양동이 들고 나오는 모습을 바라보았다. 가게 주인은 양동이의 물을 넓은 호를 그리며 보도에 퍼부었고, 이에 이디스는 유쾌한 충격을 받았다. 하얀 가운을 입은 젊은이들이 계단을 뛰어오르는 병원이 보였고 놀이터, 유아원, 화원, 한두 개의 술집과 아주 멋진 옷가게도 보였다. 그리고 등기소와 등기소 출입구 앞 보도에서 이야기를 하고 있는 사람들이 보였다. 출판업자와 저작권 중개인, 가엾은 아버지의 열렬한 채식주의자 사촌, 친구들, 그리고 몇 안 되는 이웃. 이디스는 다른 행성에서 온 손님처럼 이들을 바라보았다. 신이 난 퍼넬러피가 붉은색 모자로 사진사의 주목을 끌며 제프리와 신랑 들러리와 이야기를 나누는 모습을 보았다. 마침내 제프리를 보았다. 그리고 사실, 내내 알고 있었지만, 이제야 섬광처럼 그의 품위라는 것이 생쥐 같은 겁쟁이의 품위임을 총체적으로 보게 되었다.

이디스는 침착한 태도로 몸을 앞쪽으로 기울여 운전사에게 말했다. "조금 더 가주시겠어요? 마음이 바뀌어서요."

"그럼요, 부인." 운전사는 이디스의 정중한 태도에 그녀를 하객 중 한 사람으로 생각하고 물었다. "어디로 가시겠습니까?"

"공원을 돌까요?" 그녀가 제안했다.

차가 결혼 등기소 앞을 미끄러지듯 지나갔을 때, 마치 정지된 사진 속 장면처럼 제프리와 퍼넬러피가 깜짝 놀라 입을 벌린 채 자동차를 뚫어지게 바라보는 모습이 보였다. 그 후의 장면은 좀 더 움직임이 있었다. 모여 있던 사람들이 계단 아래로 무질서하게 흩어지는 것이 마치 기록 보관소에 보관된 초기 걸작 영화의 한 장면을 연상시켰다. 이디스는 총탄이 날아다니고 치명적인 상황이 전개될 듯한 긴박한 사태의 관람객이 된 기분이었다. 그러나 곧, 놀라울 정도로 곧, 그녀는 모든 것을 뒤로했다. 마치 그녀의 탈출을 알리려는 듯 불타는 햇살이 내리쬐고, 이디스는 이 거짓말 같은 늦여름의 뙤약볕을 받으며 슬론 스퀘어 쪽으로 향했다. 이디스가 탄 차는 천천히 위풍당당하게 공원을 통과했다. 이디스는 차창을 열고 신선한 공기를 황홀하게 들이마셨다. 축구를 하는 남자아이들, 말에 올라앉아 쿵쿵 아래위로 들썩이는 육중한 여자아이들, 아마도 해러즈 백화점의 위치를 묻고 있음직한 지도를 펼쳐든 관광객들을 기분 좋게 바라보았다.

"한 번 더 돌아주세요." 그녀가 부탁했다. 이제는 자신을 기다리는 이 사태의 결과와 대면해야 한다는 생각에 한껏 들떴던 기분은 서서히 가라앉고 있었다. 지금쯤 사람들은 모두 이디스의 집으로 가 있을 것이고 제프리는 거실에 앉아 두 손에 머리를 파묻고 있을지 모른다.

뎀프스터 부인은 음식을 어떻게 해야 할지 뚱하게 물어볼 테고 퍼넬러피가 일 처리를 주관하고 있을 것이다. 이제 나뭇잎이 바람에 뒤집히고 하늘이 다시 컴컴해졌고, 이디스는 추위를 느꼈다. 그리고 유감스럽게도 배가 고팠다.

이후에 일어난 일은 끔찍했다. 이디스는 자신의 작은 집이 분노로 떨리고 있는 것을 느꼈다. 그나마 출판업자와 한두 명의 옛날 친구들이 정원에서 샴페인을 홀짝이고 있어 다행이었다. 이디스는 이 층에 있는 침실로 살그머니 들어갔다. 뎀프스터 부인 옷이 여기저기 널려 있는 방에서는 부인의 향수 냄새가 났다. 아래층에서 퍼넬러피의 목소리가 들려왔다. "모두 마음껏 드세요. 음식 대접은 얼마든지 할 수 있어요. 도대체 이디스가 무슨 생각을 했는지 모르겠어요. 몸이 안 좋았나봐요." 이 말을 듣고 이디스는 한숨을 쉬며 이럴 때 모습을 보이는 게 예의가 아님을 알면서도 조심스레 계단을 내려갔다.

이디스는 곧바로 거실로 가서 제프리의 어깨에 손을 얹었다. "제프리, 미안해요." 그녀가 말했다. 고개를 치켜든 그는 대단히 근엄하게 그녀의 손을 뿌리쳤다. "나는 당신한테 할 말이 없소, 이디스." 그가 선언했다. "당신은 나를 웃음거리로 만들었소."

"제프리, 웃음거리는 바로 나예요."

그는 이 말을 묵살했다. "가엾은 우리 어머니가 살아 계시지 않아 오늘 이 꼴을 안 보신 것만이 고마울 뿐이오."

두 사람은 동시에 오팔 반지를 내려다보았고 이디스는 반지를 빼서 그에게 건넸다. "잘 가요, 제프리." 이디스는 이 말을 남기고 거실을 나왔다.

"정원에 있을게, 퍼넬러피." 그녀의 말에 다시금 모두가 분개해 술렁임이 일었다. "해럴드랑 메리한테 할 말이 있어서." 샴페인 잔을 들고 정원으로 나간 이디스는 담당 저작권 중개인과 몇 마디 기분 좋은 말을 주고받았을 뿐 해명은 하지 않았고, 모두가 다 떠날 때까지 정원에 앉아 있었다.

물론 그녀는 말도 안 되는 짓을 했다고 비난받았다. 몇 시간인지도 모를 만큼 오랫동안 퍼넬러피와 뎀프스터 부인은 이디스의 도덕적 비열함과 어린아이 같은 유치함에 대해, 그리고 품위, 신뢰, 성실성, 게다가 여성스러운 감각도 없다는 식의 설교를 늘어놓았다. 결정적으로 이디스는 이제 마지막 기회를 놓쳤다는 말을 들어야 했다. 그녀가 어떻게 생각하든 앞으로는 결혼할 가망이 없다고 했다. 두 사람은 이디스가 어떻게 고개를 들고 다닐지 의문이라고 했다. 이디스가 할 수 있는 최선은 제정신이 돌아올 때까지 그리고 사회에 저지른 가공할 행위를 적당히 보상할 수 있을 때까지 멀리 떠나 있는 것이라고 했다. 말소리가 그치고 발소리가 멀어지고 현관문이 쾅 닫히고 마침내 혼자가 되기까지 그녀는 이 모든 것을 고개를 숙인 채 침묵을 지키며 들을 수밖에 없었다. 신중하게 오 분 정도 기다렸다가 이디스는 집 안으로 들어가 전화 다이얼을 돌렸다.

"스탠리군요, 데이비드 거기 있어요?"

"우스터에 일이 있어 나갔는데요. 아무라도 할 수 있는 일인데 왜 직접 갔는지 모르겠어요."

"연락 좀 해줄 수 있어요? 오늘 저녁에 집에 들르라고 해줄 수 있나요? 되도록 빨리요. 저, 이디스예요."

"그럼 결혼은 안 한 거예요?" 스탠리는 놀라지도 않고 물었다.

"안 했어요." 그녀가 대답했다. "마음을 바꿨어요."

이디스는 이제 다시 그녀의 것으로 돌아온 이 층 침실로 올라갔다. 아직 향수 냄새가 심해 창문을 활짝 연 다음 멋진 예복을 벗고 파란색 면 원피스로 갈아입었다. 이디스는 침대에 걸터앉아 삼십 분도 넘게 이 망신에 대해 생각해보았다. 저녁때가 되어 한기가 들자 이디스는 창문을 닫으러 창가로 갔다가 때마침 퍼넬러피의 집에서 확실히 쾌활해진 모습으로 나오는 제프리를 목격했다. 식사 예약을 하러 가는 거겠지, 이디스는 추측했다. 두 시간 뒤, 이디스는 어둠 속에 앉아 데이비드의 자동차 소리를 기다렸다. 텅 빈 마음에 그리움이 가득 차 있었다. 이제 이디스는 그 그리움이 치명적임을 알았다. 올곧지 못한 이번 행실은 쉽게 간과될 수 없는 종류여서 불가피하게 웃음거리가 되고, 경계심, 따돌림 등의 물고 물리는 반응을 불러올 것이다. 다툼에는 화해가 가능하지만 곤혹감은 결코 완전하게 잊히지 않는다. 슬프게도 자신이 이제 곤혹스러운 존재가 되었음을 이디스는 예견했다.

그러나 이디스에게 온 데이비드는 그녀를 안고 아무 말도 하지 않았다. 그는 이디스를 품에서 풀어 팔을 길게 뻗고는 그녀를 바라보았다. 이디스는 그 얼굴에서 긴장과 피곤을 보았으며, 이 모두가 그녀 때문이라는 사실을 알았다. 그리고 다른 무언가가 또 있었다. 침울하고 조심스러운 표정이었다. 이 상황이 너무 복잡하고 너무 무거워서 둘 사이의 불문율로는 더는 감당할 수가 없었다. 둘 다 이성적인 사람이었고 어느 누구도 말로라도 상처받는 일은 없어야 했다. 무엇보다도 말로 상처를 주고받아서는 안 되는 일이었다. 이디스는 빠르게 사라져가는 마지막 있는 힘을 다해 오늘 일을 우스갯거리로 만들었다. 절묘하게 시간이 맞아떨어진 것이라고. 가엾은 제프리는 대용품에 불과했다고. 그녀가 정말 필요로 했던 것은 휴가였다고. 분명히 자신은 결혼에 어울리지 않는 여자라고. 하지만 샴페인은 마셔도 좋지 않겠느냐고. 마침내 텔레비전에서 하는 슬픈 영화를 한 편 보고 난 후에야 데이비드는 긴장을 풀었고, 그들은 다시 사랑하는 사이가 되었다. 그러나 작별인사로 그에게 손을 흔들고 나서 보니 그를 위해 챙겼던 피로연 음식이 손도 대지 않은 채로 남아 있어 이디스는 몹시 슬펐다.

이후 며칠 동안 이디스는 그에게서 소식이 오기를 기다렸다. 그사이 이미 그녀의 이름으로 여행 계획이 잡혀 있었고 마침내 전화가 울려 받아보니 퍼넬러피였다. 그녀는 이 멋진 호텔의 이름과 주소, 비행기 시간, 챙겨갈 물건 등을 알려주었다. 이디스가 사라지는 편이 모든 사람을 흡족하게 하는 것 같았고, 그렇게 되도록 퍼넬러피가 이디스의 모든 행동을 감시하고 감독했다. 저작권 중개인과 밖에서 점심을 같이 하는 것은 겨우 허락되어 이디스는 그에게 주소를 알려주었다. 이제부터는 스스로의 힘으로 생계를 꾸려야 하고 최소한 자신이 쓴 글로만 먹고살아야 하는 것이 엄연한 현실이기 때문이었다. 여름이 꽤 지난 그 회색의 마지막 날, 이디스는 공항으로 향하는 퍼넬러피의 차에 순순히 올라탄 자신을 발견했다. 뎀프스터 부인이 다음 날 집으로 와서 최종 점검을 하고 열쇠를 퍼넬러피에게 건네기로 약속했다. 부인은 다시 일하러 올 수 있을지 모르겠다고 했다. 그녀는 그렇게 묘한 데가 있었고 민감하게 굴었다. 이디스는 다른 사람을 구해야 할지도 몰랐다.

차가 집에서 멀어지고 있었지만 이디스는 테리를 보고 위안을 받았
다. 전보다 얼굴이 더 창백해진 테리가 화단에 심을 화초가 가득 든
상자를 들고 보도를 따라 차분하게 걸어오고 있었다. 그는 그녀를 보
자 열쇠를 쥔, 짐을 들지 않은 손을 들어 인사를 했고 이디스도 답례
로 손을 흔들었다. 그나마 정원은 보살펴줄 사람이 있구나, 이디스는
생각했다.

10

어리석은 실수와 위기를 장시간 회상한 탓인지 이디스는 두통을 느꼈고 이슥한 시간이 되어서야 겨우 잠자리에 들었다. 호텔 전체가 조용했고 호숫가를 따라 달리는 차 소리도 들리지 않았다. 마치 마취제에 취한 듯 갑작스레 잠이 찾아왔고 완전히 잠에 빠져버렸다. 눈을 뜨자 처음 이곳에 도착하던 날 오후에 그녀를 맞아준 바로 그 변화 없는 회색이 보였다. 커튼 치는 걸 잊은 탓에 사방으로 햇빛이 들어왔다. 마치 자리를 비운 사이에 자신이 알지 못하는 일이라도 벌어진 듯 이디스는 깜짝 놀라 일어나 앉아 시계로 손을 뻗었다. 여덟 시였다. 할 일이 없는 사람에게는 적당한 기상 시간이지만 아주 이른 시간에, 더러 우유나 신문이 배달되기도 전에 글쓰기를 시작하는 이디스에게는 가책을 느낄 만큼 터무니없이 늦은 시각이었다.

이디스는 아침을 가져다달라고 전화하고 목욕을 한 뒤에 급하게 옷을 입었다. 지난밤 자신을 잠식했던 어지러운 생각의 흔적을 어서 빨리 몰아내고 싶었다. 그러고는 창가로 가서 작은 발코니로 나갔다. 예기치 않은 찬 기운에 몸이 떨렸다. 겨울이라 말하기는 어려운데 그렇다고 가을이라고 할 수도 없었다. 바람 없는 대기 속에 뻣뻣하게 서 있는 나무들도 알몸을 드러내기 시작했다. 나뭇잎은 더 이상 떨어지지 않았고 마른 잎들이 시들어가는 잔디 위에 돌돌 말린 채 누워 있었다. 손님이 몇 명 남지 않은 듯 아침 시간의 소리가 간헐적으로 조심스레 들렸다. 아래층 호텔 입구에는 스웨터를 입은 남자가 차를 닦고 있었다. 이디스는 그 차가 퓨지 부인과 제니퍼의 외출을 위해 정기적으로 오는 차임을 알았다. 객실 담당 종업원이 이디스에게는 들리지 않는 소리로 운전사와 이야기를 나누고 있었다. 종업원은 하품을 하고 뺨을 문지르고는 하릴없이 호수를 바라보며 서 있었다. 모든 것이 휴가철이 곧 끝나고 문을 닫을 때가 왔음을 보여주고 있었다. 이제 이곳을 찾는 이는 없을 것이다. 이디스는 회색 지대에서 산의 윤곽을 간신히 구분할 수 있었다.

슬픔을 배고픔으로 느끼는 이디스는 다시 방으로 들어와 왜 아침 식사가 오지 않는지 의아해했다. 그녀는 침대 곁으로 가서 수화기를 집어들며 전에는 이런 일이 없었던 터라 왜 식사 주문을 두 번씩이나 해야 하는지 놀라워했다. 하지만 전화를 받아줄 사람이 아무도 없는지 수화기에서는 긴 신호음만 계속되었다. 직원이 휴무인 모양이었다. 이디스는 수화기를 내려놓으며 시내로 나가서 커피를 마시는 편이 낫겠다고 마음을 먹었다. 어떤 상황 때문이건 그녀는 이곳에서 나가고 싶었다. 마치 그 방이 지난날의 비행을 모두 목격한 듯 감옥같이 느껴졌고, 퓨지 모녀나 모니카는 물론 네빌 씨와도 이야기를 나누고 싶지 않았다.

걷기 편한 신발로 갈아신는데 갑작스레 복도에서 말소리가 들렸다. 문이 열렸다 단호하게 닫히는가 하면 심지어 쾅 소리도 나고, 청년의 목쉰 소리가 주도하는 심한 말다툼 소리가 들렸다. 이상한 생각이 들어 복도로 나가보니 소리의 진원지는 퓨지 모녀의 방이었다. 방 앞에서 위베르 씨와 그의 사위가 방으로 들어가기에 앞서 어떻게 해야 좋을지를 의논하고 있었다. 두 사람 다 수수께끼 같은 표정을 짓고 있어서 이디스는 혹시 전날 저녁의 축하연이 퓨지 부인에게 무리가 되어 사고나 병이 난 게 아닐까, 그래서 병원으로 옮기기 위해 이 호텔의 지나칠 정도로 전문적인 조치가 취해지려는 게 아닐까 짐작해보았다. 이디스는 마음을 진정시키려 다시 방으로 돌아왔다. 지난밤 긴 시간의 반추로 슬픔과 두려움의 고삐가 풀려 언제가 되든 어디가 되든 그 대가를 치루고 속죄를 해야만 할 것 같았다. 이디스는 애써 진정하고 다시 한번 문을 열고 퓨지 모녀의 작은 살롱으로 갔다. 이미 모니카, 알랭, 위베르 씨, 그리고 위베르 씨의 사위가 와 있었다. 이디스는 자신이 현장에 도착한 마지막 사람임을 깨달았다. 방 안으로 들어서자 퓨지 부인이 가슴에 손을 얹고 긴 의자에 누운 모습이 보였다. 이 상황에서도 완벽하게 화장을 하고 분홍색 비단 기모노를 입고 있었다. 퓨지 부인은 눈을 감고 있었고 충격을 받은 이디스는 어떻게 해야 도움이 될지 몰라 어리둥절해하는 사이, 위베르 씨가 앞으로 나가 부인의 손을 잡았다. 위베르 씨는 몸을 숙이고 무언가를 속삭이면서 퓨지 부인의 팔목을 가볍게 어루만졌다. 웨이터인 알랭은 얼굴이 시뻘게진 채 곧 울음을 터뜨릴 것 같았다. 그는 마치 군법회의에 회부된 사람처럼 앞을 똑바로 응시한 채 뻣뻣하게 서 있었다.

"퓨지 부인." 이디스가 침묵을 깨고 말했다. "괜찮으세요? 무슨 일이세요?"

퓨지 부인이 눈을 떴다. "이디스, 와줘서 고마워요." 그녀는 거리를 두고 타이르는 듯한 어조로 말했다. "들어가서 제니퍼랑 같이 있어줘요, 그럴 거죠?"

두려움이 아직 아침을 먹지 못한 그녀의 위장을 사로잡았다. 이디스는 누군가가 침입했다거나 폭행을 당해 몸이 안 좋다거나 혼미한 상태의 제니퍼를 보게 될까봐 마음을 다잡고 방으로 들어갔다. 그러나 제니퍼는 멀쩡하게 침대에 기대앉아 침울하고 상기된 얼굴로 부루퉁하게 입을 내밀고 있었다. 속이 비치고 목둘레가 깊이 파인 리넨 잠옷이 흘러내려 풍만한 어깨가 드러나 있었다.

"괜찮아요?" 이디스가 다시 물었다. "무슨 일 있었어요?"

제니퍼는 재빨리 눈길을 주었다. "난 괜찮아요." 더 이상의 설명은 없었다.

"내가 해줄 일이 있을까요?" 제니퍼는 정말 아무 일도 없어 보여 이디스는 당혹스러웠다.

"글쎄, 커피나 더 마셨으면 좋겠어요. 여기 있는 건 다 식었어요." 제니퍼가 아침 식사 쟁반을 가리키자, 이디스는 새삼 배가 고팠다.

"커피만 있으면 돼요? 의사 선생님이나 뭐 다른 건 필요치 않고요?" 이디스가 물었다.

"아, 아니에요. 어머니만 좀 봐주세요. 그럴 거죠? 좀 흥분하셨어요."

제니퍼는 우울해 보였고 이상하게 비협조적이었다. 부루퉁해 있어, 이디스는 생각했다. 그런데 왜 저렇게 가만히 있지? 어머니의 상태가 좋지 않으면 딸이 같이 있어야 하는 것 아닌가? 이 모든 일이 도대체 나하고 무슨 상관이지?

이디스는 제니퍼의 침실에서 살롱으로 나와 위베르 씨가 알랭을 꾸짖는 모습을 보았다. 퓨지 부인은 다시 눈을 감았고 위베르 씨의 사위는 사태를 수습하려 안간힘을 쓰고 있었다. 모니카는 눈썹을 치켜세우고 입술을 비틀며 문에 기대 있었다. 이디스가 나타나자 모두 무슨 일이었나 하고 그녀를 올려다보았다.

"제니퍼가 뜨거운 커피를 마시고 싶대요." 그녀가 말했다.

위베르 씨의 사위가 복도로 나가 밖에서 대기 중인 누군가를 향해 손가락으로 딱 소리를 냈다. 수습할 힘이 빠진 위베르 씨는 알랭의 팔을 잡아끌고 흔들어대며 사이사이 'Imbécile(멍청한 것)'이라고 소리쳤다.

명예가 실추된 알랭은 침착함을 잃고 불쑥 이렇게 말했다. "Mais je n'ai rien fait(그렇지만 전 아무 짓도 안 했어요)."

"Imbécile(멍청한 것)." 위베르 씨는 이제 숨이 턱에 차서는 되풀이해 말했다.

"Madame(부인)." 알랭이 이디스에게 애원하듯 소리쳤다. "Dîtes-leur. Je n'ai rien fait(저 사람들에게 말씀해주세요. 전 아무 짓도 하지 않았어요)."

　"누가 무슨 일인지 말 좀 해주……"라고 이디스가 조심스럽게 말을 꺼내자 감정이 북받쳤는지 알랭은 오래 참았던 눈물을 쏟으며 자리를 박차고 나갔다. 그는 사람들이 붙잡기도 전에 복도로 내달리며 "마리본! 마리본!" 하고 외쳤다. 문이 열리고 금발의 마리본이 겁에 질린 얼굴로 나타났다. 알랭은 얼간이처럼 그녀에게 달려갔다. 마리본은 팔로 그를 감싸 안고 머리를 기댔고, 그렇게 둘은 계단 아래로 사라졌다.

　그 누구도 다음에는 무슨 일을 해야 할지 몰라 퓨지 부인의 살롱에는 침묵이 흘렀다. 커피가 오자 침묵은 깨졌고 때맞춰 모니카와 위베르 씨 그리고 위베르 씨의 사위는 필요한 게 있으면 불러달라고 퓨지 부인을 안심시킨 뒤 물러갔다. 분명히 병이 난 것도, 폭행이 있었던 것도 아니라서 급하게 처리할 일은 없는 것 같아 이디스도 함께 나갈 생각이었다. 이디스가 문 쪽으로 가려 하자 퓨지 부인이 힘없이 손짓했다.

　"가지 마요, 이디스. 나는 아직 충격에서 벗어나지 못했어요." 그러나 부인이 몸을 일으키고 앉아 잔에 커피를 따르는 모습을 지켜보면서 이디스는 부인이 이런 사교적 행동으로 기력을 찾고 정신을 차리려는 건지도 모른다는 생각이 들었다. "이걸 제니퍼한테 좀 갖다주겠어요?" 그녀는 너무나도 아무렇지도 않게 이디스에게 부탁했다. "딸아이한테 침대에 누워 있으라고 했어요. 이렇게 정신이 없으니. 아침내내 쉬어야 할 것 같네요. 아마 점심때는 일어날 수 있을 거예요. 아니면 이리로 갖다달라고 하든지. 배가 고플 것 같지도 않지만." 그녀는 떨리는 듯한 한숨을 쉬었다.

“퓨지 부인, 무슨 일이 있었는지 말씀해주시겠어요?” 이디스는 제니퍼에게 가져갈, 딱히 어떤 향이라고 꼬집어 말하기 힘든 향기로운 커피 잔을 받으며 물었다. “제니퍼에게 무슨 일이 생겼어요? 겉보기로는 아무렇지도 않던데요. 왜 위베르 씨가 가엾은 알랭을 그렇게 흔들어대며 꾸짖은 거예요?”

“가엾은 알랭이라고요?” 퓨지 부인이 고개를 쳐들었다. “그 말이 좋군요. 정말 가엾은 알랭이에요.”

“그 사람이 무슨 일을 저질렀는데요?” 이디스가 계속 물었다.

“아무 짓도 안 했지요.” 퓨지 부인은 입가에 손수건을 갖다 대며 사납게 말했다. “그렇지만 무슨 일을 저지를지 누가 알아요?”

“죄송해요. 그렇지만 전 아직도 무슨 일인지 모르겠어요.” 이디스가 말했다.

“잠이 안 와 뒤척였어요.” 퓨지 부인이 말했다. “새벽녘까지 잠들지 못하다가 무슨 소리에 얼핏 깼어요. 문소리였죠. 제니퍼 방에 누군가가 있다고 생각했어요. 너무 놀라 기절할 정도였어요. 그 아이한테 무슨 일이라도 생긴다면……”

“그렇지만 아무 일도 없었잖아요.” 이디스가 부드럽게 말했다.

“나는 일어나려고 애썼어요.” 퓨지 부인은 이디스의 말은 상관 않고 계속했다. “벨을 울렸어요. 몸이 몹시 떨렸지만 어떻게든 해보려고 애썼어요. 아마 비명을 질렀을 거예요. 다행히도 딸아이한테는 아무 일 없었어요.” 퓨지 부인이 다시 입을 닦았다.

“부인이 들었던 소리는 알랭이 아침 식사를 가져오는 소리였어요.” 이디스가 말했다. “꽤 늦은 시각이었어요. 부인이 늦잠을 주무시다가 갑자기 잠이 깨서 그랬을 거예요. 이제는 괜찮아요."

퓨지 부인은 자신이 마실 커피를 따랐다. "오, 물론, 나는 이리로 와서 정신을 가다듬었죠. 그러나 충격이 컸어요, 이디스. 충격이었어요." 그녀는 정말 심한 동요를 겪고 있었다. "내가 흥분한 걸 보고 제니퍼도 흥분을 했지요. 내가 그 애한테 그냥 누워 있으라고 했어요." 그녀는 되풀이해서 말했다. "위베르 씨에게 우리가 있는 층에는 여자가 시중을 들게 하라고 말했어요. 나는 그 알랭이라는 청년이 얼씬거리는 게 싫어요. 나는 그 청년을 좋아하지 않거든요. 그 사람은 눈이 너무 작아요."

부인의 이야기를 듣는 내내 서 있던 이디스는 긴 의자에 앉은 퓨지 부인에게서 몸을 돌려 창가로 갔다. 그녀는 마음속으로 제니퍼의 모습을 떠올려보았다. 잠옷이 흘러내려 어깨를 드러낸 채로 침대에 앉아 있던 모습을. 그리고 다 큰 남자인 알랭이 보기 흉하게 눈물을 터뜨리며 복도를 따라 도망쳐가던 모습을. 그리고 이디스는—정말 자신도 그 소리를 들었던 것일까?—문이 열렸다 닫히는 소리를 떠올렸다. 난 정말 모르겠어, 모를 일이야, 이디스는 생각했다.

이디스는 퓨지 부인이 커피를 다 마실 때까지 차가운 유리창에 잠시 동안 머리를 기대고 있었다. 이디스는 통제력을 발휘하지 않으면 급속히 자라날 반감과 불편함의 씨앗을 억누르려 애썼다. 퓨지 부인은 겁이 났던 거야, 퓨지 부인은 어떤 식으로든 현재 상태가 바뀌는 게 두려운 거니까. 부인은 나이가 많고 허영심이 많아 두려움을 감당할 수 없으니까. 그러니 자신이 그렇게 느낀 걸 모두 누군가의 탓으로 돌려야 하겠지. 이제 모두 지나간 일이라 저녁때면 잊히겠지. 하지만 이제부터 퓨지 모녀 앞에 자주 나타나지 않도록 해야겠어. 결국 나와 이들 사이에는 공통점이 전혀 없으니까.

이디스가 돌아보니 퓨지 부인은 빈 커피 잔에 남은 녹은 설탕을 숟가락으로 세심하게 뜨고 있었다. "쉬시는 게 좋겠어요." 이디스는 전보다 훨씬 단호하게 말했다. "제가 부인이라면 오늘 하루는 가만히 차분하게 지낼 것 같네요. 이 일은 전부 금방 잊으실 거예요."

"물론 그 청년은 해고예요." 퓨지 부인은 계속했다. "위베르 씨한테 말할 거예요. 별 어려움은 없을 거라고 장담할 수 있어요. 이 호텔을 드나든 게 햇수로 몇 년인데요! 남편이 있었더라면 어떻게 했을까. 생각하고 싶지도 않아요." 그녀는 숨을 몰아쉬며 손을 다시 한번 가슴 위로 가져갔다. "그래요, 꼭 가야겠다면 가보세요. 나가고 싶어 하는 걸 알아요. 그렇게 걷길 좋아하는 사람이니. 아래층에 내려가면 위베르 씨한테 내 방으로 좀 올라오라고 해줄래요?"

이디스는 등 뒤로 방문을 가만히 닫았다. 복도에는 아무도 없었고 계단에도 아무도 없었다. 목욕물 흐르는 소리가 났고 진공청소기가 부지런히 왔다갔다하는 소리가 들렸다. 어느 객실에선가 청소하는 여자들이 주고받는 큰 목소리가 들렸다. 밖으로 나가는 길에 프런트 앞을 지나며 이디스는 위베르 씨와 그의 사위가 어른스러운 표정과 전문가다운 조심스러운 태도로 다시 사이좋게 은밀한 대화를 나누고 있는 모습을 보았다. 살짝 고개를 끄덕이고 곧장 그들을 지나 회전문을 통과해 밖으로 나왔다. 호수에서 슬그머니 피어오른 안개로 축축해진 찬 공기에 이디스는 몸을 떨었다. 옷을 너무 얇게 입고 나왔다는 생각이 들었지만 따뜻한 스웨터를 가지러 다시 호텔로 돌아가는 것이 어쩐지 내키지 않았다. 커피를 마셔야지, 그녀는 생각했다. 그리고 오랫동안 산책을 하고, 점심은 가능하면 어딘가 아주 먼 곳에 가서 먹어야겠어. 저녁때까지 돌아올 이유가 없어. 사실 모든 사람들 눈앞에서 잠시 떠나 있는 게 나을지도 몰라. 이 하찮은 코미디가 인내심을 바닥나게 만들었어.

카디건 주머니에 손을 찔러넣고 낙엽을 밟으며 이디스는 아침의 사건에서 오는 어지러운 파문이 자신의 현재 상황과 앞으로 더 오래 지속될 곤경을 에워싸고 점점 퍼져나가는 것을 느꼈다. 주변 풍경은 여전히 회색에, 싸늘했고, 드물게 마주치는 사람들의 얼굴은 예측할 수 없는 날씨 탓에 무감각했다. 하지만 인사를 받아줄 거라는 확실한 기대로 호의적으로 인사하면 미소나 인사가 조심스레 돌아왔다. 날씨의 작은 변화, 심지어 비수기의 무심한 슬픔조차도 호텔의 세계보다는 훨씬 몸에 좋을 것 같았다. 호텔의 세계는 음식 냄새와 향수 냄새, 좋아하는지 싫어하는지 신경 써야 하고, 추억담에, 예리한 눈초리에, 바람직하지 않은 일은 절대로 일어나지 않는다는 듯 계약조건에 맞게 행동해야 하는 일들로 둘러싸여 있었다. 여자들이 너무 많아 생긴 일일 거야. 퓨지 부인의 살롱에서의 광경을 고통스레 되짚으며 이디스는 생각했다. 그게 오해에서 빚어진 일이라 하더라도 그런 어리석은 작은 오해가 누군가의 마음을 계속 다치게 할 것이고, 이런저런 이유로 유리하게 이용될 것이며, 나머지 사람들에게는 호텔을 떠날 때까지 내내 화제가 될지도 모를 일이었다. 이보다 더 좋은 이야깃거리가 뭐가 있겠는가. 그러나 그것이 퓨지 부인을 불안하게 만들었고, 부인은 이런 불안에 익숙지 않아 줄곧 이 이야기만 할 것이었다. 순간적으로 드러난 자신의 약점이 다른 누군가의 잘못으로 밝혀질 때에야 부인은 이 사건과 거리를 두게 될 것이고, 그렇게 해서 죽음의 그림자를 쫓아버릴 수 있을 테니 말이다. 부인은 두려움에 익숙지 않았다. 그녀는 너무나 오랜 세월 보호받고 살아서 자신이 왜 이렇게 약한 존재가 되었는지를 이해할 수가 없는 것이다. 사실 부인은 누구든 약해질 수 있다는 사실을 이해하지 못했다. 아마도 그래서 그렇게 가혹한 행동을 하는지도 몰랐다. 세상을 모르고 살았기 때문에 현재의 어처구니없는 안락함을 유지할 수 있는 것이다. 하지만 자신의 방어체계가 무너지면 그것을 바로잡는 데 필요한 수완을 영악하게 발휘했다. 가엾은 알랭. 이디스는 고개를 숙이고 생각에 잠겨 주변을 살피지 않고 걸었다. 그런데 왜 가엾지? 그도 지금쯤은 마리본과 함께 웃고 있을지 모를 일이었다. 모두 끝난 일이라 잊어버렸을 거야. 그러나 그렇더라도 옳은 일은 아니야. 이디스는 마음이 불편해졌다.

마음의 동요가 겨우 가라앉자 다시금 배고픔이 고개를 들었다. 이디스는 하펜네거스 카페 쪽으로 방향을 돌렸고, 그곳에서 모니카를 보았다. 그녀는 이미 테이블을 차지하고 앉아 키키의 가느다란 신음소리는 못 들은 척하며 커다란 초콜릿 케이크 조각을 걸신들린 듯 먹고 있었다. 그녀는 이디스 쪽으로 잠깐 포크를 들어 올려 인사치레를 했다. 이디스는 문 가까이 앉아 커피를 두 잔 마시고 브리오슈 빵을 먹었다. 한숨이 새어 나왔다. 하지만 너무 외로워 결국에는 모니카 쪽으로 옮겨 앉았다. 모니카의 우울한 얼굴이 담배 연기에 싸여 있었다. 두 사람은 서로 눈길을 교환하고 고개를 까딱했다.

"이봐요." 이디스가 애써 쾌활하게 말했다. "오늘 무슨 계획 있어요?"

"나랑 같이 있어줘요, 이디스." 모니카가 대답했다. "오늘 아침에는 특히나 머리가 멍하고 아무 계획도 없네요. 계획이 있었던 적이 없어요. 지금쯤이면 당신도 분명히 알 텐데요. 작가라면서요. 인간 본성이나 뭐 그런 걸 관찰하는 데 능통하지 않나봐요? 어떨 때는 당신이 아주 아둔하게 느껴질 때가 있어 물어보는 것뿐이에요." 모니카는 꽁초를 재떨이에 찔러넣어 그냥 타들어가도록 놔두었다.

"미안해요"라고 말하면서 이디스는 재떨이를 옮겨놓았다. "나 역시 그다지 머리가 맑지 않네요. 그리고 인간 본성을 관찰하는 데 능하다고 말한 적은 없어요. 왜 그래야 하죠? 내가 생각하는 것과 눈에 보이는 것이 너무 달라 이제 더는 내 판단을 믿지 않아요. 분명히 말하지만 나도 당신만큼 나 자신에게 실망하고 있어요. 아마 당신보다 더 심할지도 몰라요." 그녀는 슬프게 덧붙였다.

두 사람은 자욱한 연기 속에서 생각에 잠겼다. 창문에는 또다시 김이 서렸고 계절 탓인지 옷걸이에는 두꺼운 옷들이 잔뜩 걸려 있었다. 종잡을 수 없는 숨죽인 대화 소리, 아니면 찻잔이나 유리잔을 두드려 웨이트리스를 부르는 소리에 정신이 들자, 누군가에게는 여기가 집이고 또 누군가에게는 그냥 산책길에 들르는 곳이며 또 누군가에게는 시중을 드는 하루 일을 하는 곳이라는 깨달음이 들었다. 이 사람들은 호텔이 아니라 책과 텔레비전과 부엌이 있는 자신들의 진정한 집으로 돌아갈 것이다. 평화롭게 앉아 책을 읽거나 요리를 하고, 뒷문을 열고 새들에게 빵부스러기를 던져줄 테고, 주말이면 아이들이나 손자들이 찾아올 것이다. 이디스는 목에 알싸한 통증을 느끼며 쓸쓸하게 잠겨 있을, 아무도 찾아오지 않을 자신의 작은 집을 생각했다. 집으로 가야해. 아니, 아직은 아니야. 이렇게 슬픔에 찬 상태로는 안 돼. 더 힘이날 때까지 기다릴 거야. 어떻게든 이겨낼 수 있을 거야.

"모니카." 이디스가 갑작스럽게 물었다. "어머니를 좋아하세요?"

"네, 물론이죠." 모니카가 깜짝 놀라며 대답했다. "아주 괴짜긴 하지만요. 몇 마디 신경을 써주면 괜찮아져요. 네, 그래요. 물론 난 어머니를 아주 좋아해요. 왜요?"

"가끔 내가 아주 몰인정한 딸이었다고 생각할 때가 있어요. 어머니가 돌아가셨지만 어머니 생각을 거의 안 해요. 어쩌다 할 때는 어머니가 살아 계실 때는 느끼지 못했던 간절함이 있어요. 아픔이에요. 어머니도 그런 아픔을 가지고 나를 생각하지 않았나 싶어요. 하지만 내가 어머니가 오래 사셨더라면 하고 바라는 단 하나의 이유는 어머니가 유일하게 가치를 두셨던 것에 나 역시 그렇다는 걸 알려드리고 싶어서예요. 어머니와 나는 여자보다 남자를 더 좋아해요."

"글쎄, 누군들 그러지 않겠어요?" 모니카는 눈썹을 완전히 활 모양으로 만들며 반문했다.

"이런 생각이 들었어요. 오늘 아침의 그 멍청한 사건이 이런 생각을 떠오르게 했나봐요. 어떤 여자들은 남자가 싫고 무서워 완전히 빗장을 걸어버려요. 분명히 그런 여자들이 있어요. 내가 정말 말하고 싶은 건 나를 끌어다 쓰려 하고 공모자로 만들려는 그 사람들의 의도가 두렵다는 거예요. 지금 페미니스트들에 대해 말하는 게 아니에요. 페미니스트들의 생각에 전적으로 공감하는 건 아니지만 그 사람들 입장은 이해해요. 나는 지금 극도로 여성스러운 여자들에 대해 말하는 거예요. 자신들이 마땅히 누려야 하는 복잡하면서도 성문화되지 않은 관례가 있다는 생각으로 남자들을 자기만족적으로 소비하는 여자들 말이에요. 대접받아야 하고. 특전을 누려야 하고. 특권을 가져야 하고. 말도 안 되는 소동을 부릴 권리가 있다고 생각하고. 스스로에 대한 예찬까지. 그런 여자들은 불명예스럽고 끔찍해요. 아마 그런 여자들에게 남자가 더 쉬운 표적이 되는 것 같아요. 페미니스트들이 이 상황을 새롭게 봐야 할 거라고 생각해요."

이디스는 여기서 멈추었다. 진심이 담기긴 했지만 요령부득이라는 걸 자신도 알았다. 잘못이 있다면 나한테 있을 거야, 이디스는 생각했다. 내가 너무 얌전한 탓에 사람들이 내 요구를 알아차리지 못하는 거야. 아니면 오히려 내가 사람들이 알아차리지 못하도록 만든 것일 수도 있어. 체면을 너무 생각하니까. 데이비드라면 체면 같은 건 다 끝장난 패라고 부를지도 몰라. 그리고 체면을 차리지 않아도 아무도 눈치채지 못할걸.

"나한테는 너무 어려운 이야기 같은데." 모니카가 자신의 생각에 종지부를 찍으며 말했다. "어찌 됐건 당신은 걱정할 게 없다는 생각이 드네요. 우리의 그 멋진 네빌 씨가 당신을 아주 좋아하고 있으니까요."

"말도 안 돼요." 이디스가 항변했다. "둘이 산책한 걸 가지고……"

"글쎄요, 그 사람이 아무하고나 산책을 하지는 않죠, 안 그래요? 그럴 사람이 아니죠. 당신이 패를 잘 쓰기만 하면 그 사람은 당신 차지가 될 거예요. 그리고 내가 알기로 그 사람은 꽤 값어치가 나가는 사람이에요. 물론 사업적 가치에서 그렇다는 말이에요." 모니카는 이렇게 말하고는 특별히 모멸감에 찬 담배 연기를 토해냈다. 모니카가 어떻게 네빌 씨가 괜찮은 자산가라는 걸 알게 되었는지는 분명치 않지만 이디스가 모르고 있었던 것만은 분명했다.

"모니카." 이디스가 지친 듯 말했다. "내 말은 그런 뜻이 아니에요. 나는 네빌 씨나 그의 돈을 좇지 않아요. 돈은 내 손으로 직접 벌어요. 돈은 어른이 되면 누구나 버는 거예요. 그런 식으로 후보자를 탐색하는 여자들의 시각이 나는 싫어요."

"그게 왜 나쁜지 모르겠네요." 모니카가 열의 없이 대꾸하더니 조금 쉬었다 덧붙여 말했다. "남자들도 그러는데요." 두 사람은 기분이 가라앉고 울적해져 어떤 말을 하더라도 서로에게 기대했던 반응을 이끌어내지 못하리라는 사실을 어렴풋이 깨달았다. 두 사람은 자신들의 유배생활을 생각하며 침울하게 앉아 있었다. 잠시 후 모니카가 웨이트리스에게 손짓을 해 둘이 먹을 케이크를 주문했다. 왜 안 되겠어? 이디스는 생각했다. 적어도 점심을 먹으러 돌아갈 필요는 없겠지. 어쨌든 배도 안 고프니까.

아무 즐거움 없이 혼자 밥을 먹는 여자들이 그렇듯 이들은 사람들의 시선을 받으며, 죄의식에 스스로를 볼품없다고 느끼며 아무 말 없이 케이크를 먹었다. 이디스는 진한 단맛이 입 안에 갑자기 가득 차오르자 곧 질려서 키키에게 남은 부스러기를 먹이고 있는 모니카에게 케이크 접시를 건넸다.

"그렇게 먹을 걸 주는데도 강아지가 괴물처럼 살찌지 않는 게 이상해요."

"거의 다 토해내거든요." 모니카는 마치 그 인과관계를 이제 막 알게 된 듯한 목소리로 생각에 잠겨 말했다. 키키는 터부룩한 털 사이로 모니카를 올려 보았다. 무한한 신뢰가 담긴 눈길이었다. 이들 사이에 끼어든 나는 도대체 누구인가, 이디스는 생각했다.

"여하튼 괜찮은 외모예요." 모니카는 굉장히 긴 담배에 불을 붙이며 말했다. "네빌 씨 말이에요. 당신도 신경을 좀 쓰면 나쁘지 않아요. 이렇게 말해도 괜찮다면, 아니 괜찮지 않다고 해도 말이죠, 당신 옷차림은 끔찍해요. 그리고 그건 당신 문제예요. 그래요, 네빌 씨는 탐나는 남편감이라 할 수 있지요."

"나는 그렇게 생각해본 적이 없어요." 이디스는 진심으로 말했다.

모니카는 눈을 가늘게 뜨고 그녀를 바라보았다. "이것 보세요, 아가씨. 그 남자가 호텔로 걸어 들어오던 바로 그 순간, 그의 이마에는 값이 붙어 있었답니다."

"모니카." 이디스는 깜짝 놀라 말했다. "설마 네빌 씨를 사랑한다는 말은 아니겠지요?"

"누가 사랑에 대해 이러쿵저러쿵했나요?" 모니카가 잠시 쉬었다가 말했다.

"그렇다면 뭣 때문에……?"

"오, 이디스. 신경 쓰지 마요. 그리고 이건 내가 낼게요. 아뇨, 정말 내가 내게 해줘요. 어쨌거나 내가 낼 거예요."

이디스는 김이 서린 창의 한 귀퉁이를 문질러 닦아내 다가오는 회색 안개를 바라보다가 그 속으로 녹아드는 듯한 기분을 느꼈다. 이럴 때 기질이 드러나는 거야, 그녀는 생각했다. 대단한 기질을 갖지 못한 이디스는 지난밤 여러 생각을 한 탓에 더 허약해진 것 같았다. 유일한 치유책은 일을 하는 것이었다. 전에도 이런 적이 있었어, 나는 다시 시작할 수 있어. 그녀는 스스로를 타일렀다. 그렇지 않아도 「찾아온 달빛 아래」가 진척이 되지 않는데. 해럴드에게 크리스마스까지는 원고를 주겠다고 약속했잖아. 지난 사흘 동안 한 줄도 못 썼어. 그러니 이렇게 기분이 처지지. 일을 해야 해.

"돌아가야겠어요." 모니카에게 말했다. "편지를 몇 군데 보내야 해요. 뭐 할 거예요?"

"이런 날에 할 일이란 미장원에 가서 머리 손질하는 거죠. 나랑 같이 이 길로 돌아서 가요. 급하지는 않죠, 그렇죠?"

그랬다. 급한 일은 없었다. 키가 큰 모니카가 팔짱을 끼자 이디스는 감동을 받아 마음이 따뜻해졌다. 모니카의 작은 개가 낙엽 사이로 앞서 활발히 뛰어가고 두 사람은 축축한 나무 아래로 말없이 천천히 걸었다. 성가시긴 해도 서로를 향한 순수한 선의를 알게 되자, 그것은 어느 누가 요청하지도 않았는데 아무런 검열도 받지 않은 채 맹렬히 쳐들어오는 아픈 기억들을 막아주는 충분한 버팀목이 되었다.

여자들은 슬픔을 나누어 갖는다, 이디스는 생각했다. 기쁨은 서로에게 과시하기를 좋아하고. 승리, 즉 난관을 극복한 승리는 관객이 필요한 법이다. 그리고 그런 때에 더 수다스러운 여자가 되어 긴박감을 조장하고 야단법석을 떠는 것, 그것은 다른 여자들에게 보란 듯이 벌이는 일이다. 이런 경우 연대란 없다.

두 시와 세 시 사이의 무기력한 시간, 지각 있는 사람들이 발을 올리고 쉬거나 낮잠을 자는 시간에 이디스는 모니카와 함께 호숫가의 생기 없는 나무 아래를 걷고 있었다. 하루가 끝없이 이어질 것처럼 보였고, 두 사람은 그 하루를 서둘러 끝내고 싶지 않았다. 두 사람 모두 각기 처한 곤경의 진정성이 풍자나 놀림거리, 심지어 웃음거리가 되어버렸기에 나름대로 오늘을 이렇게 붙잡고 있는 것이 더 나쁜 날들을 못 오게 하는 셈이 되었다. 그러나 그 풍자나 웃음거리를 제공한 두 사람은 지금 모호하거나 완곡한 방법일지라도 자신들의 주변적 삶을 위협하는 것들을 지배하거나 혹은 예기치 못한 방향으로 전환시킬 수 있는 능력을 보여주고 있었다. 우리 둘은 다른 사람들을 곤경에서 벗어나게 해주려고 여기 와 있는 거야, 이디스는 생각했다. 우리의 희망과 소원을 생각해주는 이는 아무도 없었어. 그러나 희망과 소원이란 모름지기 알려야 하는 것이었다. 그 희망과 소원에 간절하게 관심을 끌 필요가 있다면, 그걸 꼭 이뤄내야 하는 의무는 차치하고라도 끈질기게 자신의 희망과 소원을 널리 알려야 하리라. 하지만 신기하게도 어떤 여자들은 늘 응석을 부리고도 늘 누군가가 달래주는 대접을 받잖아…… 나는 평생 가야 그런 대접을 받는 행동 규칙은 배우지 못할 거야, 그녀는 생각했다. 그런 규칙은 여자애들이 어머니의 무릎에서 배우는 건데 말이야. 나는 모든 걸 아버지한테서 배웠잖아. 다시 생각해봐, 이디스. 잘못된 등식을 세웠잖아. 이럴 때 기질이 드러나는 거지. 상실된 신념에 대한 서글픈 인식.

두 사람은 한숨을 쉬면서 왔던 길을 되돌아 시내 쪽으로, 미장원이 있는 쪽으로 걷기 시작했다. 거리는 활력을 잃고 텅 비어 있었다. 이 신통치 않은 곳에 사람들이 있을 리가 없었다. 두 사람은 모퉁이를 돌아 서점 앞을 지났다. 이디스가 별 생각 없이 뒤돌아서 유리창 안을 들여다보니 그곳에 자신이 쓴 『한밤의 태양』 보급판이 진열되어 있었다. 제일 괜찮은 작품이지, 이디스는 생각했다. 하지만 앞으로도 계속 저런 책을 써야 한다는 생각에 가슴이 서늘해졌다.

"이디스, 좀 천천히 가요." 모니카가 작은 소리로 말했다.

놀란 이디스가 고개를 들어보니 멀리 장갑과 손수건을 파는 가게에서 퓨지 부인과 제니퍼가 팔짱을 끼고 나오는 모습이 보였다. 점원인 듯한 사람이 모녀가 구입했을 물건만큼이나 멋진 쇼핑백을 세 개나 들고 그들 뒤를 잠시 따르다가 차가 있는 쪽으로 향했다. 이디스와 모니카는 맞은편에서 그 차가 천천히 자신들을 향해 오는 것을 보았다. 차가 멈추더니 운전사가 나와 길을 건너 퓨지 모녀와 상의를 하고는 짐꾸러미를 받아 들고 차로 돌아왔다. 이디스와 모니카는 너무 멀리 떨어져 있어 그들이 말하는 소리를 들을 수 없었지만 미소를 지으며 고개를 활기차게 끄덕이는 것으로 보아 퓨지 부인은 물건을 사며 건강과 균형감을 되찾은 듯했다. 두 사람은 부인의 눈에 띄지 않기를 바라는 마음에서 본능적으로 서점 입구 쪽으로 뒷걸음질쳤다. 잠시 후 퓨지 모녀의 관심은 어김없이 다른 사람들은 절대 낄 수 없는 둘만의 대화에 열정적으로 사로잡혔다. 두 사람은 동시에 이를 깨닫고는 안도인지 체념인지 정확하게 알 수 없는 표정을 서로 나누었다.

"문제는 우리가 호텔로 돌아가려면 저 사람들과 마주치거나 지나쳐 가거나 아니면 뒤를 졸졸 따라가야 한다는 거예요." 모니카가 말했다.

"미장원에 간다면서요." 이디스가 상기시켜주었다.

"그래요, 호텔 가는 길에 있어요. 호텔로 돌아갈 거면 미장원까지는 같이 갈 수 있어요."

"꼭 호텔로 돌아가고 싶은 건 아니에요." 이디스는 호텔 또는 그것이 대변하는 모든 것이 불편해졌다.

"그렇다면 돌아가서 커피 한 잔 더 해요." 모니카가 결정을 내렸다.

두 사람은 발걸음을 돌려 작은 돌이 깔린 회색 길을 통과했다. 이쯤 되자 처음으로 느꼈던 친밀감은 조각나버리고 소원한 느낌이 들었다. 두 사람은 저마다 속으로 하루를 헛되이 보낸 것에 한숨을 쉬었다. 그냥 호텔에 있었으면 좋았을걸. 글을 써야 했어. 그래도 글을 쓰면 소득은 있는 거잖아. 이렇게 거리를 헤매는 건 무의미해. 아무 할 일도 없이. 그렇지만 하루뿐인데 어때, 딱히 할 일도 없고 그리고 다른 사람을 실망시킬 수는 없잖아. 그래도 나름대로 아주 즐거웠어. 다시 하펜네거스 카페로 들어가면서 이디스는 무거운 마음으로 이렇게 생각했다. 이제 카페 안에서는 커피와 설탕 냄새가 진하게 풍겼고, 오후마다 규칙적으로 들르는 말끔하고 무표정하고 품행 단정한 여자들의 이야기 소리가 분주했다.

"향수병에 걸리게 하죠, 안 그래요?" 모니카는 근엄하고 식욕이 왕성해 보이는 여자들이 자신이 앉았던 자리를 차지하고는 웨이트리스들의 관심을 독점하고 있자 풀이 죽은 채 말했다. 밀려났다는 느낌으로 모니카의 얼굴에는 불만이 가득했고 누군가가 의자를 달라고 할 것에 대비해 키키를 앉힐 여분의 의자를 급히 챙겼다.

두 사람은 각자의 이질감 속에 고립되어 앉아 있었다. 휴가철이 끝나 그들은 이제 무관한 사람들이 되었다. 때를 착각한 사람들. 환영받지 못하고 더 이상 어느 누구의 계획에도 필요치 않은 사람들. 우선순위가 바뀌었다. 이 작은 도시는 이제 중단 없이 이어질 긴 동면 상태로 들어가고 있었다. 겨울에 이곳을 찾는 이는 아무도 없었다. 날씨는 너무 황량하고 눈은 너무 먼 곳에 있고 관광객을 즐겁게 해줄 편의 시설은 거의 없기 때문이다. 두 사람은 안도의 숨을 쉬며 등을 돌리는 이곳 주민들의 태도에서 그들이 지나가는 관광객에 불과하고 근본적으로 실체가 없는 존재라는 사실을 새삼 깨닫게 되었다. 드디어 모니카가 커피를 주문하는 데 성공했지만 바쁜 웨이트리스들이 주문을 기억하기까지 또 십 분을 울적하게 앉아서 기다려야 했다.

"향수병이라." 마침내 이디스가 말을 꺼냈다. "그러네요." 그러나 그녀는 자신의 작은 집이 마치 또 다른 생, 또 다른 차원에 존재하는 것처럼 느껴졌다. 결코 그곳으로 돌아갈 수 없을 것 같았다. 집을 떠난 후 계절이 바뀌었다. 이디스는 이제 더는 아침 일찍 일어나 침대에 앉아 어깨에 따뜻하게 닿는 햇볕을 느끼며 하루가 시작되기를 조바심 내며 기다리던 사람이 될 수 없었다. 그 태양, 그 빛은 희미해졌고 더불어 자신도 희미해졌다. 이제 그녀는 이 계절이 그렇듯 회색이 되고 말았다. 이디스는 커피 잔 위로 고개를 숙이고 눈이 따끔거리는 것이 커피 잔에서 나오는 김 때문이라고 믿으려 애썼다. 이렇게 계속할 수는 없어, 그녀는 생각했다.

"오, 세상에." 모니카가 신음 소리를 냈다. "저거야. 우리한테 필요한 게 바로 저거야."

이디스는 고개를 들고 모니카의 눈길이 가는 방향을 좇았다. 문가에 네빌 씨의 팔짱을 낀 퓨지 부인의 모습이 보였다. 부인은 자신들이 좋아하는 테이블에 앉을 권리를 협상 중인 제니퍼를 기다리며 웃고 있었다. 부인이 지목한 테이블에 앉아 있던 노신사는 이제 막 담배에 불을 붙이려다가 마음을 바꿔서 옆의 빈 의자에 두었던 서류가방과 쇼핑백을 집어들고 계산대 쪽으로 가며 모자와 코트를 걸쳤다. 노신사가 떠나면서 제니퍼에게 모자를 들어 보이자 그녀는 환하게 미소를 지었다. 바로 그 순간, 이디스는 그 표정이 어머니인 퓨지 부인의 것과 완전히 똑같다는 사실을 알게 되었다.

모니카와 이디스는 몸을 숙인 채 피할 길 없는 부름을 은밀히 기다렸다. 그러나 그런 일은 일어나지 않았다. 오히려 몇 분 뒤에는 두 사람이 그들을 지켜보고 있었다. 생기 넘치는 웃음소리가 퓨지 부인에게서 여러 번 터져 나왔다. 제니퍼는 지금까지의 행적을 네빌 씨에게 나열했고, 그는 그녀 쪽으로 너그럽게 고개를 돌려 진지한 관심을 보였다. 저 사람은 아무 말도 안 하네. 이디스는 이것에 주목했다. 퓨지 부인이 장황한 설명을 더하고 있었다.

"자, 이제 나갈 수 있을 것 같네요." 모니카가 말했다.

그녀는 기회를 엿보고 있었던 듯했다. 이디스는 한숨을 쉬며 계산서를 달라고 했다. 두 사람은 말없이 계산서가 오기를 기다렸다가 조심스럽게 일어나 문 쪽으로 돌아섰다. 두 사람이 그들의 테이블을 막 지나려는데 퓨지 부인이 깜짝 놀라며 말했다. "어머, 두 사람 여기 있었네!" 모니카와 이디스는 어색하게 서서 미소를 지었고 제니퍼와 네빌 씨도 미소로 화답했다. "아니, 단둘이서 종일 뭘 하고 있었어요?" 퓨지 부인이 물었다.

"쉬고 있었어요." 이디스가 머뭇거리며 말했다. "기분은 좀 나아지셨어요, 퓨지 부인?" 멀리서 볼 때 빛나 보이던 부인의 모습이 가까이에서 보니 어딘지 흐트러져 있었다. 광대뼈는 더 붉게 눈꺼풀은 더 푸르게 칠했고, 입술은 떨리는 손으로 그렸는지 다른 때보다 더 번져 있었다. 그러나 의지는 여전했다. 그 불굴의 의지, 포기하거나 항복하거나 무너지거나 내려오거나 뒤처지는 것을 한사코 거부하는 존경스러운 퓨지 부인. 이디스는 생각했다. 빛나는 자기 선전으로 자신을 보호하는 여자. 부인은 우리 모두보다 오래 살 거야. 이디스는 되풀이해 물었다. "이제 괜찮으세요?"

퓨지 부인은 눈을 내리깔았다가 다시 치켜떴다.

"그래요, 고마워요. 이 소중한 두 사람 덕분에 평소의 나로 거의 되돌아왔어요. 그래도 그때 생각을 하면……"

"가야 해요." 모니카가 말했다. "미장원 약속이 있어요. 갈래요, 이디스?" 이디스는 고개를 치켜든 퓨지 모녀와 네빌 씨에게 급하게 손짓으로 유감의 작별인사를 하고 모니카를 따라 거리로 나왔다.

호수에서 스멀스멀 기어 올라온 안개로 또다시 몸이 떨렸는데도 이디스는 호텔로 어떻게 왔는지 기억이 잘 나지 않았다. 방으로 돌아온 이디스는 욕실이 김으로 가득 찰 때까지 뜨거운 물을 틀었다. 힘주어 머리를 빗고 머리카락을 그냥 어깨에 늘어뜨렸다. 거울에 비친 새빨개진 얼굴을 깐깐하게 살펴보다가 옷장에서 모니카가 권해서 샀지만 한 번도 입지 않은 파란색 실크 드레스를 꺼냈다. 이디스는 욕실로 향수를 들고 가 목욕물에 한 병을 전부 쏟아부었다. 뜨거운 열기, 반항심과 사치가 그녀의 얼굴을 피어나게 했다. 이디스는 완전히 다른 사람이 되어 책상에 앉아 펜 뚜껑을 열었다.

사랑하는 데이비드.

하지만 일단 시작하면 언제 끝낼지 스스로도 알 수 없기에 그녀의 조심스러운 성격은 저녁 식사 전에는 편지를 쓰지 말라고 경고하고 있었다.

이디스는 이 침묵을 담소로 바꾸고 싶지는 않아서 방 안을 서성거렸다. 그러다 결국 한숨을 쉬며 핸드백과 열쇠를 들고 아래층으로 내려갔다.

살롱에는 검은색 시폰 드레스를 입은 퓨지 부인이 휴식으로 원기를 되찾은 제니퍼와 같이 평소처럼 앉아 있었다. 피아니스트가 악보를 정리하며 묻는 듯한 표정으로 퓨지 부인을 바라보았으나 부인은 오늘 밤에는 음악에 관심이 없다는 듯 거부하는 손짓을 하며 고개를 저었다. 낙담한 피아니스트는 별 열의 없이 평소에 치던 곡을 연주하기 시작했다. 보뇌이유 부인이 뒤뚱거리며 들어와 잠시 멈춰 서더니 퓨지 부인에게로 갔다. "Alors(그런데)," 그녀는 크고 쉰 목소리로 무심하게 말했다. "Ça va mieux, la santé(몸은 좀 나아졌나요)?" 퓨지 부인은 지친 듯한 미소를 지으며 깨끗한 손수건을 흔들 뿐 대답은 하지 않았다. 보뇌이유 부인은 늘 무시당하는 일에 익숙한 사람이라 잠시 당혹스러워하고는 어깨를 한 번 으쓱하더니 돌아서 갔다. "Toujours pomponnée(항상 당당하시지)." 보뇌이유 부인은 속마음을 혼잣말인 듯 중얼거렸지만 실제로는 모여 있는 사람들 모두에게 들리도록 한 소리였다. 네빌 씨는 저쪽 모퉁이에서 우아한 발목을 꼬고 앉아 펼쳐든 신문으로 얼굴을 가리고 있었다. 이디스는 고개를 높이 쳐들고 그가 있는 쪽으로 걸어갔다.

"아니, 이디스." 퓨지 부인이 평상시의 생기 띤 목소리로 외쳤다.

“도대체 머리를 어떻게 한 거예요? 이리 와서 앉아요. 잘 좀 보게 이리 와봐요.”

이디스는 늘 앉던 자리로 살그머니 돌아와 앉았고, 퓨지 부인은 턱에 손가락을 갖다 대고 의혹에 찬 시선을 던졌다.

“정말 별난 일이네.” 마침내 부인이 말했다. “이전 모습이 더 나은 것 같은데. 제니퍼! 얘야, 넌 어떻게 생각하니?”

제니퍼는 손톱을 들여다보던 눈을 들어 짧게 모호한 미소를 지었다. “아주 좋은데요.” 그녀가 말했다. “별로 나쁘지 않아요.”

“오, 그렇지만 나는 원래 모습이 더 보기 좋았어.” 퓨지 부인이 말했다. 그러고는 저녁 식사를 하러 들어가기 전까지 머리를 갸우뚱하며 이 문제에 대한 평가를 계속했다.

11

으스스한 공기에 이디스는 몸을 떨며 조심스레 발을 디뎠고 네빌 씨가 내민 손을 잡았다. 선착장에는 사람이 없어 황량했다. 관광객이 다 떠난 마당에 하루 일정의 호수 관광에 손님이 있을 턱이 없었다. 네빌 씨가 이디스에게 소풍을 나가자며 말했던 대로 이것이 이번 계절의 마지막 운항이었다. 네빌 씨는 새롭다거나 뜻밖의 결론을 얻을 수 있다거나 하는 것 말고는 별 값어치 없어 보이는 이런 불편하고 이상한 경험들을 수집하는 사람 같았다. 짧은 소풍을 위해 그는 또다시 기가 막힐 정도로 잘 차려입고 나타났다. 바지 위에 비닐 우비를 걸친 미국 여자 둘이 베란다처럼 생긴 선실 유리창 안에서 그의 녹색 빛 모직 양복과 사슴 사냥꾼 모자를 바라보고 있었다. 갑판에는 아무도 없었다. 배는 천천히 호숫가에서 미끄러져 나와 끝없이 펼쳐진 호수를 감싸는 회색 안개 속으로 들어갔다. 이디스는 이 배에 혼자 탄 듯한 느낌이 들었다.

네빌 씨는 난간에 손을 얹고 멋진 자세로 서 있었다. 이디스는 끊임없는 엔진의 진동에 박자를 맞추듯 몸을 떨었고, 황량한 풍경에서 등을 돌려 자신을 지탱해주는 선체에만 눈을 두려고 애썼다. 그러자 육지뿐만 아니라 알아볼 수 있는 모든 것들로부터 떨어져 나온 느낌이 들어 불안했다. 이디스는 순전히 마음이 약해서 네빌 씨의 제안을 거절하지 못했다는 사실에 마음이 불편했다. 호텔에서 종일 글을 쓸 수도 있었는데, 이디스는 생각했다. 하지만 글을 쓴다는 생각만 해도 기분이 좋지 않았다. 사실 이런 곳에서 사람들은 마땅히 기분 전환을 할 만한 것이 없어서 권태를 두려워하게 된다. '악마는 할 일이 없는 사람에게 나쁜 짓을 하게 한다'는 말은 사실이 아니다. 악마는 할 일 없는 사람에게는 신경도 쓰지 않는다. 악마는 온갖 근사한 기분 전환 거리라든지 뿌리치기 힘든 매력적인 약속이라든지 도덕적으로 비난받을 만한 행실들 가까이에 있다. 하지만 이디스는 그런 것들 대신에 과중한 글쓰기와 내키지 않는 빈둥거림 중 하나를 선택해야 했다. 그걸 선택이라 하기에도 뭣하지만 말이다. 그렇다고 자신이 해야 할 일을 하려고 악마에게 의지할 수는 없는 법이었다.

"무슨 일 있어요?" 네빌 씨가 이디스의 팔을 잡으며 물었다.

"아, 아무것도 아니에요." 이디스가 말했다. "그냥 요즘 내 주변에 나쁜 짓을 할 여지가 참 없다는 생각을 했어요. 마음만 먹으면 어떤 선택도 가능하다고 믿고 싶지만, 사실 선택이란 없는 것 같아요."

"나랑 갑판 한 바퀴 돌아요." 네빌 씨가 말했다. "떨고 있군요. 카디건이 별로 따뜻하지 않겠어요. 벗어버리는 게 낫겠군요. 당신이 버지니아 울프를 닮았다고 말하는 사람들은 당신한테 몹쓸 짓을 하는 거예요. 당신은 그걸 찬사로 생각하는지 모르지만. 나쁜 짓으로 말하자면, 어느 쪽을 보느냐에 따라 얼마든지 찾아낼 수 있죠."

"나는 못 찾았는데요." 이디스가 말했다.

"그건 당신이 전력투구를 안 해서 그런 거예요. 하지만 당신이 내 말을 기억한다면 모든 걸 바꿀 수 있죠."

"어떻게 그게 가능한지 정말 모르겠어요. 만일 그게 이 카디건을 버려서 되는 일이라면, 집에 가면 또 다른 카디건이 있다는 말을 해야겠네요. 물론 그것도 던져버릴 수 있죠. 하지만 그렇게 너무 급하게 바꾸는 일은 못할 것 같아요. 그저 내겐 매력이 없는 거예요. 왜 그런지는 모르겠지만요."

"아니. 누군가는 그 이유를 알고 있어요." 그가 말했다.

네빌 씨는 그녀의 손을 단호하게 끌어당겨 팔짱을 끼고 앞으로 걸어갔다. "한 바퀴 더 돌아요. 혈색이 돌아오는군요. 공기가 좋아 그런 거요. 살결이 흰 여자들은 가능하면 집 밖으로 자주 나가야 해요. 실내에서 시들어가면 안 돼요. 얼굴이 다 상해버린다고요. 기운을 좀 내봐요, 이디스. 몸이 따뜻해지면 긴장이 풀리고 기분이 좋아질 거요. 그래요, 좋아요. 그렇게 굳은 표정을 할 이유가 없어요. 이건 즐거운 뱃놀이니까."

이디스는 끝없이 펼쳐진 거대한 회색의 호수를 응시했다. 배는 천천히 움직였고 조용했다. 아주 여린 엔진 진동이 귀에 익숙해지자 다른 소리들도 구분이 되었다. 선체 밑으로 파도가 작게 빨려 들어가는 소리, 갈매기처럼 보이는 새가 갑판 위로 낮게 나는 날갯짓 소리, 그녀의 얇은 치마가 바람에 날려 다리에 휘감기며 펄럭이는 소리 등. 바람이 분다는 느낌도, 앞으로 나아가고 있다는 느낌도 없었지만 배를 앞으로 밀어주는 바람은 계속 불고 있었다. 안개의 베일에 가린 저 멀리 어딘가에 희고 어슴푸레한 빛을 물 위로 던지는 창백한 태양이 있을지도 몰랐다. 두 사람은 우시에서 내려 점심을 먹고 오후에 돌아올 생각이었다. 그러나 단순한 기분 전환이라 하기에 이 소풍은 너무나도 진지해 보였다. 텅 빈 호수와 변덕스러운 빛, 꿈같이 천천히 목적지로 향하는 배. 이 모든 것에 상징적인 의미가 있는 듯했다. 화가들은 흔히 배를 영혼의 상징으로 쓴다. 때로는 미지의 땅을 향해 떠나는 영혼을 암시한다. 그러니까 사실은 죽음의 상징인 것이다. 꼭 죽음이 아니더라도 아주 희망적인 무엇을 상징하지는 않는다. 중세의 그림에 등장하는 선장도 없고 방향도 잃은 바보들의 배, 노예선, 난파선, 바다의 폭풍우 등. 꼭 전문가의 솜씨 있는 그림이 아니라 해도, 아무리 강심장인 사람이라 해도 이런 묘사는 내재된 두려움을 일깨우고 신경을 건드리고 균형을 잃게 만들었다. 또 화가들도 그런 의도로 그런 그림을 그렸다. 이디스는 또다시 집도 없이 곤경에 처한 불안감을 느꼈다.

이디스는 네빌 씨의 초대에 응하지 말았어야 했다고 후회하면서도 모니카와 하루를 무의미하게 보낸 뒤라 마음이 끌렸던 거라고 생각했다. 더구나 네빌 씨는 완벽하게 재단된 겉모습 뒤에 강한 의지를 감추고 있는 사람이었다. 그는 애초에 자신이 목적한 바는 꼭 이뤄야 했다. 이디스는 처음에는 시시하고 상황에 어울리지도 않는 이 짧은 소풍이 그다지 끌리지 않아 비딱한 마음이 들었다. 그러다가 그들이 다시 사색의 산책을 하게 되리라는 생각이 들었고, 그렇다면 그가 막무가내식의 주장을 늘어놓는다 해도 응해볼 만하다고 여겼다. 하지만 잘못 생각한 것이었다. 네빌 씨는 막무가내로 이디스를 아무도 타지 않은, 조타수도 없고 난파되면 구조될 가망도 없는 이 끔찍한 배에 태웠다. 배는 떠내려가고 있었다. 점점 짙어지는 안개 속을 정처 없이 떠내려가는 것이 마치 신화 속 상황 같았다. 반면 호숫가에 있는 사람들은 늘 정박해 있는 평소의 상황에서 벗어난 이 유령선과는 무관한 현실의 삶을 계속 살아가는 듯했다. 이런 기분 탓에 이디스는 네빌 씨의 팔에 꽉 매달렸다. 그 역시 신화에 나오는 별스러운 인물처럼 보이긴 했어도 지금으로서는 가장 확실한 실체였다.

친절하게도 네빌 씨가 침묵을 지켜준 덕분인지 이디스의 팽팽했던 신경은 구슬픈 적막감에 서서히 순응해가는 듯했다. 우시의 선착장이 눈앞에 나타나자 그제야 이디스는 깊은숨을 몰아쉬며 꽉 붙들고 있던 그의 흠잡을 데 없는 녹색 재킷 소매를 놓을 수 있었다.

"저깁니다." 배에서 내려 수국 화분으로 둘러싸인 호숫가의 식당으로 향하며 그가 말했다. "그렇게 나쁘진 않죠, 안 그래요?"

"웨이터와 포도주와 백만장자들에 둘러싸여 있으니 정말 기분이 좋네요." 이디스가 실토했다. "저 사람들을 백만장자로 생각한다면 말이에요."

"그렇게 생각해주면 분명 저 사람들도 좋아할 거예요. 만일 가진 돈만큼 말할 수 있는 거라면, 저 사람들 확실히 자기들 돈만큼 떠들고 있군요."

네빌 씨는 줄무늬 차양 그늘이 있는 테이블에 이디스를 앉히고 정중한 웨이터가 재빨리 앞에 놓은 메뉴판을 집어들며 말했다. "나라면 오리고기를 시키겠어요."

이디스는 그의 말을 못 들은 척했다. "배에 있을 때는 어떻게 해야 좋을지 몰랐던 것 같아요. 다시는 돌아가지 못할 것 같았어요."

"돌아가야 할 곳이 그렇게 대단한가요?" 네빌 씨가 물었다. "아니, 미안해요. 너무 무례했나보군요. 용서하세요. 당신은 꼭 매혹적이진 않지만 어떻게 하면 남자가 거북하게 느끼는지는 확실히 아는 것 같아요, 이디스."

이디스는 새치름하게 웃었다. "그걸 칭찬으로 받아들일까요?" 그녀가 물었다.

네빌 씨는 그 말을 차가운 표정으로 갚아주었다. "그런 말은 못난 여자들이나 하는 거예요. 당신은 지금 불안해하고 있어요. 그냥 그대로 있어요. 천진난만한 소녀처럼 보조개를 만들며 웃거나 고개를 치켜들 필요가 없지요. '칭찬으로 받아들일까요'라니, 정말. 난 당신이 테이블에 비스듬히 기대 턱을 괴고 '무슨 생각 하세요?'라고 묻는 그런 여자는 되지 않길 바란다고요."

"알았어요, 알았어요." 갑자기 쾌활해진 이디스가 말했다. "나는 여기 시험을 치러 온 게 아니에요. 즐기러 온 거지요."

"두 가지가 같이 엮여 있다는 걸 알게 될 겁니다." 그는 모호한 미소를 입가에 담고 말했다. 그는 훌륭한 식사를 주문했고, 요리가 앞에 놓였을 때 이디스의 표정이 밝아지고 혈색이 돌아온 것을 보고 즐거워했다. 네빌 씨는 능숙하게 계산된 몇 번의 칼질로 재빨리 식사를 끝낸 다음 의자에 기대 담배에 불을 붙였다. 아주 약한 빛의 해가 나타났다. 이디스는 가만히 앉아 있다가 얼굴을 들었다. 이제는 한가한 표정으로 서두르는 기미는 사라졌다.

"돌아간다는 이야기를 했는데," 네빌 씨가 말했다. "무슨 생각을 하는 거죠? 호텔로 돌아가는 걸 말하는 게 아니라. 그거야 불가피한 거고. 내 말은 일상으로 돌아가는 얘기예요. 이렇게 묻는 이유는 내가 주말에 떠나기 때문이고요."

이디스의 미소가 사라졌다. 집으로 간다는 생각, 아니 집으로 돌아가는 것은 언젠가는 틀림없이 닥칠 일이지만 결정적으로 행동으로 옮겨야 한다고 생각하니 내키지가 않았다. 이 이상한 삶의 막간이 불편하긴 했어도 다음에 무엇을 해야 할지 생각할 필요에서 그녀를 해방시켜주긴 했다. 그리고 이 순간 바닥에 돌이 깔린 기분 좋은 야외식당에서, 정말 유별난 성격이지만 통찰력 있는 한 남자와 함께 있다는 사실이 깊이 고민해봐야 할 일들을 잠시 잊게 해주었다.

네빌 씨는 의자를 뒤로 기울이고 그녀의 얼굴을 응시했다. "봅시다." 그가 부드럽게 말했다. "당신 생활이 어떤지 한번 그려봅시다. 당신은 런던에 살고 있어요. 편안한 생활을 할 만큼의 수입이 있고요. 간단한 술 파티나 저녁 파티, 출판인 파티 등에 가기도 하죠. 하지만 어느 파티도 그렇게 즐기지는 않아요. 사람들은 당신을 보면 기뻐해주긴 하지만 진정으로 의지가 되는 동반자는 없어요. 당신은 집에 혼자 돌아와요. 집을 가지고 호들갑을 떨 것이고. 애인이 있긴 했지만 친구들에 비하면 반수도 안 되죠. 물론 친구들은 당신이 애인이 없다고 철석같이 믿고 과장되게 당신 걱정을 해요. 당신도 이 사실을 잘 알아요. 하지만 당신에겐 내밀한 삶이 있어요, 이디스. 분명 그다지 퇴폐적인 건 아닐 거요. 당신은 겉보기와는 다른 사람이죠."

이디스는 가만히 앉아 있었다.

네빌 씨는 조심스럽게 담뱃재를 재떨이에 떨었다.

"물론 당신은 내가 상관할 일이 아니라고 할 겁니다. 나도 그냥 내 관심사가 아니라고 말할 수 있죠. 내가 기분 전환을 위해 하는 일이 당신의 관심사일 필요가 없는 것처럼 말이죠. 우리가 어떤 결합에 이르게 되건 이런 배려는 세심하게 간섭하지 않고 둬야 할 겁니다."

"결합?" 이디스가 그 말을 그대로 되풀이했다.

네빌 씨는 몸을 내밀며 식탁 위에 손을 올려놓았다. 그는 갑자기 어딘지 보통 때보다 젊어 보이고 자기 통제가 안 되는 듯했다. 부유한 오십 대 남자로 꽤 까다롭고 주도면밀하고, 여가 시간이 많고 냉혹함이 매력이 되는 그런 남자를 그려보는 일은 어렵지 않았다. 그는 자신의 삶의 방식을 지키는 일에 크게 가치를 두고, 드라이포인트 동판화* 수집이나 족보 연구 등의 취미로 욕망을 누그러뜨릴 것이다. 틀림없이 훌륭한 서재를 가지고 있을 것이고, 그 서재가 아닌 다른 방에 있는 모습은 상상이 되지 않는 사람.

"당신은 나와 결혼해야 해요, 이디스." 그가 말했다.

이디스는 믿을 수 없다는 듯 눈이 휘둥그레져 그를 뚫어지게 바라보았다.

"설명을 하지요." 네빌 씨는 자세를 똑바로 하고 재빨리 말했다.

---

* 강철 바늘로 동판에 직접 새겨 만드는 동판화의 한 종류.

"나는 낭만적인 젊은이가 아닙니다. 극도로 분별력 있는 사람이지요. 땅도 좀 가지고 있고, 섭정기 고딕 양식의 진수를 보여주는 아주 멋진 집도 가지고 있어요. 그리고 유명한 파미유 로즈 자기*도 소장하고 있고요. 난 당신도 아름다운 걸 좋아하는 사람이라고 확신해요."

"틀렸어요." 차가운 목소리로 이디스가 말했다. "나는 물건에는 관심이 없어요."

"해외에서 하는 사업이 꽤 커요." 그는 이디스의 말을 무시하고 계속했다. "그리고 접대를 좋아하죠. 집에서 떠나 있는 시간도 많고. 하지만 내가 없는 동안 기거하는 집사 부부만 있는 집으로 돌아가는 게 싫어요. 당신은 그 환경에 딱 들어맞는 사람이고요."

두 사람 사이에 지독한 침묵이 흘렀다. 이디스는 재떨이 밑에서 눈에 띄지 않게 펄럭이는 계산서에 주의를 집중했다. 이디스가 입을 열었고 목소리가 흔들렸다.

"마치 업무 내용을 설명하듯 말씀하시네요." 그녀가 말했다. "하지만 난 구직 신청서를 낸 적이 없어요."

"이디스, 다른 일을 뭐 할 게 있겠어요? 다시 빈 집으로 돌아갈 건가요?"

그녀는 말없이 고개를 끄덕였다.

"이것 봐요." 그가 말을 계속했다. "또다시 추문을 감당할 순 없어요. 아내가 벌인 모험이 날 웃음거리로 만들었죠. 품위를 지키면서 끝까지 버틸 거라고 생각했지만 품위는 도움이 안 됐어요. 오히려 그 반

---

* 붉은색이 도는 중국의 연채(軟彩) 자기.

대였죠. 사람들은 내가 망가지길 원하는 것 같았어요. 여하튼 그건 다 지난 일이고. 난 아내가 필요해요. 그것도 내가 믿을 수 있는 아내가. 정말 쉬운 일이 아니었죠.”

“나한테도 쉬운 일이 아닌 걸요.” 그녀가 말했다.

“당신한테는 좀 더 쉽게 해주려고 해요. 다른 여자들과 이야기를 나누려 애쓰는 모습을 쭉 지켜봤어요. 당신은 외로운 사람이에요. 내가 당신한테 강조했던 그 자기애 없이는 결코 살아가는 데 필요한 법칙을 배우지 못할 사람이죠. 배운다 하더라도 너무 늦게 배워서 비참해질 거요. 당신은 스스로 혼자라고 생각할 때면 아주 슬픈 표정을 짓더군요. 당신은 유배나 다름없는 삶을 마주하고 있어요.”

“그런데 왜 날 그렇게 희망 없는 사람이라고 생각하죠?”

“이디스, 당신은 숙녀예요. 알겠지만 요즘은 숙녀가 구식이 되고 말았어요. 내 아내로는 당신이 아주 적격이죠. 결혼을 안 하면 당신은 머지않아 멍청한 여자처럼 보일 거요.”

이디스는 구슬픈 심정으로 그를 바라보았다. “당신이 집에 없을 때, 난 당신의 그 좋은 집에서 무얼 해야 하죠?” 그녀가 물었다. 그리고 당신이 집에 있을 때는 뭘 하죠?라고도 묻고 싶었지만 그 생각은 혼자의 것으로 묻어두었다.

“지금 하고 있는 걸 하면 돼요, 훨씬 더 나을 거요. 원하면 글을 쓸 수도 있고. 생각했던 것보다 더 좋은 작품을 쓰게 될 거요. 이디스 네빌은 작가에게 썩 멋진 이름이지 않나요. 당신한테 필요한 사회적 지위를 갖게 되는 겁니다. 자기 확신과 세련됨도 생길 거고요. 그리고 당신이 나의 명예가 되니 만족감도 있을 거고 말이죠. 당신은 남자들이 두려워하는 그런 여자가 아니에요. 자기가 마치 끝없는 추문과 욕망의 대상인 듯 행동하는 히스테리 환자들 말입니다. 정복한 남자들과 그 성과를 자랑하고, 남편과는 최소한의 거래만 유지하는 한 애인들을 즐겁게 해줄 수 있다고 생각하는 그런 여자 말이죠."

"여자들도 그런 여자는 두려워해요." 이디스가 중얼거렸다.

"아니요, 대부분의 여자가 그런 여자들이지요." 그가 말했다.

이디스는 그를 올려다보았다. "그렇지만 남자들은 그런 여자들을 더 좋아할걸요. 당신이 나한테 처방해준 결혼생활의 평화 같은 건 경멸할 거예요."

"어떤 면에서는 그래요. 남자들은 그런 여자들을 좋아하죠." 그가 대답했다. "남자들은 여자가 까다롭게 굴지 않거나 환상적이지 않으면 무언가 부족하다고 느끼는 법이에요. 남자들은 그런 애정에서 오는 위험을 즐기지요. 남자들은 여자를 차지하려고 다른 남자와 싸우는 걸 좋아해요. 다른 남자를 때려눕히는 것. 사실 어쩌면 그것 때문이기도 하죠. 그 다른 남자가 또다시 일어나 전투를 개시할 때에야 그런 동반자 관계가 얼마나 취약하고 지치는 노릇인지 깨닫게 되지만 말이에요. 혼자서는 아무것도 되는 일이 없는 거죠."

"당신이 아니면 아무도 나를 원치 않을 거라고 생각하면서 지금 또 나한테 대단한 찬사를 보내는군요."

"바람을 피우는 것과 정절의 차이를 잘 알 거라고 짐작하고 당신을 추켜세우는 겁니다. 남자의 명예를 실추시키거나 남의 입에 오를 만한 무분별한 짓은 절대로 안 할 거라 믿기에 칭찬을 하는 거죠. 나를 수치스럽게, 또 조롱거리로 만들지 않고 내 감정을 다치게 하지 않을 거라 믿고 칭찬을 하는 겁니다. 그런 식으로 상처 받았다는 사실을 인정하는 게 남자로서 얼마나 힘든 일인지 알기나 해요? 난 그런 일은 절대 다시는 감당할 수 없어요."

"그렇지만 지난번에는 이기심에 대해 설교했잖아요. 자기중심적이라는 말을 썼어요. 어떻게 자기중심을 공유할 수 있지요?"

"생각보다 훨씬 쉬워요. 사랑 때문에 전부 포기하라는 말이 아닙니다. 자신한테 진정한 이익이 뭔지 깨달으라고 한 거죠. 난 이미 당신이 마음속으로 생각하고 있는 걸 말로 표현했을 뿐이에요. 즉 겸손이나 미덕이 빈약한 패라는 거지요. 지금 난 가장 진보적인 동반자 관계를 제안하는 거요. 존중에 기반을 둔 동반자 관계 말이지요. 이것도 시대에 뒤떨어지긴 했지만. 당신이 애인을 두고 싶다면 그건 순전히 당신의 관심사니 알아서 하면 되고, 단지 아주 교양 있게만 행동하면 돼요."

"그럼 당신도……"

"물론 나한테도 똑같이 적용되죠. 이젠 그런 건 별일 아니게 되어버렸으니까요. 소문이 당신 귀에 들어가진 않을 테니 신경 쓸 필요는 없어요. 두 사람의 결합은 상호 관심사에 맞는 진정한 대화의 결합이 되겠죠. 동반자 관계. 이제 나한테는 이런 게 중요해요. 그리고 당신한테도 그래야 하고요. 생각해봐요, 이디스. 당신은 잘 처신하고 살아온 지금까지의 삶을 제대로 입증해보이고 싶지 않나요? 무례한 사람들을 예의로 대하는 일이 싫증나지 않나요?"

이디스는 고개를 숙였다.

"물론 친구들을 즐겁게 해줄 수도 있어요. 그리고 친구들이 당신을 달리 대한다는 걸 알게 될 거요. 바로 여기서 아까 내가 말했던 바로 다시 돌아오게 되죠. 당신은 아무렇게나 행동해도 된다는 걸 깨달을 거요. 세상 사람들이 하는 식대로 그렇게요. 이게 다 세상살이의 이치니까요. 그리고 그 때문에 존경을 받겠죠. 그제야 모두들 당신과 있는 게 편해질 테니까요. 당신은 지금 외로워요, 이디스."

긴 침묵 끝에 이디스는 그를 올려다보고 말했다. "날이 추워졌어요. 돌아갈까요?"

유람선에는 머리가 난간에 겨우 닿을 정도로 아주 어린 학생들이 한 무리 타고 있었다. 아이들은 과한 행동을 하지도, 시끄럽게 굴지도 않았다. 일단 배가 호안을 벗어나자 무슨 교육을 받는지 교사가 유리로 막힌 관람석으로 아이들을 불러모았다. 아이들은 제비 떼처럼 고분고분하게 물러갔고, 갑판에는 이디스와 네빌 씨 단 두 사람만이 남았다.

이제 날씨는 더 차가워졌고 오후의 해가 서서히 사그라지고 있었다. 겨울을 알리는 차가운 바람의 전령인 듯 약한 바람이 불고 있었다. 이디스는 꽉 닫힌 문, 꺼진 난롯불, 내려앉은 먼지, 뜯지도 않은 매트 위의 편지들, 먼지 낀 창문, 탁한 공기, 커튼에 달라붙은 오래된 음식 냄새 가득한 아무렇게나 내팽개쳐진 자신의 집이 눈앞에 있는 것만 같았다. 그리고 사람들은 나를 잊고 더는 전화를 걸지 않겠지. 아무런 응답도 없는 전화에 발랄한 젊은 비서들은 참지 못하고 출판인들의 파티 초대 명단에서 내 이름을 지워버리겠지. 친절한 해럴드도 머리를 흔들며 나를 지워버리겠지. 데이비드는 어떻게 하고 있을까? 내가 돌아가면 과연 기쁘게 맞아줄까? 아니, 그의 진심을 알기까지 과연 견딜 수 있을까? 만일 그가 거기 없다면? 어디서 그를 다시 찾을 수 있을까? 이디스가 없는 동안 무슨 일이라도 생길 수 있었다. 휴가를 갔을 수도, 병에 걸렸을 수도, 죽었을 수도 있었다. 아니면 있는 그대로의 상황에서 아주 행복하게 지낼 수도 있었다. 바람이 머리카락을 헝클어뜨리자 이디스는 괴로운 몸짓으로 머리핀을 빼냈다. 머리카락이 얼굴 위로 흩어졌다. 그게 사실일까? 그녀는 생각했다. 나는 그의 관심을 잡아두지 못하는 그저 얌전하고 충실한 여자일까? 그저 다른 여자와 다르고 신중한 여자라 소동을 피우지 않을 거라 믿고, 까다롭고 환상적이고 도발적인 자기 아내에게서 벗어나 휴식을 취할 때 만나는 그런 여자인 걸까? 그냥 잠시 마음을 움직인 막간의 여흥일 뿐일까? 아니면 나를 경험 많은 여자라고 생각한 걸까? 내가 자기와 똑같은 이기심으로 똑같은 짓을 하고 있다고 생각한 걸까?

"이디스." 네빌 씨가 말했다. "제발 울지 마요. 난 우는 여자를 보면 참을 수가 없어요. 그런 여자는 한 대 때리고 싶어진다고요. 제발, 이디스. 여기 손수건 받아요. 이디스, 눈물을 닦아줄게요. 당신 눈은 은빛에 가깝군요. 알고 있었어요? 이리 와봐요."

처음으로 이디스는 그에게 기대어 지칠 때까지 울었다. 눈을 감고 그의 어깨에 기댔고, 그는 팔로 그녀를 잡아주었다.

"당신은 너무 말랐어요. 반으로 부러질까 겁이 나요. 하지만 이 문제는 나중에 걱정할 시간이 있겠죠." 그가 말했다.

이디스는 매무새를 가다듬고 갑판 난간을 잡고 섰다. 벌써 어둠이 깔리고 있었다. 어둠이라기보다는 늦은 저녁의 황혼이 슬그머니 밤으로 깊어지는 모습이었다. 반대편 호숫가에서 불빛이 보였다. 불빛이

반겨주는 듯했다. 호텔 뒤락의 불빛이.

두 사람은 말없이 난간에 기대 있었다. 선착장이 눈에 들어오자 네빌 씨는 이디스 쪽으로 돌아섰다. 그러나 이디스는 손을 들어 아무 말 말라는 뜻을 전했다. 이런 어른 세계의 독기에 닿지 않아야 할 아이들이 선생님을 따라 다시 갑판으로 나오고 있었다. 아이들이 무리 지어 나가자 갑판 나무판자에 가벼운 발소리가 울렸고, 이디스와 네빌 씨는 호숫가를 마주하고 다시 말없이 난간에 서 있었다.

"그래요." 긴 침묵 끝에 이디스가 말했다. "나는 섭정기 고딕 건축 양식의 진수인 당신 집에서 파미유 로즈 자기와 함께 살게 되겠군요. 마치 마술 지팡이를 흔든 것처럼 현재의 생활에서 휙 날아가 그쪽으로 가겠네요. 세련되고, 편안하고, 세속적이고, 그리고 신중해지는 거군요. 결코 다시는 감정이 다치는 일이 없도록 부부 사이의 평온을 유지해야 하고요."

"마찬가지로 당신의 것도." 그가 말했다. "당신의 감정도 다치지 말아야죠."

"난 당신을 사랑하지 않아요. 그게 신경 쓰이진 않나요?"

"아니요. 도리어 안심이죠. 난 당신의 감정이 짐이 되는 건 원치 않아요. 낭만적인 기대 없이도 이 모든 일은 가능해요."

이디스는 그를 향해 돌아섰다. 머리카락이 마구 휘날렸고 눈빛은 어두웠고 입매는 쓸쓸해 보였다.

"그리고 당신도 나를 사랑하지 않고요?"

네빌 씨가 미소를 지었다. 이번에는 모호함이 전혀 없는 슬픈 미소였다.

"그래요. 난 당신을 사랑하지 않아요. 하지만 당신은 내 보호 아래 있죠. 당신이 더는 흔들리지 않으리라 생각했던 내 마음을 건드려 바꿔놓았어요. 당신은 내가 죽여버린 신경 같아요. 그리고 지금 난 그게 다시 살아난 걸 알고 화가 나 있어요. 가능한 한 다시 죽여버리도록 노력할 거고요. 어찌 됐건 중심을 잃는 일은 하지 않을 거요. 이디스, 내려야겠군요. 손을 잡아요."

두 사람은 손을 잡고 선착장의 눅눅한 나무판자를 지나 자갈길로 말없이 걸어갔다. 이제 다시 땅거미와 안개가 내려앉아 가로등은 희미했고 일상의 소음도 덮였다. 대단치 않은 저녁 시간대의 교통 혼잡도 거의 끝났고 뒤편 인적 없는 호수에서는 한기가 퍼져 나왔다.

"생각해볼게요." 마침내 이디스가 말했다.

"너무 오래 끌진 마요. 청혼을 습관적으로 할 생각은 없으니까. 주말에 떠나려면 당신도 대비를 해야 할 거요."

그를 올려다본 이디스는 전에 없던 그의 익살스러운 말투에 깜짝 놀랐다. 이디스는 그가 이미 자신에게 필요한 자부심을 회복하고 있음을 알았고, 그것이 금방 가능하다는 사실에 용기를 얻었다.

"하나만 더 물어봐도 될까요?" 그녀가 말했다.

"물론이죠."

"그런데 왜 나였나요?"

네빌 씨의 미소가 다시 애매해졌다. 비꼬는 것도 같고 정중하기도 했다.

"아마도 당신이 다른 여자보다 붙잡기 힘든 사람이라 그랬을 거요."

12

이디스는 목욕을 하고 옷을 갈아입고 머리를 다시 한번 단단히 매만지고는 방에 앉아 저녁 식사에 내려갈 시간을 기다리고 있었다.

그리고 그때 이디스는 자신이 이 방과 인연을 끝냈다는 생각이 들었다. 아니 어쩌면 이 방이 자신과 인연을 끝낸 것일 수도 있었다. 어느 쪽이든 자연스러운 결말에 이른 듯했다. 원래 작별이란 회한을 느낄 수밖에 없는 것이라, 오롯이 혼자 지냈던 이 방 역시 마음속에 떠오를 때면 따스한 기억을 일깨워줄 터였다. 이디스는 이 방의 조용하고 퇴색한 품위가 두려움이나 허세, 아니면 그저 냉랭한 상식 앞에 박살나기 직전인 자신의 마지막 한 조각 품위를 상징하는지도 모른다고 생각했다.

노인이 몸을 떨듯 그녀를 흔들며 괴롭히는 것이 바로 그 상식의 냉정함이었다. 이디스는 불쑥 일어나 창가로 갔다. 커튼을 한쪽으로 당겨보았지만 칠흑 같은 어둠뿐 아무것도 보이지 않았고, 자동차 바퀴가 휙 굴러가는 소리만 가끔씩 들렸다. 날씨가 바뀌어 안개는 구슬픈 이슬비로 녹아내리고 있었다. 이곳 기후의 특징인 끈질기게 달라붙은 습기가 마침내 이슬비라는 자연스러운 표출 방법을 찾은 모양이었다. 이디스는 발코니의 녹색 철제 테이블에 앉아 글을 쓰려던 생각을 접을 수밖에 없었다. 어떤 일에도 그만둔 적이 없었던 글쓰기를 어쩌면 이 여행의 시작에서부터 포기하게 될 운명이었는지도 몰랐다. 그렇지만 늘 의지력 하나로 글을 쓸 수 있는 상태로 돌아가곤 했는데, 이디스는 생각했다. 그런데 왜 이제는 그 처방이 말을 듣지 않을까? 이제는 이 모든 과정이 하느님의 은총을 얻으려는 고행자의 고복(苦服)처럼 되어버린 걸까? 이제 또 다른 노력을 해야 한다는 데 넌더리가 난 걸까? 이제 더 이상 유다른 고생 없이는 편안함을 못 느끼는 걸까? 이디스는 작별인사로 꼼꼼히 쓴 원고에 손길을 주고는 서류철에 넣어 여행가방의 맨 밑바닥에 두었다.

이디스는 이런 자신의 행동에 깜짝 놀랐다. 의식적으로 어떤 결정을 내린 것도 아닌데 마치 계획을 마무리 지은 듯 행동하고 있었다. 하지만 그 계획을 최종적으로 받아들였다는 사실은 여기서 더는 입지 않을 듯한 옷들을 개켜 짐을 싼 것으로 충분히 입증되었다. 일단 일을 시작하자 추진력을 얻은 이디스는 구두와 책, 향수병까지 미리 한쪽으로 꾸려놓았다. 이제 호텔 뒤락에서의 생활의 흔적은 잠옷과 머리솔과 지금 입은 옷뿐이었다. 더 할 일이 없어진 이 방은 또다시 아무나의 방이 되어 새로운 계절이 시작되면 찾아올 다음 손님을 받을 준비를 할 것이다. 이디스는 등 뒤로 문을 닫고 살롱을 향해 계단을 내려갔다.

　살롱 역시 아무런 활기가 없어 모두가 호텔을 떠날 것임을 암시하고 있었다. 피아니스트도 이제 계약이 끝나 재능 없는 여학생들에게 개인교습을 해주는 동절기의 직업으로 돌아갈 참이었다. 위베르 씨도 해마다 그랬듯이 약간은 실망한 표정으로 호텔 경영자의 가장 절실한 바람인 이상적이고 화려한 사교의 장을 만드는 데 실패했다는 생각으로 텅 빈 살롱을 유감스럽게 바라보고 있었다. 그리고 관절염의 통증을 느끼며 겨울과 유배생활이 다가오고 있음을 알아차렸다. 일단 호텔 뒤락이 문을 닫으면 위베르 씨는 딸과 사위가 운영하는 스페인의 빌라로 가서 단조로운 햇살 아래 감독할 거리가 없는 맥 풀린 생활을 할 터였다. 하지만 위베르 씨는 손님 노릇에는 소질이 없었다. 호텔은 한 주 뒤면 문을 닫았다. 보뇌이유 부인은 아들이 와서 극기로 견뎌야 하는 겨울 숙소인 로잔의 종교시설에 있는 펜션으로 모셔갈 것이었다. 개를 데리고 있는 여자는 집으로 돌아가게 되었다. 그녀의 잘생긴 얼굴에 드러난 홍조와 홍분을 보면 예측할 수 있었다. 위베르 씨가 가장 애정을 가진 퓨지 부인과 그 딸은 운전기사가 딸린 차로 제네바까지 간 다음 비행기를 타면서는 수하물 초과로 엄청난 돈을 내야 할 것이었다. 어쨌든 위베르 씨는 두 모녀가 자신의 보호 아래 있다가 안전한 런던의 아파트로 직행한다는 사실에 안심이 되었다. 매력적인 여자야, 매력적이야. 딸은 뛰어난 데가 없지. 머지않아 카드를 주고받아야지, 계속 연락을 해야 하는 고객이니까. 모녀에게 아무 일도 없다면 내년에도 틀림없이 다시 만나겠지. 나머지 두 고객은 위베르 씨의 관심을 끌지 못했다. 그 두 사람은 너무 최근에 왔고 또 다시 올 사람들도 아니었다.

늘 예의 바르게 행동해야 하는 엄격한 규제에서 풀려난 종업원들은 큰 소리로 거리낌 없이 이야기를 나누고 있었다. 사촌 사이로 밝혀진 알랭과 마리본은 프리부르로 돌아가 마리본의 아버지가 운영하는 식당에서 겨울을 지낼 참이었다. 지배인인 위베르 씨의 사위는 늘 그랬듯이 절대 그런 일이 일어나지 않으리라는 사실을 알면서도 장인에게 아주 은퇴하는 게 어떻겠냐는 설득을 해보리라 성과 없는 계획을 세웠다.

이디스는 잠시 동안 살롱에 홀로 앉아 이곳에서의 첫날 저녁을 돌이켜보았다. 이 과정이 완전히 편안하게 느껴지기까지 너무도 많은 일이 있었다. 되돌아보니 그때는 더 과감하고 더 젊었고, 이 유배의 시간을 끝까지 잘 견뎌 변함없는 모습으로 돌아갈 작정이었다. 그때는 그 사건을 그냥 농담처럼 혹은 그런 쪽으로 보기로 결심했었던 모양이다. 하지만 이곳에서 지내며 이디스는 난생처음 성인으로서 진지함을 습득하게 되었고, 이후의 모든 결정은 자신이 그렇게 할 수 있으리라고는 한 번도 생각해보지 못한 신중한 무게를 가지게 되었다. 그녀는 이제 무엇보다도 투자라든지 지붕 수리, 주말의 손님 등, 다른 사람들에게 속한 것이라 자신에게는 당연히 주장할 권리가 없다고 본능적으로 생각했던 세계로 들어서려 하고 있었다. 당신 차를 가져갈까, 아니면 내 차를 가져갈까? 데이비드가 그의 아내에게 했던 우연히 듣게 된 이 말이 그때는 거의 토템처럼 다가왔었다. 이디스는 이 말의 배후에서 그들이 자라온 성장 배경이 어떠했는지 어렴풋이 짐작

할 수 있었다. 어려서부터 겁 없이 특권을 가지고 제멋대로 어른들의
즐거움에 일찍이 눈을 뜬 두 사람은 어떤 일이건 심각하거나 울적한
일에는 비슷하게 참을성이 없었고, 성급하고 매력적이고 열광적인 데
다 부주의했다. 이런 부류의 사람들은 깊이와는 거리가 멀었다. 하지
만 이디스는 청춘 시절을 침묵하며 조심스럽게 보냈고, 실망을 앞지
르기 위해 권리를 주장하지 않는 법을 배웠고, 깊이에 익숙해져 있었
다. 그녀는 이제 그 깊이를 영원히 떠나기에 앞서 이 엄숙한 순간 깊
은 생각에 빠져 있었다.

눈을 들었을 때 이디스는 멀리 떨어진 기둥 옆의 어두운 그림자가
보뇌이유 부인임을 깨달았다. 아마도 내내 그곳에 있었던 모양이었
다. 지팡이에 양손을 포개 얹었고, 먼지 낀 검은 드레스의 어깨 위로
똑같이 먼지 낀 베일에 붙어 있던 마지막 스팽글이 떨어져 있었다. 부
인 역시 곧 닥칠 이동을 생각하는 듯했다. 하지만 이디스는 부인이 부
러워할 만한 소일거리가 있는 세상으로 이동하는 게 아니라는 사실이
마음 아팠다. 이디스는 음식도 시원찮고 시중도 신통치 않은 격이 떨
어지는 로잔의 작고 어두운 방을 그려보았다. 온종일 뭘 하며 지내실
까? 로잔의 울퉁불퉁한 지형은 지팡이를 짚더라도 다니기에 아주 힘
들 터였다. 그리고 겨울은 아주, 아주 길 것이었다. 웨이터들이 살롱
의 문가에 나타나자 이디스는 일어나 보뇌이유 부인에게로 가서 팔을
내밀었다. 반가우면서도 당혹스러워하는 미소가 부인의 미심쩍은 듯
한 얼굴에 스쳤고, 바로 그때 집으로 돌아간다는 기대에 원기를 회복
했는지 불꽃 같은 빛깔의 드레스를 입은 아름답고 변덕스러운 모니카
가 바에서 걸어나와 소리를 질렀다. "기다려줘요!" 보뇌이유 부인은

알랭에게 지팡이를 건네고 이디스와 모니카에게 안전하게 부축을 받으며 머리를 높이 쳐들고 세상 물정에 밝은 표정으로 주위의 어느 누구보다 빼어난 품위 있는 태도로 식당으로 들어갔다. 위베르 씨가 급히 그녀를 맞으러 나오자 (모니카는 "역시 때맞춰서"라고 경멸하듯 말했다) 보뇌이유 부인은 아주 미미한 고갯짓으로 그를 알은척하기 전에 두 젊은 여자의 손을 다정하게 지그시 눌렀다. 시중이 들고 싶어 안달이 난 웨이터가 편안하게 앉도록 의자를 밀어주었고, 보뇌이유 부인은 차분하게 메뉴로 관심을 돌렸다. 하지만 식사 시간 내내 고개를 들고 있었고 간혹 미소를 띠기도 했다.

식사가 반쯤 진행되었을 무렵 퓨지 부인이 고운 라일락색 모직 옷을 입고 입장했다. 그 모습에 이디스는 또 한 번 놀랐다. 풍만한 자태, 반짝이는 금발, 자욱한 향수 냄새에 제니퍼의 존재는 빛을 잃었다. 제니퍼 역시 잘 차려입긴 했지만 어딘지 세련되지 않았고 고상하지도, 멋을 의식하지도 못했고 반복되는 이 익살스러운 일에 어머니만큼 열렬히 집착하는 것 같지도 않았다. 예상대로 위베르 씨가 자리에서 일어나 퓨지 부인을 반기며 테이블로 안내하는 모습을 보면서, 이디스는 항상 그랬듯이 자신의 관심은 수수께끼 같은 제니퍼에게 끌리고 있음을 알았다. 제니퍼는 저녁의 한기에도 아랑곳없이 묘하게 얌전하지 못한 옷차림을 하고 있었다. 그녀는 목이 깊이 파인 착 달라붙는 파란색 실크 스웨터에 헐렁한 흰색 반바지를 입은 모습이었다. 겉모습은 이제 곧 누군가의 차를 타고 멋진 디스코텍으로 가려는 덩치 큰 부잣집 십대 같았지만, 그녀의 관심은 여느 때처럼 사교의 자극제 구실밖에 못하는 대화를 나누는 중인 어머니에게로 지칠 줄 모르고 쏠려 있었다. 이디스는 냅킨을 펼치고 포도주를 따르고 빵을 자르고 섬세하게 음미하느라 여러 번 눈을 떴다 감았다 하며 수프를 맛보는 그녀의 모습을 계속해서 지켜보았다. 그 모녀는 이곳에 자신들 외에도 다른 사람들이 있다는 사실을 모르고 있거나, 아니면 이 식사가 그 누구도 따라잡을 수 없는 자신들의 식욕을 충족시키기 위해서만 준비된 것이라고 생각하는 모양이었다.

살롱에서 커피를 들면서 이디스는 퓨지 부인이 자신을 소원하게 대한다는 사실을 알아차렸다. 아마도 저녁 시간 조금 전에 네빌 씨와 함께 호텔로 돌아온 것을 알고 아무 말도 않기로 작정한 듯했다. 어쨌든 이디스는 늘 그랬듯이 자신의 관심사만 아는 퓨지 부인의 계획을 들어줄 수밖에 없었다. 퓨지 부인은 상호성이라곤 모르는 사람이었다. 퓨지 부인이 그토록 원하는 사교계에서의 군림은 한때는 자신의 아름다움과 자신을 경배하는 남편이 말없이 존재했다는 사실로 확보되었지만 이제는 좀 더 억지스러운 수단들로 강요되고 있었다. 짐을 쌀 노역은 생각만 해도 머리가 아프다는 둥 가정부에게 히스로 공항으로 차를 가지고 나오라고 해야겠다는 둥 모녀가 침실에서 간단히 요기할 수 있도록 가벼운 밤참을 준비시켜야겠다는 등의 이야기를 매력적으로 읊조리는 모습이 꼭 억지스러운 것만은 아니라고 해도 말이다.

"여행 뒤에는 녹초가 돼요." 퓨지 부인이 실토했다.

"그렇지만 지금까지 많이 다니셨잖아요." 이디스가 대답했다.

"그래요, 그렇죠. 다 남편 덕분이에요. 남편은 나 없이는 아무 데도 안 가려고 했어요. 나를 떠나 있는 건 참을 수가 없다고 했지요. 딱한 양반."

그녀는 추억에 잠겨 웃었다. "그리고 있잖아요, 그게 습관이 돼요. 물론 제니퍼가 없었다면 다니지도 못했을 거예요. 딸아이는 아직 이 늙은 어미를 잘 참아주고 있답니다. 안 그러니, 얘야?"

또다시 두 사람은 다정하게 손을 맞잡고 입을 맞추고 밝은 미소를 주고받았다. 그러나 이디스에게는 제니퍼가 생각에 잠긴 것처럼 보였다. 그녀의 무심한 표정에 평상시의 선의는 담겨 있지 않았다. 그러나 서로 애정을 주고받고 나자 그 표정은 사라져버렸다. 아마 내 착각이겠지, 이디스는 생각했다. 오늘 저녁의 나는 좀 병적이야.

"언제 떠나세요?" 이디스가 물었다.

"아, 다음 주말까지 있으려고 해요. 여기서 우릴 참아주면 말이에요." 또다시 짧은 웃음이 이어졌다.

"저는……" 그녀가 말을 시작했지만 퓨지 부인의 외침으로 중단되고 말았다. "아이고, 필립이 오네! 어디 갔었어요? 못된 양반. 제니퍼는 당신이 우릴 버린 걸로 생각했어요. 얘야, 필립한테 새로 뽑은 커피를 가져다주렴. 왜 이렇게 늦었어요?"

"전화할 데가 있어서요." 그는 기꺼이 응하는 표정으로 퓨지 부인의 요구에 따르며 말했다. "전화가 계속 통화 중이었거든요."

"사업상의 전화였군요." 퓨지 부인이 이해한다는 듯 머리를 한쪽으로 끄덕이며 말했다. "나도 안답니다. 남편도 어디에 있건 항상 전화를 했어요. 난 전화를 없애버리겠다고 위협도 했지요. '사업과 휴가를 뒤섞지 마세요.' 줄곧 남편한테 말했어요. 사업에 우선순위를 두지 말라는 게 아니라 나랑 같이 있을 때는 그러지 말라는 거였죠."

"준비해야 할 일이 늘 있으니까요." 네빌 씨가 웃으며 말했다.

"준비라뇨? 그 말은 마치 당신이 우릴 떠나는 것처럼 들리는데요. 제니퍼! 필립이 우리만 남겨놓을 모양이야."

제니퍼가 손톱을 보고 있다가 고개를 들고 짧은 미소를 지었다.

"모레 떠납니다." 네빌 씨가 감정이 담기지 않은 목소리로 말했다.

"그렇다면 우리가 당신을 최대한 활용해야겠네요." 퓨지 부인이 소리쳤다. "내일 또 사라져버릴 생각은 아니겠죠. 아침 내내 당신을 기다렸어요. 안 그러니, 애야?"

분명 그의 계약에 동의할 때까지 나는 눈에 보이지 않는 사람일 테지, 이디스는 생각했다. 그리고 그가 옳았다. 만일 그와 결혼하지 않으면 늘 이런 식이고, 앞으로도 계속 이런 식일 거야. 이게 바로 그 사람이 알려주려고 한 거야. 그래, 좋아. 그렇지만 내게는 꼭 먼저 해야 할 일이 있어.

이어진 침묵 속에서 그녀는 결정의 순간이 왔음을 깨달았다.

그녀는 일어섰다. "실례하겠어요……"

"그래요, 물론. 괜찮아요, 이디스. 잘 자요."

"일어나지 마세요." 이디스는 네빌 씨에게 말하면서 어깨에 단호하게 손을 얹었다. 이런 행동이 친밀함으로 여겨져도 상관없었다. 갑자기 자신의 조심성에 넌더리가 난 것이다. 네빌 씨는 그녀가 자리를 떠나는 행동에 숨은 의미심장한 침묵을 예리하게 알아차릴 것이고, 이디스는 그가 모녀에게 무언가 설명해줄 수 있을 거라고 생각했다. 그리고 퓨지 부인은 저녁 내내 기분이 좋은 네빌 씨가 말하지 않은 무언가를 알아내려고 애쓸 것이었다. 나는 있을 필요가 없지.

발걸음은 가볍고 조용했지만 이디스는 자신이 지친 여행객처럼 터

덜거리며 계단을 오른다는 생각이 들었다. 아주 신중하게 아주 조용히 어둑한 분홍빛 방에 들어온 이디스는 또다시 망명자처럼 자리에 앉았다. 마침내 그녀는 작은 책상으로 가서 종이를 한 장 꺼내 쓰기 시작했다.

사랑하는 데이비드,

이 편지가 당신에게 쓰는 마지막 편지이자 당신에게 부치는 첫번째 편지가 될 거예요. 나는 여기서 만난 네빌 씨와 결혼할 거예요. 말버러 근처의 그 사람 집에서 살게 될 테니 다시는 당신을 볼 수 없겠지요.

당신은 내게 생명의 숨결 그 자체였어요. 이런 말 하면 안 된다는 거, 나도 알아요. 당신도 이런 말을 듣고 싶진 않겠지요. 이런 고백을 하면 퍼넬러피는 내가 꼭 정상적인 사회에서 쫓겨날 만한 소리라도 한 듯 놀란 표정으로 창피해해요. 난 이제 이전의 나로, 아니면 내가 생각하던 나로 돌아가기에는 너무 많은 다리를 건넜고 돌아갈 길도 없애버렸어요.

나는 네빌 씨를 사랑하지 않아요. 그 사람도 나를 사랑하지 않아요. 그렇지만 그 사람은 지금처럼 내가 당신을 계속 사랑하면 어떻게 될지 알게 해줬어요. 여기 오기 전부터 그걸 깨닫기 시작했는지도 모르고, 아마도 그 때문에 가엾은 제프리와의 일이 참혹하게 끝났는지도 몰라요. 이번에는 그런 엄청난 실패는 피할 수 있을 거예요. 네빌 씨가 파국을 면할 조처를 취할 테니까요. 그 사람은 내게 확신을 줬어요. 그의 안내에 따라 난 늘 내가 부러워하던 확신과 정력과 뻔뻔스러움을 가진 마음에 드는 여자로 발전해갈 거예요. 사실 꼭 당신 아내 같은 사람이 되는 거죠.

이런 쪽으로는 그럴듯한 성공을 거둬본 적이 없어요. 그러니 항상 성공만 해온 남자와 사랑에 빠졌던 건 아이러니의 절정이었죠. 난 당신을 위해 살았어요. 그렇지만 당신을 얼마나 자주 보았던가요? 아마 한 달에 두 번? 우연히 만났을 때는 조금 더 됐겠네요. 때로 당신이 바쁘면 그보다 더 못 본 적도 있지요. 어떤 때는 한 달 내내 당신을 못 보고 지내기도 했고요. 당신이 아내와 아이들과 집에 있는 모습을 상상해봤어요. 그럴 때는 정말 마음이 안 좋았어요. 그러나 그보다 괴로웠던 시간은 당신의 관심이, 당신의 호기심이 누군가 새로운 사람, 어딘가 파티에서 아마도 당신이 날 만났듯이 그렇게 만난 누군가에게 가 있지 않은지 의심할 때였어요. 그럴 때면 길에서, 버스에서, 가게에서 당신의 환상에 맞을 만한 여자들을 유심히 살폈어요. 알다시피 아주 세세한 부분까진 못 미치더라도, 그래도 난 당신을 꽤 잘 아니까요.

당신이 나를 어떻게 느꼈건, 아니면 한때 나에게 느꼈던 게 있었다면, 이라고 말해야 할까요. 프루스트의 작품에서 스완이 오데트에게 했던 말처럼, 난 당신한테 어울리는 여자가 아니라는 걸 나도 잘 알아요.

우리가 다시 만나야 할 이유는 없어요. 물론 우연히 만날 수는 있겠죠. 파미유 로즈 자기를 소장한 네빌 씨는 틀림없이 많은 시간을 경매장과 판매장에서 보낼 테고, 그런 일에 동행해주기를 바랄지도 모르니까요. 하지만 수집에는 관심이 없다고 말했으니 같이 가자고 고집할 것 같지는 않네요.

나는 좋은 아내가 되도록 노력할 거예요. 신기하게도 올해는 두 번이나 청혼을 받았지만, 이런 개화된 시대에 매일 청혼을 받는 일은 없으니까요. 나는 그 두 번을 다 받아들인 것처럼 보였죠. 가정의 평화라는 미끼는 나처럼 천성적으로 겁 많은 사람이 저항하기에는 너무 대단한 일이거든요. 이제 난 정착하려고 해요. 더는 기대할 게 없을 것 같아서 그렇게 해야겠어요.

항상 시대에 맞게 더 섹시하고 더 자극적으로 쓰라고 요구하는 출판업자나 저작권 중개인처럼, 아마 당신도 내가 이 분야의 현대 작가에게 어울린다고 생각되는 신랄한 풍자와 냉소적 초연함이 섞인 이야기를 쓴다고 생각할지 모르겠네요. 그렇다면 잘못 생각한 거예요. 난 내가 쓰는 한 글자 한 글자를 다 믿으며 썼어요. 지금도 그걸 믿고 있어요. 그 어떤 것도 내게 실제로 일어나지 않으리라는 걸 이제는 깨달았지만 말이죠.

지난 두 주 동안 당신은 내 주소를 알고 있었어요. 하지만 당신한테서는 아무런 연락이 없었죠. 그러니 내가 어디 가서 살지를 말해도 아무 소용이 없을 거예요. 어차피 그곳에서도 당신 소식은 못 들을 테니까요.

이 편지를 어떻게 끝내야 할지 모르겠어요. 비난을 하고 또 맞받아치는 일에 빠져들고 싶진 않아요. 사실 그런 일을 벌일 권한도 없고요. 기꺼이 당신의 연인이 되었다는 말이 참 우습네요. 우리 두 사람 중에서 더 기쁘게 응한 쪽은 나였으니까요. 내가 당신보다 훨씬 더 원했었지요.

언제나 내 모든 사랑을 보낼게요.

이디스

　이디스는 한참 동안 머리를 괴고 아무 소리도 나지 않는 방에 앉아 있었다. 시간이 가는 것도 모른 채 침묵이 자신의 몫이었던 또 다른 시간, 그러니까 지난날을 되돌아보고 있었다. 데이비드의 차가 멀어져가는 소리에 귀를 기울이며 창가에 서 있던 그때. 아버지가 말없이 마지막으로 책상을 정리하는 모습을 바라보던 그때, 아니면 어머니가 엎지른 커피 잔을 참을성 있게 부엌으로 가져가는 아버지의 모습을 바라보던 그때. 더 옛날로 돌아가 빈의 음침한 아파트에서 외할머니 의자 뒤에 숨어 어머니와 이모들이 불평을 떠벌리는 소리를 듣던 그때를 되돌아보았다. 그때 이디스가 무슨 말을 들었다 해도 그건 지금의 상황과는 전혀 어울리지 않았다. "Schrecklich, Schrecklich(끔찍해, 끔찍하다고)!" 그녀는 레지 이모가 소리치는 것을 들었다. "Ach, du Schreck(아, 끔찍해)!"

　자리에서 일어났을 때 떠오른 생각은 잠을 자야 한다는 것이었지만, 더 급박한 소망은 잠이 아니라 아침이 얼른 와서 우체국으로 가 편지를 부쳐버리고 마음을 바꾸지 못하게 확실히 해야 한다는 것이었다. 시계를 보니 새벽 한 시 반이 지나 있었다. 이디스는 옷을 벗고 침대에 누워 아침까지 잘 버텨내고 마음이 약해지지 말자고 다짐했다. 뺨이 타는 듯했고 몸도 약간 떨렸지만 밤이 깊어오자 근육이 이완되면서 호흡이 느려지고 마침내 잠이 들었다.

　눈을 떴을 때는 아직 어두웠지만 이디스는 일어나 세수를 했다. 편지를 부치고 온 뒤에 목욕할 시간이 있을 터였다. 이디스는 편지를 다시 읽어보고 봉투에 넣은 뒤 주소를 적었다. 그리고 옷을 갈아입고 머리를 빗었다. 이제 이디스는 마음이 차분해져서 우표를 파는 사람이 나올 때까지 참을성 있게 앉아서 기다리기로 했다. 여섯 시가 되자 더이상 기다리기가 힘들어서 이디스는 핸드백과 열쇠를 집어들고 아주 살그머니 방문을 열고는 복도로 발을 내디뎠다.

이디스는 자고 있는 사람들을 깨우거나 놀라게 하지 않기를 바라며 두꺼운 카펫 위를 가만가만 걸었다. 그리고 그때 제니퍼의 방문이 열리고 네빌 씨가 잠옷 차림으로 나오는 모습을 보았다. 그 또한 이디스와 마찬가지로 조심스럽게 소리를 내지 않으려고 온 힘을 기울여 문을 천천히 닫았다. 밤새 켜져 있는 희미한 불빛 속에서 이디스는 아주 분명하게 그의 통제된 모호한 미소를 알아볼 수 있었다.

물론 그럴 줄 알았어, 그녀는 생각했다. 물론이야.

이디스는 네빌 씨가 자신이 있다는 사실을 모르고 돌아서서 재빨리 복도를 따라 걸어가 시야에서 사라질 때까지 얼어붙은 채로 서서 기다렸다.

방으로 돌아온 이디스는 자신이 별로 놀라지 않았음을 깨달았다. 자기가 중심이 되는 상태를 유지하고 상처 입은 자존감을 회복하는 중이라던 그의 말이 떠올랐다. 아마도 그런 고상한 말들을 너무 쉽게 받아들인 듯했다. 그러나 그것 때문만은 아니었다. 그게 전부가 아니었다. 이디스는 그제야 알아차렸다. 그녀가 그에게 몸을 기대고 흐느꼈을 때, 그리고 그가 팔로 이디스를 감싸 안았을 때, 그에게는 아무 감정도 없었다는 것이 그제야 기억이 났다. 그 사람은 이디스를 가장 기품 있게 그녀 자신에게로 돌아오도록 해주었지만, 그 자신은 아무 것도 느끼지 못했던 것이다.

그리고 제니퍼는 의심할 여지없이 그가 경멸스럽게 내뱉었던 사소한 기분 전환 상대였다. 이디스가 꿈결에 혹은 막 잠에서 깬 미혹의 순간에 들었던 문이 열렸다 닫히는 소리는 실제의 문소리였던 것이다. 이디스는 그 실제와 그것이 내포하는 의미를 제대로 헤아리지 못했던 것이다.

아버지의 인내심 많은 얼굴이 떠올랐다. 이디스, 다시 생각해봐. 너는 방정식을 잘못 풀었어.

이디스는 천천히 침대에 앉았고 약한 현기증을 느꼈다. 만일 내가 이 사실을 알고도, 그가 너무도 쉽게 너무도 빨리 한눈을 판다는 사실을 알고도 그와 결혼한다면, 나는 돌이 되거나 이겨놓은 흙이 되거나 그의 수집품 중 하나가 되겠지. 아마 그것이 그가 의도하는 바인지도 모른다고 이디스는 생각했다. 나는 빠져나가고 없는 품목의 대용품일 뿐이야. 가볍게 육체적 쾌락이라고 부르는 그런 즐거움들은 지금까지 오랫동안 해왔던 그대로 변함없이 계속될 테고, 내 쪽에서 보면 그건 너무나 긴 세월 동안 이어져 결국 일생이 되어버리겠지. 그리고 내 것이라 부르기에는 결코 단 한 번도 내 것이 되어본 적이 없었던, 그럼에도 내가 그렇게 원했던 유일한 삶을 잃게 되겠지. 그리고 네빌 씨의 미소, 그렇게도 변함없는 모호한 미소가 항상 이 사실을 상기시켜주겠지.

잠시 후, 그녀는 몸을 일으켰다.

이디스는 책상으로 가서 편지를 집어들고 반으로 찢어 쓰레기통에 떨어뜨렸다. 그러고는 핸드백과 열쇠를 들고 방에서 나와 복도를 따라 계단을 내려갔다. 호텔은 여전히 고요했고 야간 근무자는 근무시간이 끝나길 기다리며 책상 뒤에서 하품을 하고 머리를 긁고 있었다. 그는 이디스를 보더니 몸을 벌떡 일으키고는 다급히 아침인사용 미소를 지어 보였다.

"런던행 다음 비행기표를 예약해주세요." 그녀는 또렷한 목소리로 말했다. "그리고 전보도 치고 싶어요."

이디스는 필요한 전보용지를 찾아 로비에 있는 작은 유리 테이블에 가서 앉았다. '시먼즈, 칠턴 가, 런던 W1'이라고 썼다. '집으로 감.' 하지만 잠시 후에 이건 정확한 표현이 아니라는 생각에 '집으로 감'을 X로 지우고 그냥 '돌아감'이라고 썼다.

결혼 없는 결혼 이야기

울프-브루크너-이디스, 이들의 연관성

『호텔 뒤락』은 로맨스 소설을 쓰는 주인공 이디스 호프를 통해 부모와 자식, 남자와 여자, 여자와 여자 그리고 일과 결혼의 관계를 어떻게 정립할 것인가의 문제를 다루는 작품이다. 그러나 사람과 사람 사이의 관계를 미시적으로 천착하는 데 그치지 않고 현대 사회를 잘 드러낸 풍속소설로, 현대성과 자아 정체성 사이의 관계라는 거시적 관점으로 이 문제를 외연할 수 있다는 데 작품의 진가가 있다.

특히 애니타 브루크너는 『자기만의 방』에서 여성의 자율성과 지적 활동을 강하게 주장했던 선배 작가인 버지니아 울프를 실명으로 거론하며, 스스로 삶을 꾸려갈 수 있는 재능과 경제력을 갖추고도 결혼이라는 통과의례를 거치지 못한 이디스의 목소리를 빌어 통렬한 질문을 던지고 있다. 글을 쓰기 위해 또는 정신적 활동을 위해 돈과 자기만의 방을 확보하라는 메시지가 담긴 울프의 『자기만의 방』이 출간된 바로 그해인 1928년에 태어난 브루크너는 60여 년의 세월을 건너 울프에게 사회적 성취에도 불구하고 채워지지 않는, 결코 채워질 수 없는 결여에 대해서는 어떻게 해야 하는 것인지 공개질의를 하고 있는 셈이다. 그리고 이 질문의 진정성은 브루크너의 실제 삶을 통해서도 드러난다.

런던에 정착한 유대계 폴란드 이민자 가정의 외동딸로 태어난 브루크너는 소설을 쓰기 전 이미 당대의 이름난 미술사가로 활동하며, 여성으로서는 최초로 케임브리지 대학교의 슬레이드 석좌교수 자리까지 올랐다. 53세라는 늦은 나이에 발표한 첫 소설이 영국에 이어 미국에서까지 호평을 받았고 네번째 작품인 『호텔 뒤락』을 통해 부커상을 수상하며 문학적 능력 또한 인정받았다. 그러나 어느 인터뷰에서 밝혔듯 브루크너에게 "그 두 가지 활동(학문과 글쓰기)은 다 자연의 질서 밖에 있는 것"으로, 오히려 자신은 "사람들이 성공이라고 부르는 것을 가진 다 큰 고아가 되는 대신"에 "아들이 여섯쯤 있기를" 소망한다고 했다. 무엇보다도 그녀는 정신적 활동을 위해 꼭 결혼을 포기할 필요는 없다 하더라도 여성의 지적 활동을 담보하는 '자율성의 필요'가 정서적 안정을 주는 '관계의 필요'와 왜 갈등 관계일 수밖에 없는지, 그것이 왜 세월이 흘러도 해결되지 않는 것인지에 대해 독자들과 함께 진지하게 생각해보고자 했다.

브루크너는 이런 자신의 생각을 글을 써서 돈과 방을 스스로 쟁취한 이디스에게 입혀 갈등의 해법을 찾게 해보지만 자신의 대리격인 이디스는 글쓰기만으로 해소되지 않는 갈증으로 목말라하며 정체성의 혼란을 경험한다. 더구나 그 혼란은 현대성이라는 시대적, 사회적 결정 요소와 맞물리면서 자신만의 방과 결혼 사이에 종횡으로 놓인 성(性), 도덕, 문화 등과의 상관관계를 되짚어보게 한다.

브루크너와 마찬가지로 폴란드 이민자 가정의 외동딸로 설정된 주인공 이디스는 로맨스 소설에 탐닉하며 현실의 결혼생활에 만족하지 못하는 어머니와 가정 내의 안락을 높이 사는 섬약한 아버지 사이에서 심정적으로 아버지 편을 들며 불안한 유년기를 보낸다. 그렇게 자라며 부모의 기질적 유산을 모두 물려받은 이디스는 낭만적 사랑에 대한 동경을 담은, 현실과 유리된 로맨스 소설을 쓰면서 동시에 안락한 가정을 제공해줄 결혼을 꿈꾸게 된다. 그러나 부모의 결혼생활이 그러했듯 이 두 기질적 유산은 행복한 결합을 이루지 못하고, 자신의 가장 현실적이고 실존적 필요를 충족시켜주는 일(글쓰기)은 현실에서의 결혼에 다다르지 못하게 막으며 끊임없이 양가적인 태도를 견지하게 만든다.

그 가장 큰 이유는 이디스가 꿈꾸는 결혼의 중심에 일상에 대한 나름의 환상과 동경이 자리하고 있기 때문이다. ("내가 생각하는 완전한 행복이란 저녁이면 사랑하는 사람이 내가 있는 집으로 돌아올 걸 알기에 아주 편안한 마음으로 온종일 햇볕 따가운 정원에 앉아 책도 읽고 글도 쓰는 거예요. 매일 저녁 그 사람이 올 거라고요.") 하지만 이디스는 이러한 일상이 가진 역설은 살피질 못했다. 안전한 일상은 평온함이면서 때로 견디기 어려운 권태일 수도 있다. 이디스는 전통이나 제도, 윤리, 규범 등의 사회적 틀이 제공해주는 일상을 동경하는 한편 그것을 부인하고, 결정적인 순간에 자신의 내면에 억눌려 있던 욕구를 분출시키며 예측하지 못한 행동을 하게 된다. 자신도 모르게 내면화하고 있었던 현재의 일상(데이비드와의 관계)에 대한 불만을 표출(제프리와의 결혼 결심)하고, 이를 비일상적인 행위(결혼식 불참)로 해결함으로써 또 다른 일상을 도모하는 아이러니를 보여주는 것이다.

결혼식 당일 식장 바로 앞에서 차를 돌려 식에 불참함으로써 모두를 당혹스럽게 만든 벌로 이디스는 스위스의 호숫가 호텔로 유배된다. 이 호텔에 머물며 이디스는 자의든 타의든 유배된 일단의 여자들을 만나 여성성과 결혼이 내포하는 여러 질문과 마주하게 된다. 가정이라는 울타리에서 내쳐져 '집'도 아니고 '방'도 아닌 호텔이라는 차용된 공간에서 유예된 주변적 삶을 살고 있는 여성들에게서 이디스가 새삼 보게 된 것은 '사회가 허용하는 여자에 대한 정의는 결혼해 아이를 낳은 여자는 정상이고 그렇지 않은 여자는 비정상'이라는 오래된 담론이다.

사별한 남편이 남긴 돈으로 물질적 풍요에 탐닉하며 극도의 여성성을 무기로 특별 대접을 즐기는 퓨지 모녀와 거식증으로 아이를 갖지 못하고 남편에게 떠밀려 호텔로 오게 된 모니카, 못난 며느리에게 붙잡혀 있는 아들을 위해 결국 집을 내주고 호텔을 전전하게 된 보뇌이유 부인. 이들의 삶을 통해 여자의 결혼 이전과 이후의 상대적 위상을 분석해보며 이디스는 '능력이 있으면서도 저평가된 여자'인 자신의 위치에 혼란을 느끼게 된다.

그 혼란은 바로 현대성이 부추기는 개인적 성취는 이루었으나 사회 내에 온전히 통합되지 못한 데서 오는 탈구 현상으로, 여기서 애니타 브루크너는 버지니아 울프를 환기하고자 한다. 이디스는 그 탈구에서 오는 소외감을 해소하는 방법으로 겉모습이 닮았다는 외형적 유사성과 작가라는 직업이 같다는 사회적 유사성을 강조하며 버지니아 울프를 자기 정체성의 모델로 세운다. 이런 이디스의 태도 저변에는 직업적 성공을 거두고 자유로운 삶을 사는 여자가 결코 행복하지 않은 이유에 대한 항의와 "실존적 필요와 감정적 자유를 어떻게 화합시킬 것인가"에 대한 질문이 함께 들어 있다. 결국 결혼과 일 사이에서 하나가 또 다른 하나의 보상이 되지 못함을 알게 된 이디스는 글쓰기라는 자기만의 일에서 위안을 찾고자 한다.

양가적 글쓰기의 기능

이디스는 호텔 뒤락에 머물며 두 종류의 글쓰기를 진행한다. 직업적 글쓰기인 로맨스 소설 쓰기와 연인인 데이비드를 수취인으로 하나 발송하지 않는 편지 쓰기다. 여기서도 이디스의 양가적 태도가 견지된다. 이디스가 쓰고 있는 로맨스 소설은 담당 저작권 중개인인 해럴드에게 "실제 삶에서 일어나는 사건들은 내 소설에 쓰기에는 너무 끔찍해요"라고 밝힌 대로 현실과 유리된 것이고, 편지 쓰기는 그녀가 현실에서 느끼고 겪은 것을 기술하는 자기 반성적 글쓰기다. 이들 글쓰기는 불행한 결혼생활을 했던 부모로부터 물려받은 로맨틱한 환상과 자신이 처한 현실 사이의 갈등을 풀고자 하는 이디스의 무의식이 제공하는 해결책으로 기능한다.

이디스의 배후 조종자인 브루크너는 어느 인터뷰에서 소설을 쓰는 이유에 대해 다음과 같이 답한 적이 있다. "내 자신의 삶은 실망스러운 것이었어요…… 그래서 나는 소설을 쓰는 것으로 모든 걸 편집해보려고 애썼어요. 왜냐하면 소설 속 경험의 구성은 내가 통제한다는 느낌을 주니까요." 브루크너는 지성과 감성을 모두 겸비한 이디스에게 격이 낮은 장르로 평가되는 로맨스 소설을, 그것도 토끼와 거북의 경주로 비유되는 현실에서는 절대 이길 수 없는 거북에게 승리를 안겨주는 비현실적인 소설을 쓰게 한다.

이디스는 늘 자신이 통제할 수 없는 현실을 버텨내는 힘을 글쓰기에서 구하고 오지 않는 연인 데이비드를 기다리며 낮 시간을 보내지만 그래도 자신이 '샬럿의 여인'처럼 창밖만 응시하는 것이 아니라 다섯 권의 로맨스 소설을 썼다는 데서 위로를 얻는다. 그러나 현실성이 배제된 소설 쓰기를 통해 얻은 이 위로는 역설적이게도 그런 글쓰기를 통해 그녀의 현실적 필요가 충족되었다는 데서 생겨난 것이다. 마치 마거릿 애투드의 소설 『신탁 받은 여인*Lady Oracle*』의 여자 주인공 조앤이 자신을 구출해줄 이상적 남성을 만나지 못하고 남루한 현실에 지친 여성들을 위해 '진통제'와 같은 고딕 소설을 쓰는 것과 같은 맥락이다.

그러나 이런 글쓰기 행위는 실제로는 자신을 추스르고 달래기 위한 '이야기하기'다. 소설을 통해 현실에서 존재하기 어려운 남자와 여자를 주인공으로 내세워 자신이 살아보지 않은 삶을 살게 하는 것은, 스스로 정의내릴 수 없는 자신과의 대면을 피할 수 있는 방편이며, 통제가 어려운 현재의 삶이 연습일 뿐 아직 제대로 된 삶을 살고 있지 않다는 감정적 유예를 제공해주기 때문이다.

　이디스와 조앤은 모두 글쓰기가 그들 삶의 방편이나 스스로 아직 제대로 된 삶을 살고 있다고 느끼지 않는다. 오히려 브루크너가 1991년 발표한 소설 『한쪽 눈을 감고』의 해리엇처럼, '자신을 위한 삶이 저 모퉁이를 돌아 자신에게로 오고 있을 것'이라는 기대를 삶을 유지하는 동력으로 쓰고 있는 것이다. 이는 이디스가 그녀가 바치는 열정에 값하지 못하는 데이비드에게 자신을 묶어두고, 두 번의 청혼을 받고도 정작 결혼에 이르지 못하게 되는 결정적 원인이 그들 구혼자가 아니라 이디스 자신에게 있음을 입증해준다. 즉, 이디스가 남성을 단지 자신을 비춰보는 거울로 쓰고 있으며, 자신이 꿈꾸는 삶의 모습이 있지만 결코 그렇게 살 수 없을 것이라는 계속되는 실망이 그녀의 삶을 제한하고, 그렇게 축소된 삶의 중심에서 로맨스 소설이 만들어지고 있기 때문이다.

　또 다른 글쓰기인 편지 쓰기는 소설 쓰기와는 다른 양상으로 전개된다. 이디스에게 편지 쓰기는 삶에서 느끼는 근원적 결여를 들여다보는 창의 역할을 한다. 그리고 소설 쓰기가 벽에 부딪칠 때마다 그 창을 열고 자신을 환기시킨다. 이디스는 편지를 쓰며 자신의 개인적, 지적, 예술적, 또는 정략적 모습을 '의식 없이' 보여주고 있다. 즉, 플롯을 만들어야 하는 소설 쓰기와 달리 플롯을 만들지 않는 글쓰기를 하는 것이다. 소설이 일정한 형식을 바탕으로 원인과 결과가 상응하는 플롯, 달리 말해 '의식적인 계략' 내지 '은밀한 계획'으로 짜인 것이라면 이디스의 편지는 부칠 의도가 없음으로 해서, 독자를 의식해 목소리를 통제할 필요가 없는 자유로운 글쓰기가 되는 것이다.

그러나 역설적이게도 이 글쓰기가 그녀를 더욱 압박하고 고통스럽게 만들자, 이디스는 현실 속 인간 본성을 파악하는 것이 소설 속의 일보다 더 어렵다고 고백하기에 이른다. 현실에서는 원치 않는 것들을 지우고 다시 쓸 수 없으며 의도한 대로 흘러가지도 않는다는 이디스의 현실 인식은 편지에 담긴 호텔 투숙객들에 대한 설명, 그들에 대한 평가, 자신의 부모에 대한 기억 등을 통해『호텔 뒤락』의 플롯에 주요하게 작용한다. 더욱이 퍼넬러피와 퓨지 부인과 같이 현실세계의 승자인 토끼 같은 인물들이 이디스가 쓰는 로맨스 소설의 주요 독자라는 깨달음은 현실과는 정반대로 구현한 이디스 소설의 '토끼와 거북의 신화'가 모순됨을 보여주고, 이로 인해 이디스의 혼란은 고조된다. 퍼넬러피처럼 대담하지도 못하고 호텔에 와 있는 여자들처럼 될 수도 없는 내적 긴장 속에서 여성이 공감과 반감의 대상으로 조정이 필요할 때마다 이디스는 편지 쓰기로 돌아가 자신을 수습하고자 하는 것이다.

그러나 이디스의 편지 쓰기는 변화를 추구하는 자기 성찰적 글쓰기라기보다는 자기 반성적 글쓰기로서 그 기저에 짙은 실망감이 깔려 있다. 연인과의 관계에서, 결혼생활에 실망한 어머니와의 관계에서 경험한 실망감이 현대여성으로 위치하면서도 동시대 사람들의 생각에 비해 과거에 머물게 하고, 나아가 자신이 변화할 수 있는 능력을 갖추는 데 장애가 되는 것이다. 이디스가 변화하지 못하는 가장 큰 이유는 그녀가 삶을 살아내기보다는 관찰자로 머물고자 하는 방어적 태도를 취하고 있기 때문이다. 자신이 현실에서 저지르는 오해와 혼란, 잘못된 예단에 대해 잘 알고 있으면서도 관찰자적 입장을 취하려는 태도는 연인인 데이비드와의 불안한 관계로 더욱 강화된다.

유부남과 이어가는 불완전한 결합관계는 시간과 공간을 늘 공유치 않아도 유지되는 심리적 안정감과 '신뢰라는 정서적 예방접종'이 배제된 것으로, 이디스로 하여금 현대적 생활양식이 만들어낸 일탈의 삶을 살도록 하면서도 오래된 제도인 결혼에 대한 강박을 갖게 한다. 이처럼 이디스는 토끼 같은 승리자들이 아니라 수동적이고 유순한 거북과 같은 여자들을 자기 소설의 독자로 오판하고 있듯, 자신에게 글쓰기가 무엇인지에 대해서도 오판하고 있음을 스스로 증명해 보인다. 다시 말해 그녀의 글쓰기는 거북과 같은 사람들을 위한 것이 아니라 그녀 자신을 위한 것이며, 이러한 두 가지 글쓰기로 어렵사리 중심을 잡으며 결혼이 외로움과 그리움의 치유책이 될 수 없으며, 결국 글쓰기만이 자신의 정체성을 통합적으로 유지시키는 유일한 것임을 어렴풋이 인식하게 된다.

현대적 라이프스타일과 정체성

이디스는 사회생활에 소극적인 인물이다. 사회를 향해 열린 통로는 글쓰기에서 오는 업무용 만남 정도이고 사교모임도 제한적이다. 즉, 급변하는 현대사회의 문화적 환경을 마주하고 내재화하기 어려운 위치에 있다. 이러한 상태에서 격리된 실험실과 같은 휴양지 호텔에서 지내며 마찬가지로 갇혀 있는 여자들을 만나 '폐쇄회로의 주변부'에서 진행되는 모녀관계(퓨지 모녀), 모자관계(보뇌이유 부인), 부부관계(모니카) 등을 관찰할 기회를 갖게 된 이디스는, 현대적 라이프스타일이라는 것이 어떻게 개인적, 사회적 정체성의 수단으로 작용하는지 당혹감을 느끼며 관찰하게 된다. 특히 이디스의 당혹감은 현대성이 자신이 경험하지 못한 라이프스타일과 소비문화를 동반한다는 데기인한다.

소설 초반부 담당 저작권 중개인인 해럴드와 만나 새로운 소설에 대한 논의를 하는 중에 그는 이디스의 로맨스 소설이 현대성을 갖지 못하고 현대의 라이프스타일을 반영하지 못하는 점을 지적하고 현대여성들이 즐겨볼 수 있는 라이프스타일을 소설 속에 넣도록 주문한다. 그러나 이디스는 라이프스타일을 다만 물질적인 것에 한정시키고 성적으로 진취적인 소수의 여성들과 연관지을 뿐, 사회 전반에 퍼져있는 보편적인 현상으로는 보지 못한다. 다시 말해, 자신이 쓰고 있는 로맨스 소설과 상응하는 전 시대적이고 관습적인 라이프스타일에 사고가 정지되어 있어, 현대사회에서 그것이 재정립되는 과정에 자신이 얼마나 소외되어 있는지를 깨닫지 못하고 있다. 그녀가 라이프스타일이 새롭게 기능하는 문화적 현상임을 새삼 감지하게 된 것은 호텔 뒤락에서 여러 유형의 여자들이 보여주는 서로 다른 맥락의 현대적 라이프스타일을 집약적으로 접한 이후다.

먼저 퓨지 부인과 그녀의 딸 제니퍼 퓨지는 '아름다운 물질성'과 함께 물질로써 자기 정체성을 대변하는 인물들이다. 투숙객이 많지 않은 호텔에서도 두 사람은 자신들의 겉모습과 자신들이 묵고 있는 공간을 과도하게 치장하는 특별한 라이프스타일을 유지하며, 그들이 누구이며 이곳에 왜 왔는지를 스스로 설정하고 선전하며 또 필요할 때는 그것을 수정, 조작하는 것을 서슴지 않는다. 자신들의 성취를 무엇보다 좋은 물건을 자신들의 것으로 만들 수 있는 자본의 교환가치에서 찾고 있다. 특히 퓨지 부인은 그 교환가치를 취향과 혼동하며 자신이 언제, 어디서나 늘 중심에 있게 하는 힘으로 활용한다. 이제는 얻을 수 없는 성적인 매력 혹은 젊음에 대한 연막으로 집을 치장하고 몸을 치장하는 등 물질에 탐닉하는 라이프스타일을 보이는 것이다. 그러나 퓨지 모녀가 표방하는 라이프스타일의 문제점은 그것이 '물질의 불모성'에 치우쳐 있다는 것 이상으로 '극도의 여성성'과 결합하여 남성에게 미끼를 거는 수단으로 작용한다는 점이다. 이는 곧 이디스의 라이프스타일과 충돌하게 된다. 퓨지 모녀가 물질로 꾸민 라이프스타일로 사람들의 관심을 쟁취하며, 그것이 충족되지 않을 때는 극도로 여성적인 전략을 사용하는 것을 보면서 이디스는 심한 당혹감을 느끼게 된다.

한편, 모니카는 음식으로 표현되는 라이프스타일을 보여준다. 거식증에 걸린 모니카는 식사를 제대로 하지 않으며 음식에 혐오감을 보이고 있다. 자신의 식사를 애완견 키키에게 대신 먹이면서까지 '어른이 되는 것을 거부'하는 모니카의 행동은 자신의 후계자를 낳아야 한다고 강요하는 남편에 대한 항의이며, 힘겨루기의 방편이다. 즉, 그녀는 생기지 않는 아이에 대한 부담감을 상쇄하고 아내라는 위치를 유지하기 위해 거식증이라는 애매하고도 복합적인 상태를 만들어 삶과의 정면대결을 회피하는 수단으로 쓰고 있다. 경제력 있는 남편, 그런 남자의 부인이라는 자리를 양보하지 못하면서도 남편의 부당한 처우에 신경증적으로 대응하는 모니카는 이디스와 다른 방식으로 현대성이 가진 '위험 요소'와 '복합적 선택'이라는 특징을 십분 활용하고 있다.

어떻게 보면 이디스 역시 남자를 성적 덫에 걸려들게 해 연인인 데이비드나 그녀 자신 모두 곤경에 처하게 하면서도 다른 여성의 경우와 자신을 차별화해 그런 식의 라이프스타일을 폄하하고 자신은 다만 이곳에서 앞으로의 삶을 위한 계획을 세우려는 것뿐이라고 강변한다. 그러나 결국 그런 맥락으로 택한 네빌 씨와의 서로의 편의를 위한 결혼이 얼마나 자신을 속이는 일인지를 깨닫고 아버지가 지적한 대로 '오차가 있는 방정식'임을 인정하게 된다.

계속되는 '결혼 없는 결혼 이야기'

언뜻 보기에 『호텔 뒤락』은 시대를 앞서가는 소설이라기보다는 전 시대의 형식에 맞는 소설로 보인다. 브루크너가 전공한 18~19세기 유럽 회화처럼 이 소설은 등장인물이 모두 초상화처럼 걸려 있는 전 세기의 긴 회랑에 와 있는 듯한 인상을 준다. 그러나 다소곳한 전 시대의 초상화 같은 이디스의 이면을 자세히 들여다보면 현대적인 추상화의 구도가 희미하게 드러나고 전혀 그런 것 같지 않으면서 남녀관계의 사회적 결정 요소, 성과 정체성 사이의 관계를 에둘러 제시하는 교묘하게 음각된 현대회화가 보인다.

이디스는 성공한 커리어우먼으로 독립적인 삶을 살고 있으면서도 그렇지 않은 사람보다 더 결혼생활의 안정과 정연한 일상을 희구한다. 그러나 자신의 '토끼와 거북 신화'가 구현되듯 이상적인 남성들이 거북인 자신을 찾아내 청혼했음에도 결혼에 이르지는 않는다. 여기서 '않는다'라는 말은 '못한다'라는 말과 대비될 필요가 있다. 이디스는 두 번 다 주체적 결정에 따라 결정적 순간에 스스로 결혼을 포기했기 때문이다. 즉, 이디스에게는 행복을 가장한 무의미한 결혼보다 현재의 상태를 유지하는 것이 자신을 '덜 속이는 것'이라는 생각이 내재되어 있다. 끊임없이 결혼 상대를 원하고 기다리면서도 남자의 내면에 대한 관심이나 배려가 있기보다는 자신의 생애 계획에 맞는 일상을 찾는다는 면에서 이디스 역시 상호성이 결여된 이기적인 현대여성이라 할 수 있다.

이디스가 진심으로 원하는 것은 결혼보다 글쓰기로, 남자나 결혼은 다만 그 글쓰기의 추동력이 될 뿐이다. 글쓰기라는 마지막이자 결정적 피난처가 있음으로 해서 결혼도 우정도 그녀에게는 이차적인 것이 되고 심지어 자신의 삶까지도 글쓰기의 제물로 내놓을 수 있었던 것이다. 더 나아가 이디스는 여성에게 관습적으로 주어진 아내나 어머니의 역할이 허락되지 않는 상황에서 시대를 초월해 선택할 수밖에 없는 내연관계라는 일탈을 자신의 것으로 받아들인다. 그런 맥락에서 이디스가 호텔 뒤락으로 간 것은 물리적 여행이기보다 정신적 여행이고, 그곳에서의 불안하고 불편했던 산책은 결국은 불안하고 불편한 연인에게로 돌아가는 행로의 전조로, 사랑과 진정성이 없는 결혼보다는 불안하고 불편한 연인으로 남는 쪽을 택해 호텔에서의 유배를 스스로 종결짓게 된다.

데이비드에게 부치는 전보의 내용을 '집으로 감'에서 '돌아감'이라고 고치는 것은 이디스가 이제 더는 집으로 함축되는 결혼과 안정에 연연치 않음을 보여주는 것이며 동시에 언제나 수정이 가능한 글쓰기를 자신의 몫으로 하겠다는 다짐이다. 소설의 마지막에 나타난 이 결연한 태도는 이디스에게 없던 새로운 모습으로, 글쓰기라는 양보불가의 보루가 있다는 것을 호텔에서의 유배생활로 새삼 깨달음과 동시에 울프에게 던졌던 항의성 질문의 답이 다른 어디에 있는 것이 아니라 자신에게 있다는 깨우침이다. 썼다가 지우고 다시 쓸 수 있는 능력을 갖는다는 것은 살아보지 않은 삶을 계속 수정하며 살아볼 수 있는 정체성의 다양한 서사를 이어나갈 수 있다는 뜻으로, 아마도 이디스는 자신의 배후 조종자인 브루크너의 인터뷰 내용처럼 그녀가 꿈꾸는 결혼 이야기를 계속 수정하고 반복하며 써나갈 것이다.

"그녀(이디스)는 마지막 순간에 기회를 놓치죠. 내가 그 부분을 쓸 때 그녀가 참 안됐다고 느끼는 동시에 화가 나기도 했어요. 꼭 결혼을 해야 했는데…… 최소한 세속적 성공이나 어떤 사회적 존경을 얻었어야 했어요. 다른 소설을 쓸 때는 꼭 그녀가 결혼을 하고 어떻게 대처해나가는지 써보려고 마음을 먹고 있어요."

호텔 뒤락을 떠난 이디스가 그 후로 어떤 소설을 쓸 것인지 단정적으로 말할 수는 없겠으나, 분명한 것은 『호텔 뒤락』 이후로 발표된 브루크너의 다른 어떤 소설에서도 성공적인 결혼 이야기는 보기가 어렵다는 점이다. 아마도 현대사회가 부과하는 일과 결혼이라는 양가적 딜레마에 비정상적으로 결혼을 희구하는 이디스와 같은 주인공

들을 내세우는 그 자체가 결혼 없는 결혼 이야기를 계속 쓰게 하는
것인지도 모른다.

김정

1928년	7월 16일 런던 근교의 헌 힐에서 유대계 폴란드 이민자인 뉴슨 브루크너와 성악가였던 모드 시스카 사이에서 외동딸로 태어남. 외조모와 여러 친척들과 함께 살았고 경제적으로도 여유로웠지만 부모의 불행한 결혼생활 탓에 외롭게 성장함. 그녀의 부모는 영국 내에 반독일 정서가 퍼지자 독일식 성 Bruckner를 영어식인 Brookner로 고침. 이러한 성장배경으로 유학시절을 제외하고 평생을 런던에서 살았지만 늘 스스로를 이방인으로 여겼고, 이는 작품 전반에 영향을 끼침.
1949년	런던 대학교 킹스 칼리지에서 역사학으로 학사학위를 받음.
1953년	결혼을 바란 부모의 뜻을 거스르고 런던 코톨드 미술연구소에서 프랑스 계몽주의 미술사 연구로 박사학위를 받음. 결국 부모와 절연하고 프랑스 정부의 장학금을 받아 3년 동안 파리 루브르 학교에서 수학함.
1959~ 1964년	파리에서 돌아와 홀로 병든 부모를 돌보며 레딩 대학교에서 18~19세기 프랑스 미술 초빙교수로 재직함.
1965년	19세기 프랑스 신고전주의 화가 장 오귀스트 도미니크 앵그르에 대한 연구서 『앵그르 *Ingres*』 출간.
1967년	미술사학자로 그간의 연구 성과를 인정받아 여성으로서는 최초로 케임브리지 대학교 슬레이드 석좌교수가 됨. 이후 1988년까지 코톨드 미술연구소에서 교수로 재직함.
1968년	프랑스 계몽주의 화가인 장 앙투안 바토에 대한 연구서 『바토 *Watteau*』 출간.

1971년   『미래의 천재들: 프랑스 예술 비평*The Genius of the Future: Studies in French Art Criticism*』출간.

1972년   화가 장 바티스트 그뢰즈에 대한 연구서『그뢰즈*Greuze*』 출간.

1974년   영국 학술원의 회원으로 프랑스 신고전주의 화가인 자크 루이 다비드에 대한 강의를 진행했고, 관련 연구로 1980년 『자크 루이 다비드*Jacques-Louis David*』출간.

1981년   여름방학의 무료함을 달래기 위해 소설을 집필함. 53세의 나이로 첫번째 소설『생의 시작*A Start in Life*』출간. 미국 에서는 제목을 달리하여『데뷔*The Debut*』로 출간. 첫 소설 이 호평받자 이후 거의 매해 신작을 발표함. 하지만 세상에 알려지기를 꺼려하며 은둔해 작품 외에 작가의 삶에 대해 서는 알려진 바가 거의 없음.

1982년   『섭리*Providence*』출간.

1983년   『나를 보세요*Look at Me*』출간.

1984년   네번째 소설『호텔 뒤락*Hotel du Lac*』출간. 첫 작품에서부 터 유지, 발전시켜온 주제를 가장 정교하게 그려냈다는 평 단의 호평과 더불어 9월 출간 이후 2주 만에 초판이 모두 판매되고 연말까지 5만부 이상 판매되어 대중성까지 확보 한 작가로 인정받게 됨. 이 소설로 세계 3대 문학상인 부커 상을 수상함.

1985년   『가족과 친구들*Family and Friends*』출간.

1986년   『어울리지 않는 결합*A Misalliance*』출간. 영국 국영방송인 BBC에서『호텔 뒤락』을 텔레비전 영화로 제작, 방영함.

1987년   『영국에서 온 친구*A Friend from England*』출간.

1988년   나치의 유대인 대학살 문제를 다룬 소설『늦게 온 사람들 *Latecomers*』출간. 브루크너 자신이 최고의 작품이라 평한 소설로, 이후 교수직에서 은퇴하고 소설 집필에 전념함.

1989년   『루이스 퍼시*Lewis Percy*』 출간.

1990년   『짧은 생애*Brief Lives*』 출간. 영국 왕실로부터 '대영제국 커맨더 훈장'을 받음.

1991년   『한쪽 눈을 감고*A Closed Eye*』 출간.

1992년   『기만*Fraud*』 출간.

1993년   『가족 이야기*A Family Romance*』 출간. 미국에서는 『돌리*Dolly*』로 출간.

1994년   『사적 견해*A Private View*』 출간.

1995년   『로지에 가에서 생긴 일*Incidents in the Rue Laugire*』 출간.

1996년   『뒤바뀐 상황*Altered States*』 출간.

1997년   『방문객들*Visitors*』 출간.

1998년   『천천히 떨어지기*Falling Slowly*』 출간.

1999년   『부당외압*Undue Influence*』 출간.

2000년   『낭만주의와 그것에 대한 불만*Romanticism and Its Discontents*』 출간.

2001년   『천사가 머무는 곳*The Bay of Angels*』 출간.

2002년   『다음으로 큰 것*The Next Big Thing*』 출간. 미국에서는 『더 낫게 만들기*Making Things Better*』로 출간. 이 작품으로 다시 부커상 후보에 오름.

2003년   『교전수칙*The Rules of Engagement*』 출간.

2005년   『집을 떠나며*Leaving Home*』 출간.

2009년   『타인들*Strangers*』 출간.

세계문학은 국민문학 혹은 지역문학을 떠나 존재하는 문학이 아니지만 그것들의 총합도 아니다. 세계문학이라는 용어에는 그 나름의 언어와 전통을 갖고 있는 국민문학이나 지역문학의 존재를 인정하면서 그것을 넘어서는 문학의 보편적 질서에 대한 관념이 새겨져 있다. 그 용어를 처음 고안한 19세기 유럽인들은 유럽문학을 중심으로 그 질서를 구축했지만 풍부한 국민문학의 전통을 가지고 있는 현대의 문학 강국들은 나름의 방식으로 세계문학을 이해하면서 정전(正典)의 목록을 작성하고 또 수정한다.

한국에서도 세계문학 관념은 우리 사회와 문화의 변화 속에서 거듭 수정돼왔다. 어느 시기에는 제국 일본의 교양주의를 반영한 세계문학 관념이, 어느 시기에는 제3세계 민족주의에 동조한 세계문학 관념이 출현했고, 그러한 관념을 실천한 전집물이 출판됐다. 21세기 한국에 새로운 세계문학전집이 필요하다는 것은 명백하다. 우리의 지성과 감성의 기준에 부합하는 세계문학을 다시 구상할 때가 되었다.

문학동네 세계문학전집은 범세계적으로 통용되는 고전에 대한 상식을 존중하면서도 지난 반세기 동안 해외 주요 언어권에서 창작과 연구의 진전에 따라 일어난 정전의 변동을 고려하여 편성되었다. 그래서 불멸의 명작은 물론 동시대 세계의 중요한 정치·문화적 실천에 영감을 준 새로운 작품들을 두루 포함시켰다.

창립 이후 지금까지 한국문학 및 번역문학 출판에서 가장 전문적이고 생산적인 그룹을 대표해온 문학동네가 그간 축적한 문학 출판 경험을 바탕으로 새로운 세계문학전집을 펴낸다. 인류가 무지와 몽매의 어둠 속을 방황하면서도 끝내 길을 잃지 않은 것은 세계문학사의 하늘에 떠 있는 빛나는 별들이 길잡이가 되어주었기 때문이다. 우리가 자부심과 사명감 속에서 그리게 될 이 새로운 별자리가 독자들의 관심과 애정에 힘입어 우리 모두의 뿌듯한 자산이 되기를 소망한다.

문학동네 세계문학전집 편집위원
민은경, 박유하, 변현태, 송병선, 이재룡, 홍길표, 남진우, 황종연

지은이 **애니타 브루크너**

1928년 영국 런던의 유대계 폴란드 이민자 가정에서 태어났다. 런던 대학교를 거쳐 코톨드 미술연구소에서 18~19세기 회화로 박사학위를 취득했다. 1967년 여성으로서는 최초로 캠브리지 대학교 슬레이드 석좌교수가 되었다. 53세에 발표한 첫 소설이 호평을 받자 매해 소설을 발표하였고, 1984년 네번째 소설인 『호텔 뒤락』으로 부커상을 수상했다. 2002년 『다음으로 큰 것』으로 또다시 부커상 후보에 오르는 등 꾸준히 작품활동을 계속하고 있다.

옮긴이 **김정**

영국 런던 대학교 퀸 메리 칼리지에서 현대 영국문학을 공부했고 서강대학교에서 박사학위를 받았다. 현대영국소설 전공으로 버지니아 울프와 최근의 영국 소설가들에 대한 논문을 주로 썼다. 현재 가톨릭대학교 영문학과 교수로 재직 중이다. 지은 책으로 『거울 속의 그림』 『20세기 영국 소설의 이해』(공저) 등이 있으며, 옮긴 책으로 『버지니아 울프 단편집』(공역) 『너는 내 아들』 『부엉이가 내 이름을 불렀네』 등이 있다.

세계문학전집 069
호텔 뒤락

양장본 초판 인쇄 2011년 2월 18일
양장본 초판 발행 2011년 2월 25일

지은이 애니타 브루크너 ㅣ 옮긴이 김정 ㅣ 펴낸이 강병선
책임편집 김경은 ㅣ 편집 임선영 ㅣ 독자모니터 전혜진
디자인 랄랄라디자인 송윤형 한충현 김민하 ㅣ 저작권 김미정 한문숙
마케팅 정민호 김도윤 박보람 장선아 ㅣ 온라인 마케팅 이상혁 한민아 정진아
제작 안정숙 서동관 정구현 김애진 ㅣ 제작처 영신사(인쇄) 경일제책사(제본)

펴낸곳 (주)문학동네
출판등록 1993년 10월 22일 제406-2003-000045호
주소 413-756 경기도 파주시 교하읍 문발리 파주출판도시 513-8
전자우편 editor@munhak.com ㅣ 대표전화 031) 955-8888 ㅣ 팩스 031) 955-8855
문의전화 031) 955-3576(마케팅), 031) 955-2687(편집)
문학동네카페 http://cafe.naver.com/mhdn

ISBN 978-89-546-1407-8 04840
       978-89-546-1020-9 (세트)

www.munhak.com

● 문학동네 세계문학전집은 계속 출간됩니다